Rüdiger Schneider

Der Mann, der einen Esel kaufte und ins Kloster ging

Roman

Rüdiger Schneider

Der Mann, der einen Esel kaufte und ins Kloster ging

Roman

Bibliografische Information der Deutschen Nationalbibliothek: Die Deutsche Nationalbibliothek verzeichnet diese Publikation in der Deutschen Nationalbibliografie; detaillierte bibliografische Daten sind im Internet über http://dnb.d-nb.de abrufbar.

Herstellung und Verlag: BoD- Books on Demand, Norderstedt

ISBN: 9783743149564

Handlung und Personen dieser Erzählung sind fiktiv, Ähnlichkeiten mit lebenden Personen rein zufällig.

1

An diesem Morgen war alles anders. Korff verließ das Haus, um wie immer zur Arbeit zu gehen. Aber dieses Mal nahm er nicht den direkten Weg von der Haustür nach rechts, sondern entschloss sich zu einem kleinen Bogen nach links. Er kam an einer Tankstelle vorbei, zögerte einen Moment, ging hinein und kaufte sich eine mittelgroße Flasche Jägermeister. Mit der Flasche in der Jackentasche schlug er den Weg zu den Duisdorfer Feldern ein, wanderte etwas weiter als gewöhnlich, setzte sich auf eine Bank, zündete sich eine Zigarette an, schraubte den Verschluss der Flasche auf, nahm einen ersten guten Schluck. So saß er da in Anzug und Krawatte, blickte über die Felder und Wiesen hinüber zur Rochusstraße, wo die Bonner Ministerien lagen, die noch nicht nach Berlin umgezogen waren. Heute sollte sein letzter Arbeitstag sein, eine kleine feierliche Verabschiedung stand bevor. Korff hatte sein Rentenalter erreicht. Als Sachbearbeiter in einer Registratur hatte er Mitteilungen zu lesen, zu ordnen und zu archivieren nach den Kategorien ‚geheim', ‚streng geheim', ‚confidental' und ‚restricted'. Die Akten brachte er dann in einen Panzerraum, zu dem nur er die Zahlenkombination kannte und Zugang hatte. Der Panzerraum war alarmgesichert. Einen Alarm aber gab es fast nie. Nur einmal war das passiert. Da hatten ihn nachts die Feldjäger aus dem Bett geholt, hatten mit Maschinenpistolen im Anschlag und zusammen mit ihm die Tür zum Panzerraum aufgesucht. Er tippte die Kombination ein, öffnete die Tür. Eine Hummel kam herausgeflogen. Das war sozusagen das einzige aufregende Ereignis in Korffs Arbeitsleben. Sonst nichts? Er überschlug die Anzahl der Akten, die er im Laufe seines Arbeitslebens zu lesen, zu registrieren und aufzubewahren hatte. Er schätzte die Seiten, die ihm in fast vierzig Jahren unter die Augen gekommen waren, und kam auf die stattliche Zahl von 900 000. Kopfschüttelnd stellte er fest, dass er sich nicht mehr an den Inhalt auch nur einer Seite erinnerte. Leer, wie weggeblasen war alles.

Er sah auf die Uhr. Es war zehn nach acht. Ein schöner Mittwochmorgen Anfang Mai. Die Sonne schien von einem wolkenlosen Himmel. Normalerweise saß er immer Punkt acht an seinem Arbeitsplatz. Vierzig Jahre hatte er um fünf vor acht sein Haus verlassen, war nach rechts gebogen in den Lärm der Rochusstraße, um dann sogleich nach ein paar Metern das Wachhäuschen zu passieren. Korffs Grundstück grenzte unmittelbar an das von Gittern umzogene Gelände des Ministeriums. Am Wachhäuschen nickte er jeden Morgen einen freundlichen Gruß, zeigte seinen Ausweis und war nur zwei Minuten später in der Registratur, die im Parterre des Gebäudes lag, verschwunden. So war es gewesen. Mit gewohnter Regelmäßigkeit Tag für Tag, Woche für Woche, Monat für Monat, Jahr für Jahr. Die Zeit schien ein konstantes Kontinuum zu sein, das sich mit Beginn eines neuen Jahres nur durch eine veränderte Ziffer zu zeigen schien. Dass man mit den Jahren älter wurde, hatte Korff kaum bemerkt. Morgens beim Rasieren blickte ihm aus dem Spiegel immer noch das altvertraute Gesicht entgegen, das er bereits von gestern kannte und am nächsten Morgen wiedererkennen würde. Nur wenn man dieses

Gesicht mit Fotos aus früheren Tagen verglich, waren die Veränderungen bemerkbar. Ein paar Falten waren hinzugekommen, die Haare weniger geworden, der Blick der Augen etwas müder mit einer Spur von Langeweile darin. Von gesundheitlichen Problemen war er verschont geblieben. Die Mandeln waren noch da, der Blinddarm, alle Zähne bis auf die der Weisheit. Nie hatte es einen Bruch gegeben. Weder den eines Armes oder Beines noch den der Leiste oder des Nabels. Allergien kannte er nicht. Nicht die gegen Hunde und Katzen, auch nicht gegen Nahrungsmittel oder die im Frühjahr fliegenden Pollen der Natur. Selbst Grippe oder Schnupfen hatten ihn nur selten heimgesucht und wenn, dann höchstens für ein paar belanglose Tage. Dieser Gesundheitszustand war verwunderlich, da Korff rauchte und sich jeden Abend, wenn er von der Arbeit heimgekehrt war, ein Glas Whisky einschenkte. So stand es mit der Gesundheit seines Körpers. Über die psychische Seite dachte er nicht nach. Auch da schien alles normal, selbst wenn es ab und zu Schwankungen der Stimmung gab. Diese Schwankungen gehörten einfach dazu. Sie kamen und gingen und waren wie das Wetter, das nicht immer dasselbe war. Und möglicherweise hingen Stimmungen auch vom Mond ab, der mal als Sichel am Himmel stand, als Drittel, Halbkreis oder gar voll und manchmal überhaupt nicht zu sehen war. Die Hauptsache, solche Veränderungen waren konstant, verliefen periodisch, kehrten zu den vertrauten Bildern zurück, waren stabil, ließen sich berechnen und ängstigten deswegen nicht. Genauso wie auch morgens die Sonne aufging, am

Abend verschwand und tags darauf verlässlich wiederkehrte.

An diesem Morgen aber schnürte Korff irgendetwas die Kehle zu. Das Herz schlug plötzlich schneller, mit einem Taschentuch wischte er sich Schweißperlen von der Stirn, nahm einen weiteren Schluck Jägermeister, schraubte den Verschluss auf die Flasche, schob sie in die Jacketttasche, drückte die Kippe auf dem Boden aus, zerrieb sie mit der Schuhsohle, stand auf, blickte sich um. Am südwestlichen Horizont zeigte sich die Linie des Vorgebirges. Eine Bahn rauschte vorbei. Ein Schwarm Krähen kreiste aufgeregt über den Feldern. Die noch jungen Halme wiegten sich im Wind, der in sanften Wellen über sie hinwegstrich. Um halb neun könnte er in der Registratur sein. Die Verspätung, die ihm zustand, würde man ihm nicht übelnehmen. Es war ja ein besonderer Tag, nämlich sein letzter. Zu arbeiten hätte er nicht mehr, nur zu warten auf die Verabschiedung am Nachmittag. Er hatte sich die im allerkleinsten Kreise erbeten. Nur keine feierlichen Reden, kein Händeschütteln von Vorgesetzten, die man ansonsten selten sah. Sein Nachfolger war eingearbeitet, der Schreibtisch von privaten Dingen befreit, die es nie gegeben hatte, abgesehen von einem schlichten, mattblauen Kaffeebecher, der ihm nun seit vierzig Jahren als Trinkgefäß diente. Man würde ihm seine Verspätung nachsehen, Verständnis haben, dass es ein besonderer Tag war. Seltsam, dass der einmal kommen musste. Alles konnte der Mensch anhalten, gestalten, regulieren. Nur die Zeit nicht. Auch die Zukunft würde kommen und irgendwann vorbei sein. Eigentlich hatte er sich auf den Ruhestand gefreut, auf die freie Zeit, mit der man Sinnvolles anfangen konnte. Täglich, nicht nur am Wochenende, über die Messdorfer Felder gehen, Theater besuchen, Erkundigungsgänge durch die Bonner Museumsmeile, Vergnügungsfahrten auf dem Rhein, mit dem Rad von Bonn nach Koblenz fahren. Und wenn er einmal etwas länger und etwas öfter an der Theke seiner Stammkneipe saß, so konnte ihm das niemand verübeln. Er hatte keine Rücksicht zu nehmen auf den nächsten Arbeitstag.

Langsam wanderte Korff auf das Ministerium zu. Aber an einem Pfad, der an umzäunten Wiesen vorbeiführte, bog er noch einmal ab, um seine Ankunft zu verzögern. Außerdem war er neugierig. Denn dort, wo der Pfad vom Feldweg zu den Wiesen hin abbog, stand ein Geländewagen mit einem Anhänger für Viehtransport. Die Klappe hinten war geöffnet und als Rampe auf den Boden geschwenkt. Korff warf einen kurzen Blick hinein. Der Anhänger war leer. Wahrscheinlich hatte jemand Schafe oder Ziegen gebracht, um sie auf einer der Parzellen weiden zu lassen. Korff freute sich darüber. Das bedeutete ein Stück Leben in einer eher langweiligen Umgebung. Als er nach hundert Metern an ein Gatter kam, wurde es gerade geschlossen. Ein Mann in einem blauen Overall und mit Gummistiefeln an den Füßen zog es zu, wobei die Latten über den Boden schrammten. Zum Schluss legte er eine Drahtschlinge um einen Pfosten. Mitten auf der Wiese, wie eine reglose Skulptur, stand ein Esel, hatte den Kopf in den Nacken gelegt und starrte in den Himmel.

„Guten Morgen!" sagte Korff. „Da hat man beim Spaziergang ja endlich etwas Gesellschaft."

Der Mann, der etwa fünfzig, vielleicht auch sechzig Jahre alt sein mochte, blickte kurz auf und knurrte: „Nicht für lange." Er rüttelte am Gatter, prüfte, ob es gut verschlossen war und schien nicht zu einer längeren Unterhaltung aufgelegt zu sein. Er drehte sich um, wollte an Korff vorbeistapfen, um auf dem Pfad zu dem Geländewagen zurückzugehen.

„Warum nicht für lange?" fragte Korff. Der Mann mochte ein Bauer aus der Umgebung sein, wahrscheinlich aus Lessenich oder Dransdorf. Sein Overall roch nach Stall.

„Weil das Vieh zum Abdecker muss. Ist alt und macht nur Probleme. Verträgt sich nicht mit den Pferden."

„Zum Abdecker?" wiederholte Korff und sah auf den Esel, der immer noch reglos in den Himmel starrte."

„Wohin denn sonst? Da gibt's für das Vieh wenigstens noch etwas Kohle." Der Mann warf jetzt einen längeren, prüfenden und zugleich spöttischen Blick auf Korff, der im Anzug und mit Krawatte vor ihm stand. „Eselswurst kennen Sie wohl nicht."

Korff schüttelte den Kopf, blickte wieder zu dem Esel, der sich nicht rührte, als wolle er gegen seine Abschiebung vom Hof protestieren. Es war ein schönes lavendelgraues Tier mit hellen Partien an Mähne und Widerrist. Es war kleiner als ein Muli, hatte gerade mal die Größe eines Ponys.

„Wieviel zahlt denn der Abdecker?" fragte Korff.

„Ein Euro das Kilo. Macht bei dem hier hundertfünfzig."

„Ich gebe Ihnen dreihundert", sagte Korff.

„Dreihundert?" Der Mann warf wieder einen prüfenden Blick auf ihn. „Haben Sie überhaupt Ahnung, wie man mit so einem Tier umgeht?"

„Natürlich", log Korff. „Ich bin auf einem Bauernhof in der Eifel aufgewachsen."

„Gut", sagte der Mann. „Ich will das nicht nachprüfen. Sie kommen zu mir nach Lessenich, in den Alten Heerweg. Da finden Sie den Schmiedehof. Nummer drei. Finden Sie's nicht, fragen Sie nach dem Schmiedebauern. Mich kennt hier jeder. Sie bringen das Geld mit, unterschreiben den Kauf. Sind Sie nicht bis heute Abend da, kommt der Abdecker. Der Esel ist übrigens eine Eselin. Da haben Sie weniger Scherereien mit. Sie können Ihre Freundin zunächst hier auf der Wiese stehen lassen."

Der Mann nickte kurz wie zum Abschiedsgruß, drehte sich um und stapfte auf dem Pfad seinem Geländewagen entgegen.

Korff sah ihm eine Weile nach, wandte sich dann dem Graukittel zu. Der Esel hatte den Kopf gedreht, blickte mit hochgestellten Ohren zum Gatter hin. Jetzt sah Korff die hübschen weißen Ringe um die Augen. „Seltsam", dachte er, „mein Herzklopfen ist verflogen. Ich freue mich." Und so wanderte er rasch auf dem Pfad weiter, der sich vom Ministerium entfernte, nach ein paar hundert Metern in die Rochusstraße mündete, von wo aus es nur noch eine kurze Strecke zur Sparkasse war.

2

Elisabeth Korff rollte den Stuhl vom Schreibtisch weg, stand auf, ging nachdenklich auf und ab. Die Zwischentür zum Sekretariat hatte sie geschlossen, um bei der Vorbereitung für die Konferenz am Nachmittag nicht gestört zu werden. Als Direktorin des Edith-Stein-Gymnasiums plante sie akribisch jedes Detail, beugte, soweit es möglich war, allen Eventualitäten vor. Sie hatte ihr Haus im Griff, beherrschte die Kunst der Balance und Diplomatie. In ihrer Position geriet man leicht zwischen alle Stühle, hatte zu vermitteln zwischen Kollegen, Schülern, Eltern und einem Dezernenten, der als oberste Aufsicht nichts von Scherereien wissen wollte. Sie liebte ihren verantwortungsvollen Beruf, war sich bewusst, dass man sie mit einer respektvollen Vorsicht behandelte und dass die Formel ‚Prima inter Pares‘, Erste unter Gleichgestellten, nicht ganz stimmte. Neben den Verwaltungsaufgaben hatte sie sich noch mit acht Stunden pro Woche am Unterricht zu beteiligen und kannte keinen Ärger mit der Disziplin der Schüler. Es war mäuschenstill in den Klassen. Über Lärm und Respektlosigkeit konnte sie sich nicht beklagen. Ganz im Gegensatz zu vielen anderen Kollegen und Kolleginnen, die vom Tinnitus oder morgendlichem Zittern befallen wurden und sich nicht selten vorzeitig in die Pension retteten. Wieder andere überlebten nur, weil sie ein Fläschchen Melissengeist in der Schultasche hatten. Aber auch diese waren, wenn sie die Altersgrenze erreicht hatten, fürs Weiterleben und den Genuss des Ruhestandes ruiniert.

Auf und ab wandernd im Büro überlegte sie. Der dritte Tagesordnungspunkt, abgekürzt TOP 3, machte ihr Sorgen. Beförderungen standen an. Fünf männliche Kollegen hatten sich zu einem Protestkreis zusammengefunden und Klage eingereicht am europäischen Gerichtshof gegen die Quotenregelung, salopp auch als ‚Stock und Rock‘ bezeichnet. Was nichts anderes hieß, als dass Behinderte und Frauen bevorzugt wurden. Die Klage an sich war nicht das Problem. Das hatten die Juristen zu lösen. Sie aber musste mit einer vergifteten Atmosphäre im Kollegium fertigwerden. Für das Ende des Schuljahres hatte der Dezernent hierzu eine Maßnahme angeordnet. Ein ganzes Wochenende war in einer Jugendherberge zu verbringen, um in Arbeitskreisen Konfliktlösungen zu erarbeiten. Ein Referent und Moderator war vom Dezernenten schon vorgesehen worden. Auf Freude stieß die Veranstaltung gewiss nicht. Das Kollegium würde sie schweigend entgegennehmen.

Sie trat ans Fenster und sah hinaus. Hier hatte sie einen Ausblick über die Messdorfer Felder bis hin zum Vorgebirge. Ihr Blick ging über den Sportplatz der Schule, der an die Felder grenzte und durch einen meterhohen Maschendrahtzaun abgetrennt war. Dicht am Zaun, zwischen Feldern und Sportplatz, verlief ein Pfad, der bald darauf in eine Anliegerstraße mündete, die dann weiter zur Rochusstraße führte. Vom Fenster bis zum Pfad waren es gut zweihundert Meter. Den Mann, der gerade den Pfad entlangeilte, konnte sie nicht genau erkennen. Er war gekleidet wie Jakob. Aber er konnte es nicht sein. Jakob war normalerweise langsam, schlenderte lustlos, als wüsste er nicht, wohin er seine Schritte lenken sollte. Dieser Mann aber ging beschwingt. Und außerdem war es halb neun. Da war Jakob im Ministerium. Er feierte seinen letzten Tag. Sie war jetzt 63, hätte den in zwei Jahren. Sie mochte gar nicht darüber nachdenken. Aber Jakob würde die neue Lebensphase guttun. Abends vor dem Fernseher war er immer, wie er es selber ausdrückte, von einer „furchtbaren Müdigkeit ergriffen". Er schlief auf dem Sofa ein, schnarchte, was den Genuss eines Films oder einer Reportage minderte. Sie musste den Apparat dann stets lauter, übermäßig laut stellen. Vielleicht würde sich ihr Mann endlich ändern. Gespräche waren selten. Er erzählte nichts von seiner Arbeit, berief sich darauf, dass sie geheim sei. Von ihrer wollte er auch nichts wissen. Schon bei dem Wort ,Schule' verfinsterte sich seine Miene und er verzog den Mund. Auch die finanziellen Verhältnisse würden sich etwas ändern. Mit dem Ruhestand gab es weniger Geld. Aber verglichen mit anderen Schicksalen war Jakobs Rente ja gar nicht so mager. Hier zahlte sich aus, dass er vierzig Jahre durchgehalten hatte. Außerdem war ein Ausgleich möglich. Die polnische Haushaltshilfe konnte entlassen werden. Was die Arbeit in Haus und Garten betraf, hätte Jakob ein paar Zugeständnisse zu machen. Zeit genug hatte er ja ab Morgen. Einkaufen ging er ja schon. Aber das tat er nur, wenn er unterwegs in der ,Hopfenstube' einkehren konnte.

3

Jakob Korff hob tausend Euro von seinem Konto ab. 300 für den Esel, dann eine Anzahlungssumme für eine noch ungewisse jährliche Pacht, die der Bauer für die Wiese verlangen würde. Viel konnte es nicht sein. Die Größe der Parzelle schätzte er auf 20 mal 30 Meter. Es war einfach nur ein kleines Wiesenstück, nicht größer als der eigene Garten. Weiter kämen noch Kosten für Baumaterial hinzu. Die Eselin brauchte einen Stall. Zurzeit war zwar strahlendes Sonnenwetter mit warmen Temperaturen, aber das konnte sich rasch ändern. Korff war froh, dass er und Elli getrennte Konten hatten. So würde sie von dem fehlenden Geld nichts merken. Die Sache mit dem Esel würde er ihr schonend beibringen, sie damit überraschen. Sie hatte sich ja schon immer einen Hund gewünscht. Da sie beide berufstätig gewesen waren, hatten sie darauf verzichtet. Gut, ein Esel war größer als ein Hund. Aber was machte das schon. Den Graukittel würde auch Elisabeth als neues Familienmitglied willkommen heißen. Mit eigenen Kindern hatte es nicht geklappt. Sie hatten sich damit abgefunden. Elisabeth tröstete sich mit dem Spruch: „Meine Kinder sind die Schüler." Er selbst litt nicht darunter, wollte auch nicht nachforschen, woran das Fehlen von Nachwuchs lag. Es war einfach ein Schicksalswink der Natur. Ansonsten schien Korff die Ehe weitgehend in Ordnung. Man lebte zusammen, kannte sich, hatte sich aneinander gewöhnt. Es kribbelte zwar nicht mehr im Bauch so wie am Anfang. Aber das war der normale Lauf der Dinge. Ebenso, dass sie zwei getrennte Schlafzimmer hatten. Weil er schnarchte, gelegentlich Schnappatmung hatte und im Schlaf brabbelte. Das war ihr bei ihrem anstrengenden Beruf nicht zuzumuten. Überdies hatte sich die Libido mit den Jahren gelegt, der Testosteronspiegel sich gesenkt. Man fiel nicht mehr übereinander her, sondern machte es sich vor dem Fernseher gemütlich. Auf außereheliche Affären hatte Korff verzichtet. Nicht weil es an Gelegenheiten mangelte, sondern weil er die Probleme vermeiden wollte, die eine Entdeckung mit sich brachte. Treue aus Liebe konnte man das nicht nennen, sondern eher eine Entscheidung der Vernunft.

Auch der wirtschaftliche Vorteil war nicht zu verachten. Elisabeth konnte in vier Minuten zu Fuß ihren Arbeitsplatz erreichen. Er brauchte für seinen nicht viel mehr. Ein Auto war überflüssig. Trotzdem stand für alle Fälle in der Garage ein rotes Smart-Cabrio. Mit dem Geld, das durch die zwei Gehälter zusammenkam, konnten sie gut leben, sich teure Reisen leisten, zum Beispiel nach Neuseeland, auf die Seychellen oder eine Kreuzfahrt durch die Karibik. Im Laufe der Jahrzehnte hatten sie nahezu die ganze Welt erkundet. Nur in die USA hatte Korff im Gegensatz zu seiner Frau nicht gewollt. Er mochte den ‚American Way of Life' nicht, das Hollywood-Getue und den Größenwahn. So war Elisabeth einmal ohne ihn nach New York geflogen, um, wie sie sagte, die bedeutendste Stadt der Welt endlich kennen zu lernen.

Es war neun Uhr, als Jakob Korff die Rochusstraße entlang nach Hause eilte. Er wollte den Kauf in trockene Tücher bringen, hatte Bedenken, dass sich der Schmiedebauer die Sache

16

noch einmal überlegen könnte. Elli würde von allem nichts mitbekommen. Er wusste, dass sie den ganzen Tag in der Schule verbrachte. Eine Konferenz stand an. Die dauerte in der Regel bis um acht am Abend. Korff war froh, dass er nicht Lehrer geworden war. Eine Konferenz jagte die andere. Und das schrille Geschrei vom Schulhof war manchmal noch bis ins Korffsche Haus zu hören. Als er den Wagen aus der Garage holte, um nach Lessenich zu fahren, fiel ihm ein, dass er ja eigentlich ins Ministerium musste. Aber heute war ein besonderer Tag. Wenn er zur Verabschiedung erscheinen würde, war das früh genug.

4

„Technik hat auch etwas Gutes", dachte Korff. Er tippte die Adresse des Schmiedebauern in den Navi, fuhr los. Nach nicht einmal zehn Minuten landete er im Alten Heerweg, hielt vor einem Torbogen aus dunkelroten Klinkersteinen, entzifferte auf einem verwaschenen Emailleschild die Hausnummer, passierte den Bogen in einen Hof hinein, der ihm etwas verwahrlost und runtergekommen vorkam. Von den Stalltüren blätterte die Farbe. Die Scheiben waren schmutzig und blind. Nach ein paar Metern stand er vor einem Backsteinbau, dessen Tür angelehnt war. Er klopfte, wartete, hörte Schritte, die Tür wurde aufgezogen.

„Also doch!" sagte der Schmiedebauer. „Ich dachte schon, Sie hätten sich's anders überlegt. Man weiß nie, welche Launen die Leute haben. Das ändert sich ja wie das Wetter. Kommen Sie mit in die Küche."

Sie setzten sich an einen Tisch. Korff hatte seinen Personalausweis vorzulegen. „Sicher ist sicher", meinte der Bauer. „Manche legen sich ein Tier zu, haben dann keine Lust mehr und lassen es einfach laufen oder binden es irgendwo an. Alles schon vorgekommen. Ein Esel ist keine Katze. Der kann schon einiges anrichten."

Der Schmiedebauer trug die Daten in einen vorbereiteten Kaufvertrag ein, der Jakob Korff als neuen Besitzer auswies, der von nun an verantwortlich war für alles, was der Esel mit ihm oder er mit dem Esel anstellte. Korff unterschrieb, zählte dreihundert Euro auf den Tisch.

„Wie heißt die Eselin eigentlich?" fragte er.

„Die hat keinen Namen. Da hätte ich viel zu tun, wenn ich jedes Schwein und jede Kuh persönlich anreden würde."

Der Bauer steckte das Geld ein, sagte: „So, Sie können den Esel noch drei Tage auf der Wiese lassen. Dann muss er weg."

„Drei Tage?" fragte Korff. „Sie sagten doch, ich könnte ihn auf der Wiese lassen."

„Ich habe ‚zunächst' gesagt. Was heißt ‚zunächst'? Das bedeutet doch nicht, dass er für immer da bleiben kann. Sie haben vielleicht Vorstellungen!"

„Ich zahle Ihnen eine Pacht für die Wiese", versuchte Korff einem sich anbahnenden Dilemma zu entkommen.

Der Schmiedebauer schüttelte den Kopf. „Geht nicht. Wird Bauland. Am Montag wird vermessen."

„Und die Parzellen daneben? Ist doch alles leer."

„Werden auch vermessen. Da kommen Bürokomplexe hin. Das ganze Land wird verkauft. Von der Landwirtschaft kann doch niemand mehr leben. Sie haben doch keine Ahnung, wie wir von Brüssel geknechtet werden. Die schreiben einem den Krümmungsgrad der Gurke vor. Geht alles den Bach runter. Jeden Tag erlassen die fünfzig neue Vorschriften. Da soll man noch Lust auf Ackerbau und Viehzucht haben. Demnächst wohnen die Schweine komfortabler als wir selbst. Macht keinen Spaß mehr, mein Herr."

Der Schmiedebauer sah in ein ratloses Gesicht und meinte begütigend: „Wenn Sie noch hundert Euro drauflegen, gebe ich Ihnen noch ein paar Sachen mit, die Sie brauchen können. Hufkratzer, Bürsten, Führungsseil mit Karabiner und Panikhaken. Halfter, Packsattel mit Taschen, Bauchgurt bekommen Sie auch. Alles aus bestem Leder. Da haben Sie eine komplette Ausrüstung. Ich kann das Zeug ja nicht mehr brauchen. Im Stall gegenüber der Haustür ist noch ein Heuballen. Den können Sie mitnehmen."

„Panikhaken?" fragte Korff.

„Müssten Sie doch kennen. Den können Sie auch unter Zug leicht öffnen, wenn der Esel scheut und Sie mitschleifen will. Oder hatten Sie auf Ihrem Hof in der Eifel nur fromme Tiere?"

„Das ist alles lange her", redete Korff sich heraus. „Da ist sowas nie passiert."

„Wird auch nicht", beschwichtigte der Bauer. „Seien Sie froh, dass es eine Eselin ist. Bei einem Hengst könnte ich für nichts garantieren. Wenn der eine Stute wittert, egal ob Esel oder Pferd, geht der auf und davon. Der ist dann durch nichts mehr zu halten."

19

Korff strich sich mit der rechten Hand über den Kopf, atmete durch, überlegte. Der Kauf war nicht mehr rückgängig zu machen. Blamieren wollte er sich nicht, nicht eingestehen, dass er gelogen und von nichts eine Ahnung hatte. Er zog seine Brieftasche aus dem Jackett, legte zwei Fünfziger auf den Tisch. „Wie alt ist die Eselin eigentlich?" wollte er wissen.

„25. Da haben Sie noch ein paar Jahre Freude dran. Machen Sie sich keine Sorgen. Sie ist gesund, war erst vor drei Monaten beim Veterinär und beim Hufschmied."

„Und ihre Lieblingsspeise?"

„Eigentlich alles. Aber mit Brot, Haferflocken und Möhren machen Sie ihr eine besondere Freude."

Der Schmiedebauer stand auf. „Ich hole Ihnen jetzt die Sachen. Wie gesagt, Sie haben drei Tage Zeit. Dann muss der Esel weg. Geht nicht anders."

Er stand auf, ging auf den Hof, kam nach ein paar Minuten wieder, legte Halfter, Haken, Führungsseil, Gurt, Packsattel und Taschen auf den Tisch. Dazu ein paar Bürsten und einen Hufkratzer.

„Gehört jetzt alles Ihnen. Und denken Sie auch an das Heu. Nur Gras fressen ist für das Tier nicht gut. Sie können einen Ballen mitnehmen. Den schenk ich Ihnen."

Korff bekam zum Abschied die Hand gereicht. Die Tür, die zuvor noch angelehnt war, schloss sich. Ihm war, als vernähme er aus dem Haus ein leises Lachen. Er verstaute alles im Wagen. Um das Heu transportieren zu können, musste er das Dach des Cabrios öffnen und den Ballen von oben einschieben. Der nahm die Hälfte des Fahrersitzes ein und ragte weit über das Dach hinaus.

Eingezwängt zwischen Heu und Lenkrad fuhr er langsam los.

5

Im Smart war noch etwas Platz. Korff suchte einen Supermarkt auf, kaufte Haferflocken, Brot und Möhren, fuhr die Rochusstraße entlang, bog in den Wirtschaftsweg, der zu den Messdorfer Feldern führte. Er parkte den Wagen dort, wo der Schmiedebauer gehalten hatte, nahm eine Tüte mit Möhren, ging die weiteren Meter auf dem Pfad bis hin zur Wiese.

Vor dem Weidengatter setzte er sich ins Gras, legte die Tüte mit den Möhren neben sich. Er blickte zu der Eselin, die mitten auf der Wiese stand, sich nicht rührte, den Kopf hochgereckt hatte und in den Himmel starrte, als zeige sich dort ihr ungewisses Schicksal. Korff hatte Scheu, das Gatter zu öffnen und sich dem Tier zu nähern, für das er nun die Verantwortung trug. Er hatte noch nie ein Wesen dieser Größe gestreichelt, in früher Kindheit höchstens eine Katze oder einen Hund. Aber von allem, was diese Ausmaße überschritt, hatte er sich ferngehalten, nie den Wunsch verspürt, diese ihm fremden vierbeinigen Existenzen zu berühren. Elisabeth hatte auf manchen Spaziergängen mal ihre Hand über einen Draht gehalten, ein Schaf gestreichelt oder ein Pferd getätschelt. Er selbst war dabei abseits geblieben, hatte ihr zugesehen, und wenn sie ihn aufforderte, es ebenso zu tun, hatte er nur den Kopf geschüttelt. Dann hatte sie ihn als Angsthasen verspottet und einmal gemeint, er fühle sich nur bei seinen Akten sicher. Ihm waren diese bleckenden Mäuler mit den Riesenzähnen nicht geheuer. Man konnte ja nie wissen, was so ein Tier im Schilde führte. Und jetzt stand da dieser Esel auf der Wiese und gehörte ihm.

„Wie nenn ich dich bloß?" murmelte Korff. „Du musst doch einen Namen haben."

Ihm fiel nichts ein. Was waren typische Eselsnamen? Er wusste keinen. Durfte man einen Esel wie einen Menschen benennen? Die Stute mit einem Mädchennamen versehen? Herlinde, Helene, Hannelore? Kater hießen Paul oder Peter, Hundedamen Lucie oder Steffi, Wellensittiche Max oder Egon. Alles was lebte, konnte einen Namen haben. Da musste es keine Klassifizierung geben zwischen Mensch und Tier. Schließlich betitelte man Menschen auch als ‚blöden Hund' oder ‚dumme Kuh'. Und er kannte jemanden, der sogar den Sachen Namen gab. Das Auto, ein Peugeot, hieß Jean, der Schreibtisch Fritz und der Computer Bastian. Warum einem Esel also nicht einen normalen Menschennamen geben? Korff ging das Alphabet durch. Von A für Andrea bis Z für Zarah. Aber all das gefiel ihm nicht und erschien ihm unangemessen. Auch Namen, die aus Märchen stammten, passten nicht. Dornröschen war albern, Schneewittchen genauso und ebenso Gretel.

Er nahm die Tüte mit den Möhren, stand auf, öffnete das Gatter, zog es beiseite, bemerkte am Rand des Zauns eine alte Badewanne mit Wasser. Wenigstens war dafür schon einmal gesorgt. Langsam schritt er zur Mitte der Wiese. Mit einer Möhre in der ausgestreckten Hand ging er auf die Eselin zu. Die hatte den Kopf gesenkt und blickte ihm entgegen. Korff blieb einen Meter vor ihr stehen, hielt die Möhre hoch. Da bewegte sie sich, kam näher, schnupperte. Die breiten Lippen schoben sich über die Karotte und sie zermahlte sie zwischen den Zähnen. Nun verfütterte Korff auch die restlichen Möhren, bis die Tüte leer war. Während die Eselin die Karotten zermalmte, streichelte Korff ihr vorsichtig den Hals.

„Hübsch bist du", sagte er. „Liebenswert. Du hast schönes, weiches Fell."

Wie sie ihn bei diesen Worten aus ihren dunkelbraunen, von einem weißen Kranz umgebenen Augen ansah, murmelte er: „Jetzt weiß ich es. Ich nenne dich Coco."

Er erinnerte sich an eine Jugendliebe. Da war er gerade 14 Jahre alt gewesen, hatte mit den Eltern über Weihnachten einen Skiurlaub verbracht und im Hotel eine zwei Jahre ältere Französin kennengelernt. Zum ersten Mal war er da von diesem seltsam drängenden Gefühl des Verliebtseins überfallen worden. Aus der Geschichte war nichts geworden. Ein paar Spaziergänge hatte es gegeben, einen Kuss im Schnee. Nach dem Urlaub gingen noch ein paar Briefe hin und her. Dann verebbte alles. Aber von der süßen Coco besaß Korff immer noch ein Foto.

„Wo lass ich dich nur?" sagte er zu der Eselin. „Hier darfst du nicht bleiben. Wenn es regnet, kannst du dich nirgendwo unterstellen. Und wie öde muss es sein, nachts alleine auf dieser Wiese zu stehen!"

Während sie die leere Tüte beschnüffelte, strich Korff ihr mit der Hand über das Fell. „Morgen ist Donnerstag", sagte er. „Da komme ich wieder. Dann kommst du in dein neues Heim. Elli muss vor Tatsachen gestellt werden."

6

Gegen Mittag war Korff im Ministerium. Er entschuldigte sich nicht für die Verspätung. Man sagte auch nichts. Zu Hause hatte er rasch die Brote und die Tüten mit Haferflocken und Möhren auf die Küchentheke gelegt. Spätestens um sechs wäre er wieder da und könnte sie, noch bevor Elli kam, in einem der Schränke verstauen. Den Heuballen hatte er im Keller bei einem Weinregal gelagert. Elisabeth ging selten in den Keller. Der Smart stand in der Garage. Er musste noch die Heuspuren auf den Sitzen beseitigen. Das hatte Zeit. Elli benutzte den Wagen kaum.

An seinem Schreibtisch im Ministerium saß schon sein Nachfolger, hatte diskret, aber sichtbar, Korffs blaue Kaffeetasse an den Rand geschoben, damit er sie nicht vergessen würde. Korff wanderte durch die Abteilungen, unterhielt sich mit den Kolleginnen und Kollegen, wurde beneidet und hörte sich stets dasselbe an.

„Du hast es gut. Ich habe noch zwölf Jahre." – „Ach, wie schön, wenn man lange schlafen kann." – „Haha, jetzt beginnt der Unruhestand. Rentner haben ja nie Zeit." – „Lass dich ab und zu mal blicken. Wir vermissen dich." – „Zum Ausflug nach Königswinter kommst du doch bestimmt mit."

So verging bis vier Uhr die Zeit. Dann versammelte man sich in der Cafeteria. Der Chef hielt eine kleine Abschiedsrede, lobte Korffs Fleiß und Zuverlässigkeit. Die Belegschaft hatte sich nicht lumpen lassen. Es gab ein Buffet mit belegten Broten, Orangensaft und ein Glas Sekt. Zum Abschied bekam er einen Gutschein für ein Wellness-Wochenende in Zingst an der Ostsee. Der

Gutschein war für zwei Personen. Die Fahrt hätte er allerdings selbst zu bezahlen. Pünktlich um fünf verliefen sich alle, und Korff schickte sich an, nach Hause zu gehen.

Er nahm aber nicht den direkten Weg, sondern wanderte noch einmal zu den Messdorfer Feldern, um nach Coco zu sehen. Als er am Gatter stand, kam die Eselin mit grazilen Schritten angetrippelt, streckte den Kopf über die Holzpfosten, rieb ihren Schädel an seinem Jackett. „Ja, ja, ich weiß, was du willst", sagte Korff. „Aber Möhren gibt es erst Morgen wieder. Und Brot und Haferflocken und Heu", fügte er hinzu. „Bis dahin musst du dich noch mit Gras begnügen."

Er blickte zum Himmel. Ein paar dunkle Wolken waren aufgezogen. Es sah nach Regen aus. Die Vorstellung, Coco würde nachts alleine in der Nässe stehen, behagte ihm nicht. Dagegen hätte er etwas zu unternehmen. Im Garten war ein Faltpavillon aus Polyester, drei mal drei Meter, Marke ‚Sahara', wo Elisabeth und er an lauschigen Sommerabenden saßen. Man konnte an den Seiten Vorhänge zuziehen, so dass die Eselin vor Wind und Wetter geschützt war. Den Tisch und die Stühle würde er im Keller verstauen. Der Pavillon war rasch abgebaut, zusammengerollt und verstaut. Ließ er bei dem Smart das Dach offen, wäre der Transport kein Problem. Er sah auf die Uhr. Es war halb sechs. Er hatte also noch Zeit, bis Elli aus der Schule kam. Was würde sie sagen, wenn der Pavillon fehlte? Bei einem Blick in den Garten würde sie das sofort bemerken. Ihm fiel keine Ausrede ein. „Der Pavillon ist im Keller. Er muss repariert werden." Das war zu fadenscheinig. Wenn sie in den Keller ging, würde sie das merken, fragen: „Ja, wo ist er denn?" Zu behaupten, er sei gestohlen worden, nähme sie ihm auch nicht ab. Dazu war der Zaun um den Garten zu hoch. Und das Tor neben der Garage, wo man Zugang zum Garten hatte, war massiv und oben am Rand durch Stacheldraht geschützt. Überhaupt, wer machte sich die Mühe einen Pavillon zu klauen? Es gab nur eine Lösung. Von dem Geld, das er abgehoben hatte, waren noch 580 Euro übrig. Er musste in den Baumarkt fahren, einen zweiten kaufen. Auf zweihundert Euro mehr kam es jetzt auch nicht an. Cocos Wohlbefinden hatte Vorrang.

Korff eilte nach Hause, holte den Smart aus der Garage, fuhr in den Baumarkt. Den Pavillon gab es in verschiedenen Farben. Zu Hause hatten sie einen weißen. Für Coco schien ihm Grün geeigneter. Der Kauf war rasch erledigt. Nur beim Verstauen kam Korff ins Schwitzen. Das Gestänge ragte über das Dach weit nach hinten heraus. Er nahm seine Krawatte ab, schnürte sie um das Ende des Stangenbündels, um es sichtbar zu markieren und fuhr auf Schleichwegen zurück zu den Messdorfer Feldern. Hier baute er auf der Wiese den Pavillon auf, drückte die Schnüre mit den Heringen in den Boden, zog an drei Seiten die Vorhänge zu. Die ganze Arbeit war in nur einer halben Stunde erledigt. Coco war dieses Mal nicht nähergekommen, hatte auch nicht den Kopf an seinem Jackett gerieben, sondern ihm aus ein paar Metern Entfernung neugierig zugesehen. Zum Abschied ging er zu ihr, streichelte sie, fuhr mit der Nase durch ihr weiches Fell, sagte: „Bis Morgen, meine Liebe!" Um sieben Uhr, früh genug, würde er zu Hause sein.

7

Die Konferenz dauerte weniger lang als erwartet. Bei TOP 3 gab es, wie sie zunächst befürchtet hatte, keine langen Diskussionen. Das Kollegium nahm die von oben verhängte Maßnahme schweigend und ohne zu murren entgegen.

Um sechs Uhr war sie Hause, freute sich auf den Abend mit Jakob und ging, kaum hatte sie die Haustür hinter sich geschlossen, in den Keller, um eine Flasche Sekt zu holen und sie im Kühlschrank kalt zu stellen. Schließlich gab es einen besonderen Tag zu feiern. In Rente ging man nur einmal im Leben. Als sie zu dem Regal kam, wo neben dem Wein auch ein paar Flaschen Sekt lagerten, wunderte sie sich über den Heuballen, der dort lag. Sie war lange nicht mehr im Keller gewesen. Wann und wozu hatte Jakob Heu herangeschafft? Sie überlegte eine Weile, fand keine Erklärung. Kopfschüttelnd ging sie mit der Flasche Sekt nach oben in die Küche, sah die Theke vollgestellt mit Möhren- und Haferflockentüten. Drei Brote lagen auch dort. Sie zählte die Tüten. Zwanzigmal Haferflocken und neunzehnmal Möhren. Sie stellte den Sekt in den Kühlschrank, ging ins Wohnzimmer. Jakob war noch nicht da. Wahrscheinlich dauerte der Umtrunk zur Verabschiedung länger als er ursprünglich gedacht hatte. Vom Wohnzimmer aus trat sie auf die Terrasse, blickte zum Himmel, wo sich ein paar dunkle Wolken versammelt hatten. Aber es war warm. Sie würden im Pavillon sitzen können, den Sekt trinken, vielleicht noch eine Flasche Wein öffnen. Sie ging ins Haus, um den Tisch im Pavillon vorzubereiten. Das Windlicht bekam eine neue Kerze, die Sektgläser wurden bereitgestellt, im Garten schnitt sie ein paar Tulpen, steckte sie in eine Vase, die mitten auf den Tisch kam. Wo war Jakob? Wann und wozu hatte er diesen seltsamen Einkauf gemacht? Seit wann hatten sie Heu im Haus? Sie fand keine Erklärung. Auch dass er drei Brote gekauft hatte, war seltsam. Normalerweise hatten sie Mühe auch nur ein Brot zu verbrauchen, bevor es vertrocknet war. Kopfschüttelnd ging sie wieder zur Küchentheke, zählte noch einmal. Hatte sie sich verzählt? Warum zwanzig Tüten mit Haferflocken, aber nur neunzehn mit Möhren? Es blieb bei der Zahl zwanzig für die Haferflocken und neunzehn für die Möhren. Wollte Jakob Notzeiten vorbeugen, alles einfrieren? Er hatte ihr vor ein paar Wochen erzählt, dass neben dem Ministerium ein Generatorenhäuschen gebaut wurde. Um unabhängig zu sein, wenn bundesweit einmal der Strom ausfiel. Die Welt war computergesteuert. Terroristische Hacker lagen auf der Lauer. Man konnte Wasser und Strom lahmlegen. Es würde zu einem großen Chaos kommen. Jakob hatte ihr das erklärt. Dann funktionierte nichts mehr. Die Türen der Supermärkte waren verschlossen, die Geldautomaten ließen sich nicht mehr bedienen, man konnte kein Benzin mehr tanken und sogar das eigene alarmgesicherte Haus nicht mehr betreten. Sie hatten sich ja das moderne System angeschafft, das einen Schlüssel überflüssig machte. Auf ein Display neben der Haustür tippte man mit dem Zeigefinger, der Fingerabdruck wurde gescannt und erkannt. Ohne Strom funktionierte nichts mehr. Aber wie um Himmels

Willen kam Jakob ausgerechnet auf Möhren und Haferflocken? Warum nicht Fischdosen, Eintöpfe und andere Konserven? Mit den Haferflocken, das ging ja noch. Die hatten ein langes Haltbarkeitsdatum. Aber Möhren konnte man nicht einfrieren. Hatte Jakob das nicht gewusst? Außerdem würde bei fehlendem Strom auch die Kühltruhe ausfallen. Und so groß war die Kühltruhe gar nicht. Da passten nicht alle Tüten mit den Möhren hinein. Elisabeth Korff suchte nach Erklärungen. War es vielleicht nicht die Vorsorge für Notzeiten? Wollte ihr Mann sich ein neues Hobby zulegen, eine Kaninchenzucht betreiben? Zeit hatte er ja jetzt. Aber dann, verflixt noch mal, baute man zuerst den Stall, schaffte die Kaninchen an, kaufte danach das Futter. Und nicht umgekehrt. Oder hatte er schon etwas gebaut und sie hatte nichts davon bemerkt. Sie ging noch einmal in den Garten, schritt über den Rasen bis zum Zaun hinten, blickte nach links und rechts. Aber da war nichts. Kein Kaninchenstall. Woher auch? Ihr Mann hatte zwei linke Hände. Der klopfte sich eher auf den Daumen, als dass er einen Nagel ordentlich in die Wand brachte. Ein von ihm gezimmerter Kaninchenstall würde aussehen wie eine vom Sturm gebeutelte Bretterbude. Jakob gab ihr Rätsel auf. Noch nie hatte sie so ungeduldig darauf gewartet, dass er nach Hause kam. Sie ging in ihr Arbeitszimmer, das ebenerdig lag und von wo aus man den Vorgarten und den Weg zur Haustür beobachten konnte. Hier wartete sie am Fenster.

8

Gut gelaunt tippte Korff mit dem Zeigefinger auf das Display neben der Haustür. Er war sogar so gut gelaunt, dass er ein Lied vor sich hinsummte, das er von früher her kannte. „Wir lagen vor Madagaskar." Die Tür sprang auf. Im Flur erwartete ihn Elli. „Hallo Jakob!" sagte sie betont freundlich, wobei sie das ‚a' seines Vornamens ungewöhnlich dehnte. Das bedeutete, wie er aus Erfahrung wusste, nichts Gutes. Er räusperte sich, antwortete mit „Hallo Elisabeth! Die Konferenz ist schon vorbei?" Die Frage war blödsinnig. Denn Elisabeth stand vor ihm und ohne sie gab es keine Konferenz.

„Jakob, was soll das?" fragte sie. „Was sollen wir mit den Möhren und Haferflocken anfangen? Und dann drei Brote, wo eins doch oft schon zu viel ist."

„Ach so", antwortete er ausweichend und winkte ab. „Die drei Brote gab es für eins. Sonderangebot. Eins war genauso teuer wie drei. Also nehme ich alle drei mit. Und die Haferflocken, die Möhren…"

Er blickte zur Flurdecke, legte die Stirn in Falten, rieb sich mit der rechten Hand über das Kinn. „Ja, weißt du, das ist so: Ich werde meine Ernährung umstellen, gesünder leben. Und billiger. Jetzt wo ich kein volles Einkommen mehr habe. Du weißt ja, wie mager die Renten sind. Die Tüte Haferflocken kostet nur 39 Cent. Die Möhren sind zurzeit auch billig. Da kann man sich einen Vorrat anlegen."

„Muss ich mir Sorgen machen, Jakob?" Elisabeth Korff sah ihren Mann forschend an. „Was soll das? Deine Rente ist hoch genug und schließlich bin ich auch noch da. Du musst hier nicht hungern."

„Ja, weiß ich. Es geht mir doch mehr um die Gesundheit. Ich will mich nicht nur von Möhren und Haferflocken ernähren. Natürlich nicht. Aber ich wollte mich zwingen, das nicht nur für einen Tag auszuprobieren, sondern wenigstens so lange, bis der Vorrat aufgebraucht ist. Was ich gekauft habe, muss ich auch verbrauchen."

Sie schüttelte den Kopf. „Dann müsstest du ja den ganzen Tag Möhren futtern. Die halten doch nicht lange. Trocknen, schrumpfen, verschimmeln."

„Daran habe ich nicht gedacht", redete er sich heraus.

Sie sah ihn wieder besorgt an. Waren das die Anzeichen einer beginnenden Senilität? Ältere Leute machten ja manchmal komische Sachen. Aber so etwas! So kannte sie Jakob noch nicht. „Und was ist mit dem Heu?" fragte sie. „Willst du Vegetarier werden, deine Mahlzeit damit bereichern? Oder denkst du an eine Zucht von Champignons im Keller?"

Sie hatte also das Heu entdeckt. Hoffentlich hatte sie noch nicht den Smart untersucht, wo hinter den beiden Sitzen in dem kleinen Kofferraum die Ausrüstung für Coco lag. „Ach was!" antwortete er. „Mit dem Heu polster ich das Regal aus. Das ist gut für die Lagerung der Weinflaschen. Die Winzer machen das so."

„Wusste ich nicht", meinte sie. „Habe ich noch nie gehört. Wo hast du das überhaupt her?"

„Habe ich gelesen."

„Nein, nein, ich meine, wo du das Heu herhast. So einen großen Ballen."

„Ach so, ja. Die Gärtner waren heute in der Grünanlage am Ministerium. Das Heu graben sie als Dünger unter. Da habe ich ihnen für ein paar Euro einen Ballen abgekauft."

Bevor sie weiter fragen konnte, griff Jakob in die Innentasche seines Jacketts, holte ein Kuvert heraus, öffnete es, zog eine Karte heraus, hielt sie seiner Frau entgegen. „Sieh mal", sagte er, „das haben sie mir zur Verabschiedung geschenkt. Ein Wellness-Wochenende in Zingst an der Ostsee. Für zwei Personen."

Sie sah nicht genau hin, wollte die Karte auch nicht lesen. Sie nickte nur, hatte die Stirn gerunzelt. „Komm!" sagte sie. „Lass uns deine Verabschiedung feiern. Ich habe den Sekt schon kaltgestellt."

Irgendetwas stimmte nicht. Was, das würde sie noch herausfinden. Der Sekt und ein Fläschchen Wein danach würde ihren Mann gesprächiger machen. So trottelig, wie er sich gab, konnte er gar nicht sein.

9

Sie saßen im Pavillon, hatten ein Glas Sekt vor sich. Elli, obwohl es noch nicht dunkel war, hatte die Kerze im Windlicht angezündet. „Wie fühlst du dich?" fragte sie. „Jetzt, wo dein Arbeitsleben beendet ist."

„Weiß nicht", meinte Jakob, „komisches Gefühl, wenn das auf einmal vorbei ist. Vierzig Jahre. Einfach weg."

„Fühlst du dich jetzt nutzlos?"

„Nein, nein!" Er schüttelte energisch den Kopf.

„Als du gekommen bist, hast du sogar ein Lied gesummt. Das hast du noch nie gemacht. Es geht dir also gut?"

„Ja. Ich will mich nicht beklagen. Das Leben muss doch weitergehen."

Sie sah ihren Mann aufmerksam an. So hatte er noch nie gewirkt. So war er noch nie nach Hause gekommen. Nach der Arbeit hatte er sie stets mit einem knappen „Hallo!" und einem flüchtigen Kuss begrüßt, hatte die Aktentasche neben das Sofa fallen lassen, die Bar im Wohnzimmerschrank geöffnet, ein Glas genommen, es mit Whisky gefüllt. Im Stehen nahm er einen ersten Schluck, pflanzte sich dann auf das Sofa, zündete sich eine Zigarette an und stöhnte wie einer, der endlich von einer Verstopfung befreit war. Er redete nicht. Sein Schweigen war erst nach einer halben Stunde verflogen. Dann ging er in die Küche, machte sich ein paar Brote, kam damit zurück, setzte sich wieder auf das Sofa. Jetzt war er ansprechbar, antwortete auf die Frage „Wie war dein Tag?" aber nur mit einem gedehnten „Jaa, jaa!" und fügte in der Regel hinzu: „Wie immer." Irgendwann nahm er die Zeitschrift mit dem Fernsehprogramm, blätterte, schimpfte, schaltete den Apparat aber trotzdem ein und war nach nur ein paar Minuten eingeschlafen. Und nach noch ein paar Minuten schnarchte er laut vor sich hin. Wach wurde er erst gegen zehn. Dann rieb er sich die Augen, rappelte sich hoch, drückte ihr, die sich noch die Tagesthemen ansah, einen Kuss auf die Stirn und verschwand nach oben in sein Schlafzimmer. So waren die Tage seit Jahren vergangen. An den Wochenenden wirkte er auch nicht wesentlich aufgeweckter und selbst im Urlaub schien er unter chronischer Langeweile zu leiden. Heute aber kam er ihr irgendwie anders vor, wacher, besser gelaunt. Zum Zeichen der Befreiung hatte er, was er sonst erst viel später tat, die Krawatte schon abgelegt und auch die Minibar nicht wie üblich sofort geöffnet. Das musste am Eintritt in den Ruhestand liegen. Den wollte er mit vegetarischer Diät noch möglichst lange genießen.

„Du willst jetzt also wirklich gesund leben?" hakte sie nach.

„Ja", antwortete er. „In Haferflocken ist alles drin und Möhren haben viel Vitamin A. Das ist gut für die Augen, damit man keinen Grauen Star bekommt."

„Und was willst du jetzt alles anstellen mit deiner freien Zeit?"

„Weiß nicht. Da findet sich schon was."

Er stand auf, trat ein paar Schritte aus dem Pavillon, blickte zum Himmel, streckte den Arm mit der Handfläche nach oben aus. „Es fängt an zu regnen", sagte er. Er kam zurück, setzte sich wieder, meinte: „So ein Pavillon hält wenigstens den Regen ab."

„Du wirst mit deiner Zeit schon etwas anfangen können", nahm Elli den Gesprächsfaden wieder auf. „Mir fallen da ein paar Kleinigkeiten ein. Der Rasen zum Beispiel. Dem schadet es nicht, wenn er wenigstens einmal die Woche gemäht wird. Zweimal, wie der Maihofer das nebenan macht, muss ja nicht sein."

Bei dem Namen des Nachbarn verzog Korff das Gesicht. Konrad Maihofer war ein pensionierter Marineoffizier und frönte dem Ideal eines englischen Rasens. Zweimal die Woche ratterte er mit dem Mäher über das kurze Gras und schnitt danach mit einer Schere penibel die Kanten. War das erledigt, nahm er entlang der Ränder die Parade ab, bückte sich gelegentlich und schnibbelte einzelne noch überstehende Halme, die er übersehen hatte, nachträglich ab. Besonders stolz war er auf die Sträucher mit den Pfingstrosen, die er an der Grenze zum Korffschen Grundstück gepflanzt hatte. Sorgsam achtete er darauf, dass kein einziger Zweig über den gerade mal einen Meter hohen Lattenzaun hinüberwuchs. Jetzt im Mai erfreute ihn die Pfingstrose mit großen, blassrosa Blüten. Das Verhältnis der Korffs zum Nachbarn war distanziert, kühl. Maihofer konnte mit Beschwerden nerven. Wenn Äste über den Zaun wuchsen, wenn im Herbst Blätter auf sein Grundstück geweht wurden oder wenn Löwenzahn auf dem Korffschen Rasen blühte. Er scheute sich auch nicht davor, die Mülltonnen zu beobachten und bei einem Fehler einzugreifen. Das hatte er allerdings nur einmal gemacht. Als er zu einem Vortrag über die korrekte Trennung von Restmüll ansetzte, hatte Jakob ihn einfach stehen lassen. Ein gemeinsamer Grillabend vor sieben Jahren hatte die Beziehung nicht erwärmen können.

„Möchtest du so was Abgelecktes haben wie nebenan?" fragte Jakob. „Einmal im Monat reicht. Gänseblümchen und Löwenzahn machen sich doch gut. Eine Wiese ist ein Stück Natur."

„Ja, schon. Aber wir wohnen hier in einer Siedlung, wo man auf einen ordentlichen Garten achtet. Zumindest sollte es ein Mittelding zwischen Verwilderung und Sterilität sein. Damit wirst du dich doch arrangieren können. Bisher habe meistens ich die Arbeit gemacht. Jetzt hast du Zeit und kannst deine Frau etwas entlasten. Wir brauchen keine Haushaltshilfe mehr. Ich habe Valeska schon Bescheid gesagt. Du kannst auch endlich kochen lernen. Dann hätten wir weniger Restaurantbesuche und zu Hause gäb's nicht nur Fischstäbchen und Pizza. Fang doch mal mit einem leckeren Möhreneintopf an."

Das mit den Möhren hatte sie mehr im Spaß gesagt. Aber Jakob schien zu erschrecken. Er stand auf einmal abrupt auf, nahm den letzten Schluck aus dem Sektglas, entschuldigte sich. „So ganz ist die Arbeit noch nicht zu Ende", sagte er. „Ich muss für meinen Nachfolger noch eine Inventarliste komplett machen. Habe ich für Morgen versprochen."

Er verließ den Pavillon, ging durch die Terrassentür ins Haus und nach oben in sein Arbeitszimmer. Hier, was er sonst selten tat, setzte er sich vor den Computer, rief das Internet auf, gab bei Google in der Suchleiste die Stichwörter „Esel, Haltung, Pflege" ein und begann zu lesen. Er wusste ja nichts über diese Tiere und ihm dämmerte, dass er sich in einer spontanen Regung auf ein gewagtes Abenteuer eingelassen hatte.

10

Gegen elf klopfte Elisabeth an seine Tür, wartete nicht ab, sondern drückte sogleich die Klinke. Jakob hatte sie kommen hören und rechtzeitig einen Film weggeklickt, der zeigte, wie man bei einem Esel das Halfter anlegte und wie man Führungsstrick und Karabiner befestigte. Auf dem

Bildschirm, als Elli hereinkam, war nur die Startseite von Windows zu sehen. Jakob hatte sich im Bürostuhl zurückgelehnt und die Hände im Nacken verschränkt.

„So habe ich mir die Feier für deinen Ruhestand nicht vorgestellt", meinte sie mit einem leisen Vorwurf in der Stimme. „Hätte das nicht noch Zeit gehabt bis Morgen?"

„Erledigt ist erledigt", antwortete er.

„Was ist es denn genau, was du noch machen musst?"

„Du weißt doch: Geheime Verschlusssachen. Ich darf darüber nicht reden. Es ist eine Inventarliste der letzten drei Tage."

„Lass es nicht zu spät werden. Der Schlaf ab Mitternacht ist der gesündeste."

„Ich kann ja jetzt ausschlafen", entgegnete Jakob.

„Na gut. Ich habe dir einen Einkaufszettel in die Küche gelegt. Wäre schön, wenn du das im Laufe des Vormittags besorgst." Sie machte eine kleine Pause und ergänzte mit einem leicht ironischen Unterton: „Möhren und Haferflocken sind nicht dabei. Ein neues Brot brauchen wir auch nicht."

Sie strich ihrem Mann über das Haar, drückte ihm einen Kuss auf die Stirn und verließ das Zimmer. Jakob horchte ihr nach, wie sie die Treppe hinunterging. Dann klickte er sich zurück in die Eselskunde. Man würde alles lernen können, auch wenn Theorie und Praxis zwei verschiedene Dinge waren. Was er auf jeden Fall schon gelernt hatte, war, dass er Coco nicht allzu sehr verwöhnen durfte. Dann würde er sich einen Bettelsack heranziehen, der nur noch auf Futter reagierte und einem die Taschen beschnüffelte.

Er hätte den Schmiedebauer gerne zu vielen Dingen befragt und hätte sich auch gerne helfen lassen. Aber dann wäre herausgekommen, dass er von nichts eine Ahnung hatte. Manches kam ihm jetzt im Nachhinein auch seltsam vor. Warum hatte der Esel keinen Namen? Wem gehörte er eigentlich? Der Bauer war alleine im Haus gewesen. Die ganze Wirtschaft machte einen eher heruntergekommenen Eindruck. War ihm die Frau gestorben oder laufen gegangen und ihr hatte die Eselin gehört? Wahrscheinlich hatte sie Wanderungen mit dem Esel unternommen. Wozu brauchte man sonst Satteltaschen? Dann hätte der Bauer eigentlich den Namen wissen müssen. Wollte er nicht daran erinnert werden? Oder war alles ganz anders und der Schmiedebauer hatte den Esel inklusive Inventar aus irgendeinem Nachlass geschenkt bekommen und wollte sich beim Abdecker ein paar Euro verdienen?

„Wie dem auch sei", dachte Korff. „Ich muss jetzt selber damit fertigwerden." Gott sei Dank machte Coco einen gesunden Eindruck. Das Fell war nicht stumpf, sondern glänzte. Beim Gehen lahmte sie nicht. Sie hatte einen grazilen, tänzelnden Schritt. Auch das Gebiss, soweit er es beurteilen konnte, war makellos. Aber auf jeden Fall und zur Sicherheit hätte er demnächst einen Hufschmied und einen Veterinär aufzusuchen bzw. er musste sie kommen lassen. Er konnte Coco nicht in den Smart verfrachten und mit ihr zu Besuchsterminen fahren. Und wie war das überhaupt mit den steuerlichen Angelegenheiten? Gab es wie bei Hunden eine Eselssteuer? Musste er Coco als Mitbewohnerin des Korffschen Anwesens anmelden? Brauchte sie einen Gesundheitsausweis, vielleicht sogar eine Krankenversicherung? All das und noch vieles mehr hätte er noch herauszufinden. Morgen aber musste er erst einmal damit klarkommen, sie von der Weide in den Garten zu führen. Die Strecke den Pfad entlang und dann weiter über den Wirtschaftsweg war unproblematisch. Dann aber kam die verkehrsreiche Rochusstraße. Hier müsste er etwa zweihundert Meter auf dem Bürgersteig zurücklegen, danach aber an einer Ampel auf Höhe des Ministeriums die Straße überqueren. War das geschafft, blieben nur noch ein paar Meter bis zum Gartentor und Coco war in Sicherheit.

Erst gegen drei Uhr ging Korff angekleidet zu Bett. Bis zum frühen Morgen lag er wach, grübelte. Es war wie ein Karussell, das sich ihm im Kopf drehte. Endlich schlug um halb acht die Haustür zu. Elisabeth war gegangen. Er stand auf, trank rasch eine Tasse Kaffee, steckte sich eine Möhre in die Hosentasche, holte den Smart aus der Garage, fuhr zu den Messdorfer Feldern. Er hatte die ganze Nacht nicht geschlafen. Aber selten war er so wach wie an diesem Morgen. Der Regen hatte aufgehört. Ein paar Schäfchenwolken segelten an einem unschuldig blauen Himmel dahin. Es war ein schöner, warmer Donnerstag im Mai.

11

Halfter und Führungsstrick hatte er sich über die Schulter gelegt. Als er sich der Wiese näherte, kam Coco ihm entgegen getrabt. Er öffnete das Gatter, sagte „Guten Morgen, meine Liebe!", hielt ihr die

Möhre entgegen, tätschelte ihren Hals, während sich ihre Lippen über den Leckerbissen schoben und die Zähne zu mahlen begannen. Als sie mit dem Kauen fertig war, stellte er sich seitwärts neben ihren Kopf, streifte das Halfter über, prüfte, ob es richtig saß, nicht zu fest war oder zu locker, die Riemen nicht mehr und nicht weniger als einen Finger breit Spielraum ließen. Dann befestigte er den Führungsstrick mit dem Karabiner und befahl „Komm!" Er machte ein paar Schritte nach vorne, zog behutsam den Strick an. Coco begann brav hinter ihm her zu traben. Korff lächelte. Es war ja alles ganz einfach, auf jeden Fall die erste Hürde genommen.

Nach ein paar Minuten erreichten sie die Stelle, wo der Wirtschaftsweg auf die Rochusstraße traf. Sie bogen nach rechts auf den Bürgersteig, liefen hier weiter. Coco schien der Verkehr nicht zu stören, so als sei sie an so etwas gewöhnt. Nach zweihundert Metern kamen sie zu der Ampel mit dem Zebrastreifen. Es war gerade Grün für die Fußgänger, aber die Eselin weigerte sich den Streifen zu betreten. Bockig stand sie da, stemmte die Vorderhufe an den Rand des Bürgersteigs. Korff streichelte ihren Hals, flüsterte ihr beruhigend ins Ohr: „Nun komm doch! Es sind nur noch ein paar Meter." Aber Coco ignorierte seine Worte. Die Fußgängerampel schaltete auf Rot. Autos fuhren an, fuhren langsam an ihnen vorbei. Neugierige Blicke wurden ihnen zugeworfen. Mit einem Esel sorgte man offensichtlich für mehr Aufsehen als mit einem feuerroten Ferrari. Nach etwa zwei Minuten war wieder Grün für die Fußgänger, aber wieder ließ sich Coco nicht dazu bewegen, den Zebrastreifen zu betreten. Kein

Ziehen am Strick half. Korff überlegte, ob er eine andere Stelle zum Überqueren suchen sollte. Aber das wäre zu gefährlich. Die Fahrzeuge kamen im Sekundentakt. In einem nicht abebbenden Strom hätte er bis nachts auf eine Gelegenheit zu warten. Es blieb nur die Ampel und der Zebrastreifen. Nach dem dritten vergeblichen Grün traten ihm die ersten Schweißperlen auf die Stirn. Jetzt hatten sich auch Schaulustige um sie versammelt. Ein älterer Herr fuchtelte mit seinem Spazierstock durch die Luft und rief: „Damit auf den Hintern! Dann geht das Miststück ab." Ein paar halbwüchsige Schüler des Edith-Stein-Gymnasiums, gesegnet mit einer Freistunde, wollten gemeinsam schieben. Aber Korff hielt sie zurück. „Weg!" – „Tritt der aus?" – „Die tritt nicht nur aus. Die beißt auch." Die Schüler nahmen Abstand, gafften weiter, freuten sich, dass endlich mal was los war. Immer mehr Schaulustige versammelten sich. Korff wurde mit Ratschlägen zugedeckt. „Ziehen, schieben, schlagen, in die Ohren zwicken, auf's Maul hauen, Peitsche mitnehmen!" Er zog ein Taschentuch aus der Hose, wischte sich den Schweiß von der Stirn. Was sollte er tun? Zurück zur Wiese? Bittstellig werden beim Schmiedebauer? „Fahren Sie mir um Himmels willen die Eselin vor das Gartentor! Ich habe gelogen. Keine Ahnung, wie man mit einem störrischen Esel umgeht."

Das Aufsehen, das er erregte, peinigte Korff. Bisher war er auf der Rochusstraße immer unauffällig im Strom der Passanten mitgewandert. Zu allem Überfluss hielt jetzt auf dem Zebrastreifen dicht vor ihm ein offenes Minicouper-Cabrio. Der fließende Verkehr stockte. Ein Hupkonzert begann. Eine junge Frau beugte sich vom Fahrersitz zu ihm herüber, rief ihm zu: „Ooch, ist der süß! Warten Sie!" Sie griff zu der Ablage neben sich, reichte Korff einen Apfel. Der nahm ihn, erkannte die Chance der Gabe. Die Frau fuhr weiter. Der Stau löste sich. Es kam wieder Grün. Korff fasste mit der rechten Hand den Führungsstrick kürzer, hielt mit der anderen Coco den Apfel vors Maul, betrat den Zebrastreifen. Schnuppernd begann die Eselin hinter ihm her zu trotten. Das Publikum klatschte, als hätte er ein Zauberkunststück vollbracht. Korff winkte erleichtert von der anderen Straßenseite, hielt Coco immer noch den Apfel so vors Maul, dass sie mit den Lippen nicht drankam und steuerte mit ihr die letzten Meter auf das Gartentor zu. Er schloss es auf, führte die Eselin in den Garten, reichte ihr den Apfel, löste den Karabiner, wischte sich mit einem Taschentuch noch einmal den Schweiß von der Stirn.

„Hier ist dein neues Zuhause", sagte er. „Ich hole jetzt deinen Pavillon und dann gibt es etwas Heu." Er streifte das Halfter ab, gab der Eselin einen Klapps auf den Hintern. „Sieh dich um. Ich bin gleich wieder da." Er entfernte sich, schloss von außen das Gartentor, eilte zurück zu den Messdorfer Feldern, um den Pavillon abzubauen und den Wagen zu holen. Ein Segen, dass Elli in der Schule war und ihm nicht dazwischenreden konnte.

12

Gegen zwei kam Elisabeth Korff aus der Schule. Jakob hatte am Fenster gewartet, sah sie kommen, eilte in den Flur, öffnete die Haustür, lächelte ihr entgegen. Sie blieb einen Moment stehen, sah ihn erstaunt an. „Das ist ja ganz neu. So hast du mich noch nie begrüßt. Aber schön, wenn man erwartet wird." Sie drückte ihm einen flüchtigen Kuss auf die Wange, ging in ihr Arbeitszimmer, stellte die Aktentasche ab, begab sich in die Küche.

„Der Zettel liegt ja noch hier", rief sie. „Du warst nicht einkaufen?"

Jakob war ihr in die Küche gefolgt. „Ach so, mach ich gleich", entschuldigte er sich.

„Schade", bemerkte sie. „Eigentlich hättest du kochen können. Auf dem Zettel stehen Hähnchenbrustfilets. Die hättest sogar du hinbekommen, mit Kartoffeln oder Reis. Das mit dem Frostgemüse ist auch einfach."

Sie öffnete die Kühltruhe, zog die einzelnen Fächer auf. „Leer", sagte sie. „Und jetzt? Sollen wir uns über die trockenen Brote hermachen oder Haferflocken mit Wasser einweichen?"

„Ich lade dich zum Essen ein", beschwichtigte er sie. „Wir fahren zum Chinesen nach Endenich."

„Der schließt um halb drei. Außerdem bin ich froh, jetzt zu Hause zu sein."

Korff nahm den Zettel, steckte ihn in die Hosentasche. „Ich geh ja schon", sagte er. „In einer Stunde gibt es was. Bis dahin wirst du nicht verhungern."

Er zögerte, blieb für einen Moment noch in der Küche stehen. Sollte er oder sollte er nicht? Wäre es nicht besser, Elli jetzt aufzuklären? Normalerweise verschwand sie nach ihrer Ankunft für eine gute Stunde in ihrem Arbeitszimmer, das straßenwärts lag. Nach einem leckeren Mahl und einem Gläschen Wein würde sie sich leichter mit den neuen Verhältnissen arrangieren. Dann könnte er ihr Coco vorstellen. Vielleicht würde sie sich sogar freuen. Er beschloss, die Aufklärung auf einen günstigeren Moment zu verschieben, griff sich eine Leinentasche und verließ das Haus.

Kopfschüttelnd blickte Elisabeth Korff auf die Tüten mit Möhren und Haferflocken, die ihr Mann immer noch nicht weggeräumt hatte. Etwas mehr Engagement im Haushalt war doch nicht zu viel verlangt. Ein bisschen einkaufen, aufräumen, einmal die Woche den Rasen mähen. Herrgott, er hatte doch jetzt jede Menge Zeit, konnte sie ein wenig entlasten. Die Schule war anstrengend genug. Der Lärm, die Unruhe, die wachsenden Konflikte. Musste sie jetzt auch noch bei ihrem eigenen Mann tätig werden? Die paar Aufgaben, die er ab jetzt zu bewältigen hatte, da musste er doch eigentlich selber draufkommen, ohne dass sie den pädagogischen Zeigefinger hob. Aber vielleicht tat sie ihm ja unrecht. Vielleicht hatte er am Vormittag wenigstens schon mal den Rasen gemäht und darüber den Einkauf vergessen. Sie ging ins Wohnzimmer, öffnete die Terrassentür. Ihr Blick fiel zunächst auf das Tulpenbeet, das zur Terrasse hin den Rasen begrenzte. Die Knospenblätter lagen abgemäht auf der Erde. Die Stängel waren geknickt, als wäre ein Hagelsturm über sie hinweggefegt. War Jakob mit der Maschine in das Beet geraten? Sie hob den Blick zum Rasen hin, zum Ende des Gartens, wo sie auf einmal einen zweiten, einen grünen Pavillon sah. Und dann entdeckte sie den Esel, der den Kopf über den Lattenzaun gestreckt hatte und an den Blüten von Maihofers Pfingstrosen knabberte. Sie schloss die Terrassentür, setzte sich auf das Sofa, vergrub das

Gesicht in den Händen. Das konnte nicht sein! Hatte sie geträumt? War sie Opfer einer Halluzination? Dann fiel ihr ein: Jakob! Die Möhren, die Haferflocken! Sie stand auf, blickte wieder in den Garten. Der Esel war immer noch da und knabberte an den Blüten.

13

„Jakob, das ist nicht dein Ernst!" Mit diesen Worten empfing sie ihn, als er vom Einkauf zurückkam. Er hatte die Einkaufstasche in der Küche abgestellt, dann an der Tür ihres Arbeitszimmers geklopft, sie schließlich im Wohnzimmer gefunden, wo sie noch immer auf dem Sofa saß. In ihrer Stimme klang keine laute Empörung, sondern eher eine erstaunte Fassungslosigkeit, als könnte sie ihren Augen immer noch nicht trauen. Sie wies mit der Hand zum Garten hin, fügte hinzu: „Das also steckt hinter deiner vegetarischen Kur."

„Ach so", sagte ihr Mann. „Das ist Coco. Eine Eselin. Sie gehört jetzt zur Familie."

Elli tippte sich mit der Hand an die Stirn, schüttelte den Kopf, sah ihn prüfend an, als habe sie es mit einer Erscheinung zu tun. „Jakob, bist du noch ganz richtig da oben im Stübchen? Wie kannst du einen Esel in den Garten bringen!? Sieh es dir selber an! Das Tulpenbeet, Maihofers Pfingstrosen. Hast du den Verstand verloren? Wie kommst du überhaupt an einen Esel? Warum hast du vorher nichts gesagt?"

„Ich wollte dich überraschen. Wir haben uns doch immer ein Haustier gewünscht. Jetzt, wo ich Zeit habe…"

„Ja", unterbrach sie ihn, „aber einen Hund. Ein Esel ist kein Haustier. Im Garten kann er sowieso nicht bleiben. Wie stellst du dir das vor? Was meinst du, was das für einen Ärger gibt! Wir haben keinen Bauernhof. Das hier sind Siedlungsgärten. Es gibt Regeln. Du darfst noch nicht mal ein Huhn halten. Einen Esel! Jakob, du musst wirklich den Verstand verloren haben. Sieh dir an, was er angerichtet hat!"

Korff ging zur Terrassentür, sah die Bescherung. Das verwüstete Tulpenbeet, die geköpften Blüten nebenan. Coco stand jetzt hinten in dem grünen Pavillon, beschäftigte sich mit dem Heu, das er ihr hingeschüttet hatte.

„Ich werde Maihofer den Schaden ersetzen. Du bekommst ein neues Tulpenbeet."

Sie tippte sich wieder an die Stirn. „Du verstehst nicht. Der Esel kann hier nicht bleiben. Wo hast du den überhaupt her?"

„Von einem Bauer. Die Eselin sollte zum Abdecker. Da habe ich sie ihm abgekauft."

Elisabeth Korff stand auf, ging zu ihrem Mann, stellte sich neben ihn, legte ihm die Hand auf die Schulter. „Jakob, deine Rettungstat in Ehren. Aber das gibt nur Ärger, Probleme und wird teuer. Es ist unmöglich. Der Esel kann hier nicht bleiben. Er muss weg."

„Wohin denn?"

„Bring ihn zurück."

„Geht nicht. Dann käme Coco zum Abdecker."

„Coco, Coco!" bemerkte Elli spitz. „Du tust so, als seist du schon seit Jahren mit dem Tier befreundet. Wann hast du den Esel gekauft?"

„Kurz vor meiner Verabschiedung. Da war ich auf den Messdorfer Feldern spazieren."

„Vor deiner Verabschiedung. Wissen die im Ministerium davon? Hast du das erzählt? Die müssen dich doch für geisteskrank halten. Hast du auch an mich gedacht? Die Direktorin des Edith-Stein-Gymnasiums hält sich, was verboten ist, einen Esel im Garten. Ihr Mann hat den herangeschafft. Die muss mit einem Idioten verheiratet sein. Jakob, bring den Esel zurück!"

„Nein, die Eselin bleibt hier."

Sie nahm die Hand von der Schulter ihres Mannes, trat einen Schritt zurück.

„Wie kann man nur so stur sein. Du spinnst ja. Du musst dich entscheiden. Der Esel oder ich! Wenn der Morgenmittag nicht weg ist, ziehe ich ins Hotel. Das Theater hier mache ich nicht mit."

Sie verschwand in ihrem Arbeitszimmer, knallte die Tür hinter sich zu.

Er hatte sich ihre Reaktion anders vorgestellt. Nicht dass er sofort Begeisterung erwartet hätte, aber doch mehr Erstaunen, Spontaneität, vielleicht sogar Lob und Bewunderung für seine Tat. „Das hätte ich dir aber nicht zugetraut!" hätte sie anerkennend sagen können. „Ich bin stolz auf dich." Stattdessen kam sie ihm mit Regeln und Einwänden, die für einen Schrebergarten gelten mochten. Warum sollte man keine Tiere im Garten halten dürfen? Wieviel schöner, amüsanter, lebendiger wäre doch die Umgebung, wenn überall Schafe weiden würden. Dann gäbe es auch nicht das Geknatter der Rasenmäher, das einem jedes

Mal den Genuss des Samstags verleidete. Maihofers Geschnipsel an den Grashalmen! Wie pervers war das denn!? War Coco nicht eine Bereicherung in einer öden Monokultur von gestutzten Rasenflächen und Gartenzwergen? Elli fürchtete um ihren Ruf als Direktorin. Die Schule musste sie versaut haben. Früher, aber lang, lang war's her, war sie anders gewesen, scherte sich nicht um Regeln. Da hatten sie noch wild im Wald campiert oder auf einer Wiese. Verboten war das auch. Aber es hatte sie nicht gekümmert. Einmal hatten sie Survival-Training gemacht. Wir leben von dem, was wir finden. Das war in einem September gewesen. Sie hatten Pilze gesucht, Äpfel und Birnen auf Streuobstwiesen und Kräuter im Wald. Mit Begeisterung hatten sie sich vorher kundig gemacht, um nicht den verlockenden, aber giftigen Aronstab in den Topf zu tun. Oder die Kermesbeere. Oder um für einen Tee nicht die Hagebutte mit dem Pfaffenhut zu verwechseln. Oder schlimmer noch die Schafgarbe mit dem gefleckten Schierling. Drei Tage hatten sie das durchgehalten. Dann hatten sie gelacht und eine Pizzeria aufgesucht. Eine Ewigkeit war das her. Und jetzt war alles anders. Langeweile und Abgestumpftheit hatten sich breitgemacht. Elli kam mit Einkaufszetteln und Regeln daher, stellte wie ein Diktator ein Ultimatum. Ich oder der Esel. Die Welt war wahnsinnig. Jawohl, die ganze Welt.

Korff machte eine wegwerfende Hand-bewegung, ging zum Wohnzimmerschrank, öffnete die Tür zur Minibar, schenkte sich einen Whisky ein. „Coco bleibt hier!" sagte er so laut, dass sie es bis in ihr Arbeitszimmer hören musste. Er trank das Glas in einem Zug aus, wollte gerade zu der Eselin in den Garten gehen, als es an der Haustür klingelte.

14

Ob Elli aufmachte? Er wartete ein paar Sekunden. Aber sie rührte sich nicht, hatte sich in ihrem Arbeitszimmer verbarrikadiert. Da stellte er das leere Glas ab, ging selbst durch den Flur, öffnete. Vor ihm standen ein schon älterer Polizeibeamter und seine noch junge Kollegin. „Sie sind Herr Korff?" fragte der Mann.

„Ja, bin ich."

„Gut. Herr Korff, wir sind von Ihrem Nachbarn angerufen worden. Es geht um Sachbeschädigung, Vandalismus. Sie sollen sich einen Esel im Garten halten. Stimmt das?"

„Ja, das stimmt."

„Dürfen wir uns das einmal ansehen?"

„Bitte. Kommen Sie herein!"

Er führte die Beiden ins Wohnzimmer, öffnete die Terrassentür, zeigte nach hinten in den Garten.

„Das ist Coco, eine Eselin."

Coco stand immer noch in ihrem Pavillon, kaute Heu.

„Ihr Tier, Herr Korff? Sie sind der Besitzer?"

„Ja."

„Der Esel befindet sich seit wann in Ihrem Garten."

„Seit heute Morgen."

„Herr Korff", sagte der Beamte mit ernster Miene, „Sie wissen doch sicherlich, dass das in so einem Garten mit direkter Nachbarschaft verboten ist. Oder haben Sie dafür eine Genehmigung?"

„Genehmigung?" Korff zuckte mit den Achseln. „Warum? Die tut doch nichts."

In diesem Moment eilte Maihofer in den Garten, pflanzte sich am Zaun auf. „Da sind Sie ja endlich!" rief er den Polizisten zu. „Hier, sehen Sie! Die ganzen Pfingstrosen hat er mir verwüstet. Wo gibt es denn sowas! Hält sich einen Esel im Garten! Der ist ja nicht ganz dicht."

Der Marineoffizier schlug sich mit der Hand an die Stirn. „Das sind Sträucher von Paeonia officinalis. Die bekommt man nicht so leicht. Jetzt sind sie dahin. Was soll das nachts geben? Dann trampelt das Vieh hier rum und schreit. Pisst irgendwohin und kackt. Außerdem zieht es Fliegen an. Sie müssen was dagegen tun. Das geht nicht. Das ist unmöglich."

„Herr Korff", bestätigte der Beamte. „Ihr Nachbar hat recht. Das geht nicht. Der Esel muss sofort weg. Den dürfen Sie hier nicht halten. Sie müssen mit einer Anzeige wegen Sachbeschädigung rechnen und mit einem erheblichen Bußgeld wegen mindestens einer Ordnungswidrigkeit. Wahrscheinlich, wenn nicht sofort etwas geschieht, wird noch eine Anzeige wegen Ruhestörung dazukommen. Esel schreien nachts."

„Wo soll ich denn mit ihr hin?"

„Das ist nicht unser Problem. Wir rufen den Tiertransport der Feuerwehr. Die holt ihn ab. Wie kommen Sie überhaupt darauf, sich einen Esel in den Garten zu stellen?" Der Beamte schnüffelte demonstrativ. „Herr Korff, trinken Sie?"

„Nicht mehr als notwendig", antwortete der.

„Sie haben sich also in einer Laune einen Esel zugelegt?"

„Nicht in einer Laune. Ich musste die Eselin vor dem Abdecker retten."

„Warte, Klaus!" sagte die junge Polizistin zu ihrem Kollegen. Sie ging zu dem Pavillon, blieb vor Coco stehen, besah sich die Eselin, streichelte sie am Hals. Als sie zurückkam, sagte sie: „Wir sollten Herrn Korff Zeit geben. Dann kann er sich etwas suchen. Einen Reiterhof zum Beispiel oder bei einem Bauer eine Wiese mieten."

Ihr Kollege runzelte die Stirn. „Zeit?" Er überlegte eine Weile, meinte dann: „Na gut. Es ist ja keine direkte Gefahr im Verzug. Herr Korff, bis morgen Mittag. Dann haben Sie das Problem gelöst. Sonst müssen wir die Feuerwehr rufen."

„Geht's noch!?" rief Maihofer, der das mitbekommen hatte, über den Zaun hinweg. „Die Polizei, dein Freund und Helfer. Das Vieh muss sofort weg. Gute Nacht Deutschland!"

„Die paar Stunden werden Sie ja noch aushalten", antwortete ihm die junge Frau. „Am besten einigen Sie sich untereinander wegen des Schadens. Falls Sie aber eine Anzeige machen wollen, kommen Sie bitte zur Wache."

„Schade, dass ich kein Gewehr mehr habe", giftete Maihofer. „Dann gäb's eine raschere Lösung."

„Wie sollen wir das verstehen?" fragte der Beamte. „Drohen Sie uns?"

Maihofer schüttelte den Kopf, drehte sich um, stapfte über den geschorenen Rasen, verschwand im Haus.

„Mit dem haben Sie's nicht leicht", bemerkte die Polizistin zu Korff. „Also, suchen Sie sich einen

Reiterhof. Am besten noch mit anderen Eseln. Gesellschaft wäre ganz gut. Ist übrigens ein ausgesprochen hübsches Tier. Wir kommen morgen Mittag wieder. Dann haben Sie die Eselin entweder schon anderswo untergebracht oder Sie belegen, dass Sie eine Lösung gefunden haben. Hals über Kopf werden Sie die ja nicht abtransportieren können. Wegen der Anzeige warten Sie, was Ihr Nachbar unternimmt. Passen Sie auf, dass Ihre Eselin nachts nicht schreit. Sonst werden wir wieder gerufen."

Korff begleitete die beiden Polizisten zurück zur Haustür, bedankte sich, glaubte, ein amüsiertes Lächeln im Gesicht der Beamtin zu entdecken. Seltsam, dass ihn heute schon zum zweiten Mal eine junge Frau gerettet hatte. Irgendwie verstanden die mehr von Eseln. Er schloss die Haustür, wartete vor Ellis Arbeitszimmer. Sie musste den Besuch doch mitbekommen haben, hatte zumindest vom Fenster aus den Polizeiwagen gesehen. Aber sie kam nicht heraus.

15

Elisabeth Korff hatte den Polizeiwagen gesehen. Und noch mehr. Als sich alle im Garten versammelt hatten, war sie unbemerkt bis zur Terrassentür gegangen, hatte mitbekommen, wie der Beamte sagte: „Das geht nicht. Der Esel muss sofort weg. Den dürfen Sie hier nicht halten." Das zu hören reichte ihr. Jetzt hatte Jakob die Bescherung. Sie wollte sich nicht einmischen. Er sollte das alleine ausbaden. Nicht nur Esel zeichneten sich durch

Sturheit aus, ihr Mann auch. Sie ging in ihr Zimmer zurück. Dass die Polizei im Haus war, war unangenehm. Bonn-Duisdorf war ein kleiner Ort. Hier sprach sich alles rasch herum. Aber was sollte es! Würde sie auf den Vorfall angesprochen, erzählte sie eben, dass Jakob das Gartentor aufgelassen und sich ein Esel dorthin verlaufen habe. Es kam ja manchmal vor, dass Tiere stiften gingen. Vor fünf Jahren hatten sie das tatsächlich erlebt. Da war einem Türken ein Hammel entsprungen. Das Tier hatte sich ängstlich vor ihr Garagentor gekauert. Die Polizei war angerückt und kurz darauf der Tiertransport der Feuerwehr. So etwas also kam vor und war glaubhaft. Dass sich nicht der Esel verlaufen hatte, sondern Jakob, musste sie nicht an die große Glocke hängen. Würde sie auf den Vorfall angesprochen, ließ er sich als lustige Anekdote verkaufen.

Jakob würde nach dem Abrücken der Beamten nicht in bester Laune sein und ein „Habe ich dir doch gesagt!" ihrerseits hob seine Stimmung gewiss nicht. Sie blieb also in ihrem Zimmer und war auch nicht versessen darauf, dass er anklopfte. Nach einer Vorbereitung des Unterrichts war ihr aber auch nicht zumute. So saß sie an ihrem Schreibtisch und dachte nach. Was war das gewesen? Wie kam Jakob auf so eine verrückte Idee? Wollte er das Vakuum ausfüllen, das sich mit dem Rentenalter oft einstellte? Hatte sein Selbstwertgefühl einen Bruch bekommen, jetzt, wo er aus dem Arbeitsprozess herausgefallen, seine gesellschaftliche Rolle beendet war? Oder hatte er nur provozieren wollen? Der Garten grenzte ja unmittelbar an das Gelände des Ministeriums. Man konnte ihn von dem Gebäude aus einsehen und

Jakob wollte zeigen: „Seht, jetzt habe ich Zeit und kann mich endlich anderen Dingen widmen!"

Nach einer Stunde war ihr Groll etwas verflogen und sie überlegte, wie sie den häuslichen Frieden wiederherstellen konnte. Sie musste Jakob helfen, die über ihn hereinbrechende Flut an freier Zeit sinnvoll zu gestalten, ihm eine Aufgabe geben, der er gerne nachkam. Wahrscheinlich hatte er Angst vor der Zukunft und neigte deswegen zu Verrücktheiten. Hatten sie nicht öfter darüber gesprochen, sich einen Hund zuzulegen, es dann aber gelassen, da sie beide berufstätig waren? Jetzt war die Zeit gekommen. Jetzt ging es. Ein Hund war zwar kleiner als ein Esel, konnte aber genauso viel Freude bereiten. Oder sogar noch mehr. Man konnte ihn überall hin mitnehmen, zum Einkaufen, Spazierengehen und sogar für die Hopfenstube wäre er ein treuer Begleiter. Das alles hätte Jakob mit einem Esel nicht anstellen können. Ein Hund legte sich geduldig neben den Barhocker. Mit einem Esel dagegen konnte man kein Wirtshaus betreten.

Je mehr sie darüber nachdachte, desto besser gefiel ihr die Idee. Aber was für ein Hund könnte es sein? Am besten ein möglichst großer, der den Esel leichter vergessen ließ. Sie verfiel auf einen Labrador. Von denen hatte sie gehört, dass sie sehr pflegeleicht und gutmütig seien. Ein Welpe kam allerdings nicht infrage. Den hätte Jakob erst erziehen müssen. So etwas lag ihm nicht. Er hätte zu einem Hund noch „Bitte!" gesagt. „Nimm bitte Platz!" – „Du darfst nicht auf den Teppich pinkeln. Geh bitte nach draußen!" Für das Erziehungswesen war Jakob völlig ungeeignet. Gut, dass der kein Lehrer geworden war. Dem hätten die Schüler auf der Nase herumgetanzt, bis er entnervt aus dem Fenster gesprungen wäre.

Es musste also ein ausgewachsener und gut erzogener Hund her. Elisabeth Korff fuhr ihren Computer hoch, ging ins Internet, forschte nach. Aber da wurden meist Welpen angeboten. Sie war erstaunt über die Preise. 1500 Euro konnte so ein Tier kosten, war dafür aber garantiert wurmfrei. 1500 Euro wollte sie auf keinen Fall ausgeben und Jakob auch keinen Welpen anvertrauen. Im Internet würde sie kaum fündig werden. Ein gestörter Hund aus dem Tierheim kam auch nicht in Betracht. Da fiel ihr Blick auf den Bonner General-Anzeiger. Die Zeitung von gestern lag noch auf ihrem Schreibtisch. Gab es mittwochs nicht immer die Rubrik ‚Tiermarkt'? Vielleicht tat sich hier eine Chance auf. Sie nahm die Zeitung, faltete sie auf, suchte, fand endlich die Rubrik, begann zu lesen. Sie stieß auf eine Anzeige, die sofort ihr Interesse weckte: „Susi, Labradorhündin, acht Jahre, umgänglich und bestens erzogen, aus gesundheitlichen Gründen in liebevolle Hände abzugeben." Eine Telefonnummer stand dabei. Da konnte sie sofort anrufen. Hoffentlich war es noch nicht zu spät.

Sie griff zum Telefon, wählte die Nummer, die auf einen Ort ganz in der Nähe hinwies. Eine ältere Dame, was an der Stimme leicht zu erkennen war, meldete sich. Elisabeth Korff kam direkt zu ihrem Anliegen.

„Sie haben die Hündin noch nicht abgegeben?"

„Nein, nein. Es haben sich zwar schon einige Leute gemeldet, aber da waren mir die Verhältnisse suspekt. Die Susi soll nur in die allerbesten Hände gelangen. Wissen Sie, ich muss leider ins Seniorenheim und kann sie nicht mitnehmen."

„Bei uns ist sie in den besten Händen", sagte Elisabeth Korff sofort. „Mein Mann ist gerade Rentner geworden, hat viel Zeit. Wir haben ein Haus, einen Garten. Ich bin noch berufstätig, arbeite als Direktorin am Edith-Stein-Gymnasium in Duisdorf. Wo wohnen Sie denn?"

„In Gielsdorf."

„Ach, das sind ja nur fünf Kilometer von hier."

Elisabeth Korff hörte sich noch geduldig eine Klagegeschichte über die Unbill des Alters an, dann wurden sie sich rasch einig, verabredeten sich für den nächsten Tag um zwei Uhr in Gielsdorf. Kosten sollte die Susi gar nichts. Sie sollte es nur guthaben. Und mitkommen in ihr neues Heim konnte sie auch sofort. Jakob würde Morgen Augen machen und die Panne mit dem Esel rasch vergessen.

16

Das Schweigen im Hause Korff dauerte bis zum Abend. Elli hörte, wie Jakob ab und zu in den Keller ging, in Schränken rumorte. Dann war es wieder still. Sie selbst widmete sich endlich wieder der Unterrichtsvorbereitung. Am Freitag hatte sie einen Leistungskurs in Deutsch. Kafkas ‚Schloss‘ stand auf dem Programm. Sie selbst hatte Mühe, sich durch die krause Erzählung zu kämpfen und überlegte eine didaktische Zubereitung. Erst um acht saß sie vor dem Fernseher, um an der ‚Tagesschau‘ teilzunehmen. Jakob stand hinten im Pavillon bei dem Esel und besah sich die Hufe. Ab und zu kratzte er daran herum. Was er machte, konnte sie nicht genau erkennen. Sie wunderte sich, dass der Tiertransport der Feuerwehr noch nicht erschienen war. Möglicherweise hatte man ihrem Mann noch eine kleine Frist eingeräumt. Sie nahm sich vor, ihn nicht zu fragen. Die Sache schien ihr noch zu heiß, zu brisant und mit spitzen Bemerkungen wie etwa „Siehst du, gegen die Staatsgewalt kommt man nicht an!" hätte sie nur Öl ins Feuer gegossen. Jakob verdiente Schonung. Morgen, wenn sie ihm den Hund schenkte, war ein besserer Zeitpunkt über alles zu reden. Die Kunst der Diplomatie bestand im Abwarten.

Gegen viertel nach acht kam er aus dem Garten, setzte sich nicht neben sie auf das Sofa, sondern rückte sich einen Sessel zurecht. Er kam gerade zeitig zum Wetterbericht. Mit der Prognose schien er zufrieden, murmelte: „Wenigstens scheint draußen die Sonne."

Sie ging nicht auf die Bemerkung ein, sagte: „Du hast doch bestimmt Hunger. Soll ich ein paar Brote machen?"

Er schüttelte nur den Kopf. „Nein, heute nicht."

In diesem Moment hob draußen ein Rattern und Brummen an, das sich mit seinen Vibrationen bis ins Haus bemerkbar machte. Wände, Fenster und Boden fingen die Schwingungen auf. Es war nicht bedrohlich wie bei einem Erdbeben, aber mit seinen spürbaren Frequenzen unangenehm. Der seit Tagen übliche Probelauf des Generators neben dem Ministerium stand auf dem Programm. Die Techniker hatten dazu die Tür des kleinen Bunkers offengelassen, so dass man den Lärm in ganz Duisdorf hören konnte. Seit einer Woche geschah das ausgerechnet um die Abendzeit, dauerte jeweils eine Viertelstunde. In das Brummen des Generators mischte sich jetzt ein Schreien, ein Mark und Bein durchdringendes „Iaah", ein Stöhnen, als durchlebe ein Asthmakranker seine letzten Minuten.

Jakob sprang auf, schimpfte: „Seit einer Woche machen sie ohne Rücksicht diese Probeläufe. Beschwert sich jemand? Nein. Ruft jemand die Polizei? Nein. Aber wenn sich ein Esel bemerkbar macht, kommen sie sofort. Ihr habt doch alle einen Schuss!"

Er eilte in den Keller. Sie hörte ihn wieder in einem der Schränke rumoren. Dann kam er nach oben, ging mit einem Schlafsack an ihr vorbei. „Ich schlafe diese Nacht im Pavillon, muss Coco beruhigen. Sonst rücken die wieder an. Mir reicht es für heute."

Er öffnete die Terrassentür, drückte sie von außen zu, verschwand im Garten. Kurz darauf verstummte das Geschrei des Esels. Nur das Brummen des Generators war noch zu hören.

17

Der Freitagmorgen kam. Eigentlich war alles wie gewohnt. Elisabeth verließ um halb acht das Haus. Ungewöhnlich war nur, dass sie dieses Mal den Smart aus der Garage holte, um damit den kurzen Weg zur Schule zurückzulegen. Sie hatte einen guten Grund, wollte direkt nach Unterrichtsschluss nach Gielsdorf fahren, um den Labrador zu holen. Sie wischte das restliche Heu weg, das auf den Sitzen lag. Jakob musste den Ballen von oben in

58

den Wagen gezwängt haben. Sie hatte den Ballen im Keller gesehen. Der war so groß, dass er den ganzen Innenraum ausfüllte. Ihr Mann hatte sich nur eng an die Fahrertür drücken können. Sie stellte sich vor, wie so ein Smart mit zusammengekauertem Fahrer und über das Dach ragendem Heu aussah, und musste lächeln. Wie hatte er bloß den Pavillon transportiert? Wahrscheinlich mit einem geräumigen Mietwagen. Das alles in einer heimlichen Aktion, von der sie nichts mitbekommen hatte. Eigentlich ein Meisterstück der Logistik. Nur schade, dass es einem verrückten Zweck diente. Wenn er so auch den Urlaub organisiert hätte, wäre die Planung nicht immer an ihr hängen geblieben.

Kaum war sie davongefahren, schälte Jakob sich aus dem Schlafsack. Er hatte eine unruhige Nacht verbracht, immer wieder nach Coco gesehen. Die Eselin schien wenig Schlaf zu brauchen, wenn, dann schlief sie im Stehen. Meist aber war sie umhergewandert, hatte ihre neue Umgebung erkundet. Da Tulpen und Pfingstrosen erledigt waren, hatte sie Gänseblümchen gerupft, die auf dem Korffschen Rasen in einem breiten Teppich wucherten. Einige Male auch, als wollte sie nach ihm sehen, war sie in den grünen Pavillon gekommen, in den er sich neben den Heuballen gelegt hatte. Sie zupfte sich dort das Futter zurecht, schob die Halme zwischen die Zähne, kaute. Und einmal auch hatte sie sich mit dem Kopf zu ihm heruntergebeugt und war ihm mit den Lippen durch das Haar gefahren. Geschrien hatte sie nicht mehr. Seine Gegenwart schien sie zu beruhigen.

Wenn er wach war, und das war er meistens, hatte er gegrübelt. Die Alternative, vor die ihn Elli gestellt hatte - „Der Esel oder ich!" – konnte er so oder so entscheiden. Entschied er sich für seine Frau, war der Esel weg. Entschied er sich für Coco, zog die Frau ins Hotel. Dass Coco im Garten bleiben konnte, hatte sich inzwischen erledigt. Der Polizeigewalt musste er sich beugen. Da war nichts zu machen. Aber es war nicht verboten, mit dem Esel auf Wanderschaft zu gehen. Zeit hatte er ja jetzt. Nur – wohin? Wohin wanderte man in Deutschland mit einem Esel? Wird sich zeigen, dachte er. Erst einmal weg, bevor die Polizei wieder auftaucht und einen Tiertransporter bestellt. Der Rheinhöhenweg fiel ihm ein. Da war er früher einmal mit Elli ein Stück gewandert. Schlafen, wo? Im Zelt. Es war warm genug. Die ganze Ausrüstung, die man dazu brauchte, war ja noch in einem der Schränke im Keller verstaut. Rucksack, Zelt, Isomatte, Campingkocher, Kartuschen, ein kleiner Topf aus Aluminium, Griffzange, Taschenlampe, Regenponcho. Das hatte er sich in der Nacht zusammengesucht und auch noch eine Wanderkarte gefunden, die bis nach Bingen führte. Auch ein Filzhut, den man zusammenrollen konnte, war ihm beim Suchen in die Hände gefallen. Und ganz hinten in einem der Fächer lag eine Lederweste mit Reißverschlüssen und vielen Taschen. Da sah er, dass er immer noch Hemd und Hose seiner Verabschiedung trug. So würde er nicht auf die Reise gehen. Im Schrank in seinem Schlafzimmer gab es neben verschiedenen Anzügen noch eine verwaschene Jeans. Und endlich kämen die Sportschuhe, die er bisher noch nie getragen hatte, zum Einsatz. Elli hatte sie ihm geschenkt mit dem dezenten Hinweis: „Tue etwas gegen dein Bäuchlein!" Er hatte die Schuhe nie

60

benutzt, war zu faul gewesen, hatte sich auf Winston Churchills Spruch „No sports!" berufen, sich nie dazu aufrappeln können, über die Messdorfer Felder zu joggen. Das war ihm lächerlich erschienen. Langweilig. Jetzt machten die Schuhe Sinn. Er musste nicht damit laufen, aber ziemlich weit gehen.

Wieviel konnte Coco von der Ausrüstung tragen? Zwanzig Kilo vielleicht. Für ihn selber noch zehn Kilo in den Rucksack. Was brauchte man zum Leben, zum Überleben? Was brauchte man, wenn man den gewohnten Luxus verließ? Eigentlich nicht viel. Auf keinen Fall mehr Anzug und Krawatte. Das bevorstehende Abenteuer erschreckte ihn und weckte zugleich eine Sehnsucht, die er lange nicht mehr gekannt hatte.

18

Gegen zehn öffnete sich das Korffsche Gartentor. Den Mann, der nun heraustrat und einen bepackten Esel hinter sich führte, hätte niemand von seinen früheren Kollegen und Kolleginnen erkannt. Der Portier am Eingang zum Gelände des Ministeriums guckte erstaunt aus seinem Häuschen, als das seltsame Paar an der Schranke vorüberging. Normalerweise hätte er zum Gruß gewunken. Aber ihm war nur der Angestellte mit Anzug, Krawatte und Aktentasche vertraut. Korff hatte den Filzhut tief in die Stirn gezogen, trug eine Sonnenbrille, dazu eine Kombination aus Jeans und Lederweste. Die Füße steckten in hellgrauen Sportschuhen mit einem orangefarbenen Rand rund um die Sohle.

Coco trabte am Führungsstrick hinter ihm her, als sei sie das von jeher gewohnt. Korff hatte ihr eine bunte Decke über den Rücken gelegt, damit der hölzerne Packsattel nicht drückte und scheuerte. Am Sattel, der mit einem Bauchgurt befestigt war, hingen links und rechts die Taschen. Er hatte darauf geachtet, sie vom Gewicht her gleichmäßig zu belasten, so dass sie nicht verrutschten.

Eigentlich hatte er früher aufbrechen wollen. Rucksack und Satteltaschen waren schon gepackt, aber dann hatte er in seinem Arbeitszimmer zögernd vor dem Handy gestanden, das auf dem Schreibtisch lag. Es war ein älteres Modell, ein kleines zum Aufklappen, genügte aber zum Telefonieren und dem Verschicken einer SMS. Er gehörte nicht zur Generation Smartphone, bei der eine Neuheit die andere jagte. Die Kollegen hatten ihn deswegen schon aufgezogen, gefragt: „Was ist das denn? Ein Garagenöffner, ein Messgerät für den Puls?" So etwas kannten sie nicht mehr. Korff stand vor dem Schreibtisch, überlegte. Soll ich es mitnehmen oder nicht? Handys waren elektronische Fußfesseln. Man musste immer erreichbar sein. War man es nicht, hatte man sich zu entschuldigen. Warum hast du dein Handy ausgeschaltet? Dann stand man unter Generalverdacht und schien etwas zu verbergen. Irgendwann würde Elli ihn anrufen. „Wo bist du? Was machst du?" Dann wäre er einem Trommelfeuer an Fragen, Einwänden, Bitten und Vorwürfen ausgesetzt. Das konnte verfänglich sein und ihn zu einer Rückkehr bewegen, die er nicht wollte. Sie könnte die Unsicherheit ausnutzen, die er gerade am Anfang seines Unternehmens noch hatte. So ein Handy war gefährlich. Er hatte es zunächst liegen lassen, war die Treppe runtergegangen, an der untersten Stufe stehengeblieben, hatte es sich noch einmal überlegt. Dann war er in sein Zimmer zurückgekehrt und steckte es doch ein. Die Gefahr, dass Elli eine Vermisstenanzeige aufgeben würde und er es wieder mit der Polizei zu tun hätte, war ihm zu groß.

Ob sie ihn orten konnte? Möglich. Elli war technisch versiert. Es gab Programme, mit denen war das ein Kinderspiel. Ein Kollege hatte ihm das einmal auf dem Smartphone demonstriert. „Hier, Jakob, siehst du! Mit der App weiß ich immer, wo meine Frau ist." Er hatte auf das Display geschaut und erstaunt gesehen, wie sich ein Bewegungsprofil aufbaute. Die digitale Welt hatte eine bedenkliche Seite und war Jakob Korff nicht geheuer. Er ließ sein Handy lieber ausgeschaltet. Erst am Abend würde er Elli eine SMS schicken: „Bin mit Coco unterwegs." Das reichte. Reden wollte er nicht. Nur seine Ruhe haben.

Nach einem Kilometer hatte er ohne Zwischenfälle Endenich erreicht. Vor einer Bäckerei band er Coco an einen Laternenmast, kaufte sich einen ‚Coffee to go' und für seine Begleiterin ein Brötchen. Er verließ den Laden, stellte den Becher auf dem Schaufenstersims ab, schob der Eselin das Brötchen ins Maul, drehte sich eine Zigarette. Vor dem Fenster der Bäckerei stehend rauchte er, nahm ab und zu einen Schluck Kaffee. „Ein schöner Tag!" dachte er. Die Leute, die vorbeigingen, nickten ihm freundlich zu. Die Sonne schien. Es war alles gut. Er schob den Hutrand etwas höher in die Stirn, um sich an den Strahlen zu wärmen.

19

Elisabeth Korffs Vormittag verlief anstrengender als erwartet. Die Schüler murrten, weil sie Kafkas Roman „Das Schloss" nicht verstanden. „Warum nähert er sich dem Schloss, muss aber immer wieder umkehren? Was soll das?" Mit dem ‚er' war die Hauptfigur des Romans gemeint, der Landvermesser K. Sie erklärte geduldig: „Das ist der für Kafka typische Ausdruck der Absurdität." Es half nicht. Die Schüler sperrten sich, guckten sie schweigend an. Einem musste sie das Smartphone abnehmen, mit dem er heimlich unter der Bank ‚Schiffe versenken' spielte.

Nach der Doppelstunde im Leistungskurs kam neuer Ärger. Ein Biologiekollege hatte im Unterricht die Nerven verloren und einer Schülerin den Papierkorb, der neben der Tafel stand, an den Kopf geworfen. Der Notarzt rückte an, die Schülerin wurde mit einer Wunde an der Stirn zur Beobachtung ins Krankenhaus geschafft. Der Kollege war nicht ansprechbar, saß wie ein Häuflein Elend bei ihr im Direktorenzimmer, verweigerte jedes Gespräch, so dass sie ihn nach Hause schicken musste mit dem Hinweis sich sofort in psychologische Behandlung zu begeben. Dennoch schaffte sie es, um halb zwei die Schule zu verlassen und pünktlich in Gielsdorf zu sein.

Hier endlich begann der Tag angenehmer zu verlaufen. Die Seniorin freute sich sie zu sehen, war rasch überzeugt, dass ihre Labradorhündin in die allerbesten Hände kam.

„Wie schön, dass Ihr Mann Zeit hat. Die Susi braucht viel Zuwendung. Aber sie dankt es auch. Sie ist sehr folgsam und anhänglich. Gut erzogen ist sie auch. Da können Sie sich drauf verlassen. Nur gerne alleine ist sie nicht. Das müssen Sie Ihrem Mann sagen."

Elisabeth Korff versprach, dass die Hündin es guthaben werde. „Machen Sie sich keine Sorgen. Mein Mann geht täglich mit ihr zu den Messdorfer Feldern. Da kann man lange spazieren gehen. Sie wird reichlich Auslauf haben. Und in den Garten darf sie auch. Wenn Sie wollen, besuchen wir Sie ab und zu in der Seniorenresidenz. Dann fällt der Abschied nicht so schwer und Sie sehen die Susi manchmal."

Sie ließ sich die Adresse der Residenz geben, bekam Abstammungs- und Impfpapiere, Halsband und Leine und obendrauf noch einen fast vollen Sack mit Trockenfutter. „Frühmorgens nach dem Ausführen eine Tasse voll, am Nachmittag nach dem Spaziergang zwischen vier und fünf Uhr reichlicher. Bitte kein Dosenfleisch. Das bekommt der Susi nicht. Aber ab und zu ein Leckerli, da freut sie sich."

Die Susi folgte Elisabeth gehorsam in den Smart, nahm auf dem Beifahrersitz Platz. Die alte Dame umarmte die Hündin noch einmal, verdrückte beim Abschied eine Träne, winkte dem davonfahrenden Wagen nach. Auf dem Weg nach Duisdorf stellte Elisabeth sich vor, wie dankbar Jakob sein würde. Auf einer Freudenskala von eins bis zehn rechnete sie mit mindestens einer neun. Zu Hause angekommen schloss sie die Tür auf, betrat mit dem Hund an der Leine den Flur, ging in die Küche, ins Wohnzimmer, dann die Treppe hoch, klopfte kurz an, blickte in das Arbeitszimmer ihres Mannes. Jakob war nicht da. Sie ging wieder nach unten, öffnete die Terrassentür, sah in den Garten.

Der grüne Pavillon war noch aufgebaut, der Esel Gott sei Dank weg. Wahrscheinlich war am Vormittag der Tiertransport der Feuerwehr gekommen und ihr Mann saß jetzt in der Hopfenstube, um seinen Kummer zu vergessen. Sie suchte im Haus nach einem Zettel, einer Nachricht, die Jakob ihr vielleicht hinterlassen hatte, fand aber nichts. Er hätte wenigstens anrufen können, dachte sie. Sein Groll muss doch jetzt verflogen sein.

Sie griff zum Telefon, wählte seine Nummer, hörte: „Der Teilnehmer ist zurzeit nicht erreichbar. Sie können aber eine Nachricht auf der Mailbox hinterlassen." Es folgte ein Piepton. Sie legte auf. Warum hatte er das Handy ausgeschaltet? Das tat er doch sonst nicht. Sie überlegte eine Weile. Wo konnte er sein? Bisher war er doch immer erreichbar gewesen. Müsste sie sich Sorgen machen? Sie wählte noch einmal seine Nummer, wartete, bis die Mailbox sich einschaltete und sagte: „Jakob, wo bist du? Bitte melde dich!" Sie sah auf die Uhr. Es war schon vier. Da ließ sie die Susi an der Leine und ging mit ihr zu den Messdorfer Feldern.

20

Korff wunderte sich. So viel Beachtung war ihm noch nie bei einem Spaziergang begegnet. Oft blieb jemand stehen. Es gab Kommentare und Fragen: „Dass es sowas noch gibt! Sind Sie vom Zirkus? Wie heißt der denn? Darf ich den mal streicheln?" Ein älterer, weißhaariger Herr zog im Vorbeigehen seinen Hut, bemerkte: „Bravo! Die richtige Alternative zum Diesel!"

So viele Komplimente, wie Coco sie auf den ersten Kilometern durch Endenich und dann durch Poppelsdorf bekam, hatte ihr Besitzer in seinem ganzen Leben noch nicht empfangen. Zu ihm hatte noch niemand gesagt: „Ooch, ist der süß." Das hatten höchstens Mutter und Tanten geäußert, als er noch in den Windeln lag. Aber daran erinnerte er sich nicht mehr.

Nur eine Begegnung verlief nicht ganz so freundlich. Da war ihnen mitten auf dem Bürgersteig ein altes Mütterchen mit einem Rollator entgegen gekommen. Korff war stehen geblieben, hatte sich an eine Hauswand gedrückt, Coco angehalten. Die Frau stieß fast an den Esel, der erst im letzten Moment zur Hausfassade hin auswich. Das Mütterchen blieb stehen, sah Korff strafend an, wies ihn zurecht: „Junger Mann, das nächste Mal legen Sie Ihrem Esel eine Warnweste an, damit man ihn besser sieht."

In Poppelsdorf fand er den Einstieg in den Rheinhöhenweg, war froh, dass der stille Wald sie umfing. Coco blieb nun öfter stehen, schnupperte an Gras, Kräutern und Büschen, rupfte, kaute. Korff achtete darauf, dass sie nichts Giftiges fraß. Achten musste man besonders auf das Jakobskreuzkraut. Damit hatten sich auf den Weiden schon viele Schafe und Rinder vergiftet. Es sah dem Johanniskraut ähnlich. Bei den Touren mit Elli vor vielen, vielen Jahren hatte er sich kundig gemacht. Sie liebte Wildkräutertee. Da musste man sich genau auskennen, um nicht die falschen Blätter und Blüten aufzugießen. Die Stauden des Jakobskreuzkrautes blühten zwar erst im Juli, aber auch die Blattrosetten am Boden waren giftig. Aufpassen musste man besonders auch auf die Eibe, die von einem Esel nicht als tödliche Leckerei erkannt wurde. Coco schien jedoch instinktiv zu wissen, was für sie bekömmlich war und was nicht. Maiglöckchen beachtete sie nicht, fiel aber über das ähnlich aussehende Bärlauch her. Esel schienen zum Fressen geboren. Das war ihre liebste Beschäftigung. Korff wartete jedes Mal geduldig. Wie schnell sie vorankamen, war ihm egal. Er hatte kein Ziel, aber Zeit. Bis Bad Godesberg, wo er in einem Supermarkt Proviant einkaufen wollte, kämen sie allemale. Das waren nur noch ein paar Kilometer. So saß er öfter in Nähe der Eselin, hatte das Führungsseil gelöst, sah ihr zu oder beobachtete seine Umgebung. Wie ein Käfer auf einem Halm balancierte, ein Schmetterling Blüten anflog und auf ihnen mit den Flügeln wippte oder wie Ameisen emsig eine Straße auf dem Wanderweg bildeten. Er hörte das Klopfen des Spechtes und ihm unbekannte Vogelrufe. Der Wind in den Bäumen schien ihm nicht mehr monoton, sondern seine ganz eigene Melodie zu haben. Irgendwann stand er auf, ging ein paar Meter vor, wartete, bis Coco von alleine angetrabt kam. Dann band er sie wieder an, ging weiter.

So erreichte er kurz vor Bad Godesberg den Annaberger Hof mit seinen weitläufigen Wiesen, auf denen Pferde grasten. Coco blieb schnuppernd am Weidezaun stehen, schien ihm sehnsüchtig dort hinzuschauen, als wollte sie ihm bedeuten; „Ich brauche nicht dich, sondern andere Gesellschaft."

Korff überlegte, die erste Etappe hier zu beenden. Es gäbe Heu für die Eselin, vielleicht sogar eine freie Box für die Nacht. Aber da es erst gegen Mittag war und er außer Haferflocken und Möhren noch kein Proviant hatte, verwarf er den Gedanken und ging schließlich mit Coco auf Bad Godesberg zu. Er passierte die Michaelskapelle und die Godesburg, gelangte in die Fußgängerzone, fand einen kleinen Supermarkt, vor dem er Coco an ein Geländer band, das die Einkaufswagen eingrenzte. Die erstaunten Blicke der Menschen nahm er mittlerweile gelassener. Die anfängliche Unsicherheit und Beklommenheit war verflogen. Was konnte er dafür, wenn die ganze Welt sich an Motoren gewöhnt und der Natur entfremdet hatte! Um die Eselin zu beschäftigen, holte er aus einer der Packtaschen eine Plastikschüssel, schüttete Haferflocken hinein, stellte die Schüssel vor sie auf den Boden. Er nahm sich ein Wägelchen, tätschelte Coco am Hals, sagte: „Ich bin gleich wieder da." Als er zurückkam, hatte sie die Haferflocken aufgefressen. Aber die Schüssel war nicht leer. Drei Euromünzen und ein paar Centstücke lagen darin.

Er steckte das Geld ein, verstaute Schüssel und Proviant in den Satteltaschen, band Coco los, wanderte weiter. Sie erreichten den Marienforst. Wieder umfing sie der stille Wald. Am Rand einer kleinen Lichtung, durch die ein kristallklarer Bach plätscherte, richtete er sich für die Nacht ein. Er befreite die Eselin von ihrem Gepäck, striegelte ihr Fell, kratzte die Hufe aus. Mit einem Seil, das ihr Spielraum zum Grasen ließ, band er sie an einen Baumstamm. Er würde in der Nacht öfter nach ihr sehen müssen, ob sie sich vielleicht mit den Beinen verfangen hatte. Ob sie sich ohne Seil davonmachte? Er wusste es nicht, wollte es nicht darauf ankommen lassen, sie nicht am Morgen im Wald suchen. Er baute das Zelt auf, schob Rucksack und Satteltaschen an das Kopfende, rollte Isomatte und Schlafsack aus, stellte zufrieden fest, dass er noch bequem liegen konnte. Er fütterte Coco mit ein paar Möhren und einer Schüssel Haferflocken, kraulte sie am Hals. „Danke!" sagte er. „Den ersten Tag haben wir gut überstanden." Jetzt erst merkte er, dass er selber hungrig war. Er öffnete eine Dose Ravioli, schüttete den Inhalt in einen Topf, erhitzte ihn mit dem Campingkocher, löffelte auf einem Baumstumpf hockend die in Tomatensoße schwimmenden Nudeltaschen. Er hätte seine Mahlzeit gegen kein Essen im Restaurant eintauschen mögen. Er sah Coco zu, wie sie Gras rupfte, überschlug die Strecke, die sie zurückgelegt hatten. Zwölf Kilometer. In neun Stunden. Nicht viel, aber genug. Er spürte seine Beine. Der Nacken schmerzte vom Tragen des Rucksacks. So etwas war er nicht mehr gewohnt. Wenn man vierzig Jahre lang immer nur ein paar hundert Meter gegangen war und den Tag im Sitzen verbracht hatte, bedeutete diese erste Etappe eine gewaltige Umstellung, war ein Quantensprung in seinem Leben. Es war sieben Uhr, der Tag noch lange hell.

Da fiel ihm Elisabeth ein. Er holte das Handy aus der Westentasche, schaltete es ein. Sie hatte angerufen, ihm auf die Mailbox gesprochen. Er wollte es nicht hören. Stattdessen tippte er eine SMS: „Bin mit Coco unterwegs", drückte auf ‚Senden', schaltete den Apparat wieder aus. Im Gepäck hatte er auch eine Flasche Wein. Damit wollte er sich einen vergnüglichen Abend machen, ohne von Sorgen und Vorwürfen belästigt zu werden.

21

Mit der Hündin an der Leine ging sie durch die Messdorfer Felder bis zu einer Brücke, unter der die Züge zwischen Bonn und Bad Münstereifel hindurchrauschten. Die Gleise zogen sich als starre, gerade Linie von Horizont zu Horizont. Mitten auf der Brücke blieb sie stehen, sah zuerst Richtung Bonn, dann in Richtung des Vorgebirges. Die Schienenstränge glänzten in der Sonne. Der Blick mochte Fernweh wecken. Schon als Kind hatte sie lange an Bahnschranken gestanden, auf Züge gewartet, bis sie an ihr vorbei brausten. Damals hatten sie sich noch mit einer Dampfwolke angekündigt und man musste sich die Rußpartikel aus den Augen wischen, wenn sie in der Ferne verschwanden und sie ihnen sehnsüchtig, neugierig auf die Welt, nachsah. Dieses Stehen an Schranken war eine Leidenschaft von ihr gewesen. Da war sie sieben oder acht Jahre alt. Lange, lange war es her. Später waren Bahnschranken nur noch Hindernisse, an denen man warten musste. Sehnsucht weckten sie nicht mehr. Jetzt, wo sie mit ihren Augen dem Lauf der glänzenden Gleise folgte, erinnerte sie sich daran. Wie die Zeit einfach so vergangen war! Weg, verschwunden, nicht umkehrbar. Zeit lief immer nur vorwärts, ließ sich nicht anhalten. Irgendwann wurde es einem bewusst und mochte auch ängstigen, weil man unaufhaltsam dem Alter und dem Tod entgegentrieb. Sie hatte diese Gedanken bisher nicht wahrhaben wollen, sie verdrängt, verschoben. Ihr Beruf ließ auch keine Zeit für solche Schrullen. Mit bald 63 fühlte sie sich noch mitten im Leben.

Obgleich, verglich man die Dauer mit einer Sanduhr, so war das meiste schon durchgelaufen.

Ob Jakob diese Einsicht geängstigt hatte? Wie sonst war seine verrückte Tat erklärbar? Er musste in einer Art Panik gehandelt haben. Ein Black-Out am Ende seines Arbeitslebens. Ein verzweifelter Versuch, sich eine neue Aufgabe zu verschaffen. Aber dass er sich dann einen Esel in den Garten holte, das war jenseits aller Vernunft. Das musste man nicht mehr verstehen oder erklären. Das war einfach unmöglich. Da musste sie sich eher Sorgen machen über seinen Geisteszustand. Hatte es vorher schon irgendwelche Anzeichen, Signale gegeben? So etwas kam doch nicht als überraschender Schub. Sie überlegte. Nein, irgendwelche Auffälligkeiten, etwas Unnormales hatte es nicht gegeben. Auffallend war höchstens seine Unauffälligkeit. Er hatte bisher reibungslos funktioniert. Bis auf ein paar Marotten, über die man aber hinwegsehen konnte. Sein Schnarchen vor dem Fernseher, seine Faulheit, was die Arbeit im Garten betraf, seine Abneigung, über ihre Arbeit in der Schule zu sprechen, seine gelangweilte Interessenlosigkeit, selbst wenn sie sich im Urlaub befanden. Zu der kleinsten kulturellen Anstrengung musste man ihn überreden. Er wollte keine Museen besuchen, keine Altertümer besichtigen, Konzert und Theater waren ihm fremd, mit Politik wollte er auch nichts zu tun haben. Manchmal hatte sie den Eindruck, ein stummes Fossil im Hause zu haben und fragte sich, wie so eine Ehe 40 Jahre hatte halten können. Immerhin las er ab und zu ein Buch. Es war schon einige Male vorgekommen, dass er aus dem Fernsehschlaf schreckte und sagte: „Ich geh hoch und lese weiter." Dann verschwand er in seinem Zimmer. Fragte sie: „Was liest du denn?", winkte er ab und meinte: „Nichts Besonderes. Einfach nur so." Auch darüber wollte er nicht reden. Er war diskussionsfeindlich. Seine Arbeit im Ministerium musste ihn abgestumpft haben. Oder der Umgang mit lauter geheimen Sachen hatte ihn zu einem Verstummen veranlasst, dass jedem Zisterziensermönch zur Ehre gereicht hätte. Bei einem Hund oder einem Esel war dieses Nichtreden selbstverständlich. Die konnten nicht anders. Aber Jakob gehörte zur Kategorie ‚Homo Sapiens'. Der hatte Gedanken, konnte sie mit seinem Mund kundtun. Schreiben konnte er auch und telefonieren. Warum hatte er ihr keinen Zettel hinterlegt, stattdessen sogar das Handy ausgeschaltet? Warum verweigerte er sich der Kommunikation?

Auf der Brücke startete sie einen neuen Versuch, wählte seine Nummer. Aber wieder meldete sich nur die Mailbox. Da ging sie mit der Hündin an der Leine wieder zurück. Was wäre, wenn Jakob länger wegbliebe? Jetzt am Freitag und am Wochenende wäre das kein Problem. Am Montag schon. Sie konnte Susi nicht mit in die Schule nehmen. In ihre Sorge mischte sich auch Zorn. Sie hatte jetzt wegen Jakob einen Hund an der Backe, für den sie eigentlich keine Zeit hatte. Zu Hause angekommen, wollte sie die bohrende Ungewissheit beenden, rief bei der Duisdorfer Polizeiwache an. Hatte die Feuerwehr den Esel abgeholt und Jakob war mitgefahren? In knappen Worten, ein wenig verschämt, schilderte sie ihr Anliegen.

„Elisabeth Korff aus Duisdorf. Wir hatten gestern einen Esel im Garten. Da ist es zu einem

Polizeieinsatz gekommen. Wissen Sie, was daraus geworden ist? Mein Mann ist zur Zeit leider nicht erreichbar."

„Ach so", sagte der Beamte, der auf der Wache das Gespräch entgegengenommen hatte. „Ja, die Geschichte kennen wir. Das waren zwei Kollegen von mir. So einen Einsatz gibt es nicht alle Tage. Das erzählt man sich. Soweit ich weiß, liegt nichts vor. Die Kollegen waren heute Mittag vor Ort. Da war der Esel weg. Es ist alles in Ordnung."

„Der Esel ist nicht abgeholt worden?"

„Nein. Ich denke, dafür hat Ihr Mann selber gesorgt. Von unserer Seite ist nichts mehr unternommen worden. Für uns ist das erledigt."

„Aber ich kann meinen Mann nicht erreichen. Ihm könnte etwas zugestoßen sein. Er hat noch nie sein Handy ausgeschaltet."

„Da können wir im Moment nichts machen. Gibt es denn Hinweise darauf, dass irgendeine Gefahr im Verzug ist?"

„Nein. Ich kann ihn nicht erreichen. Das ist ungewöhnlich."

„Hmm. Jeder hat das Recht sein Handy abzuschalten. Wie lange ist Ihr Mann denn schon weg? Wann haben Sie ihn zuletzt gesehen?"

Sie überlegte. Sollte sie sagen, dass sie am Morgen, bevor sie gegangen war, einen Blick in den Garten geworfen hatte? Von der Terrassentür aus hatte sie Jakob im Pavillon gesehen. Um der Angelegenheit mehr Nachdruck zu verleihen, antwortete sie: „Das letzte Mal, das war gestern Abend."

„Das ist noch zu kurz", beschied sie der Beamte. „Etwas unternehmen dürfen wir erst nach drei Tagen. Ist Ihr Mann dann noch nicht aufgetaucht, können Sie eine Vermisstenanzeige aufgeben. Wir wären völlig überlastet, wenn wir jeden suchen müssten, der für eine Nacht verschwindet."

Damit war für die Duisdorfer Polizei die Sache abgetan. Elisabeth Korff war ratlos, wie sie Jakob ausfindig machen sollte. Als dann am Abend seine SMS eintraf „Bin mit Coco unterwegs", startete sie einen weiteren Versuch ihn anzurufen, landete aber wieder nur bei der Mailbox. Da entschloss auch sie sich, wenn er es nicht anders wollte und es nicht anders ging, zum schriftlichen Verkehr. Eine Zeitlang schwankte sie, was sie in die Tastatur tippen und absenden sollte. Sie löschte ‚verantwortungsloser Idiot' und ‚Volltrottel', entschloss sich zu einer aussichtsreicheren Diplomatie und köderte ihn mit einem Lockmittel. Neben seiner ihm eigenen Stumpf- und Trägheit würde er sich ja eine gewisse Neugierde erhalten haben. „Bitte sprich mit mir! Zu Hause wartet eine angenehme Überraschung auf dich."

22

Als die Sonne untergegangen war und die Dämmerung den Wald nur noch als Silhouette erahnen ließ, entkorkte Korff eine Flasche Rotwein, setzte sich vor das Zelt ins Gras. Bei dem Wein achtete er immer darauf, dass er möglichst trocken war und auf eine gewisse Umdrehungszahl kam, wie er den Alkoholgehalt nannte. Zwölf war das Minimum. Dieser hier, ein feuriger Sizilianer, ein Nero d'Avola, hatte 13,5%. Da er beim Weingenuss auf eine gewisse Kultur achtete, hatte er keinen

Plastikbecher eingesteckt, sondern ein schlichtes, aber ordentliches Trinkglas. Er probierte einen ersten Schluck, ließ ihn über die Zunge rollen, schmeckte ihn mit dem Gaumen als weich und geschmeidig, fand, dass er einen guten Tropfen ausgewählt hatte. Was Cocos Getränke betraf, hatte sie sich an dem Bach bedient, der durch die Lichtung plätscherte. Wenn sie das Bedürfnis hatte, würde die Eselin trinken. Auf ihrer Tour kämen sie oft genug an Quellen oder Bachläufen vorbei. Gab es einmal für eine längere Strecke kein Wasser, war das auch nicht schlimm. Esel waren ursprünglich Wüstentiere und mussten nicht ununterbrochen saufen.

Korff wusste, dass er an dem Tag Fehler gemacht hatte. Er hatte keine Führungsstärke bewiesen, die Eselin schnuppern und fressen lassen, wann immer ihr danach war. Korff richtete sich nach dem Esel. Der Esel nicht nach ihm. Da er kein Ziel hatte, war ihm das egal. Es war eher so, als würde er mit einer Freundin durch die Landschaft bummeln. Legte sie Rast ein, tat er es auch.

Vom Zelt aus sah er ihr zu, wie sie rings um den Baum graste. Ab und zu hob sie den Kopf, sah zu ihm hinüber. Er fand ihre Gegenwart beruhigend. Alleine am Rand einer Waldlichtung zu liegen hätte ihm nicht behagt, wäre mit zunehmender Dunkelheit unheimlich geworden. So etwas war er lange nicht mehr gewohnt. Jetzt aber? Alles war gut so.

Elli fiel ihm ein. Ob sie auf seine SMS geantwortet hatte? Er holte sein Handy aus der Westentasche, schaltete es ein. Schon wieder hatte sie versucht ihn anzurufen. Auf der Mailbox gab es dieses Mal keine Nachricht, aber dafür lag etwas Schriftliches vor. Er las die SMS. „Zu Hause wartet eine angenehme Überraschung auf dich." Was sollte das sein? Wollte sie ihm mitteilen, dass Maihofer auf eine Strafanzeige verzichtete? Wollte sie den Bann des getrennten Schlafens aufheben und sagen: „Dein Schnarchen stört mich nicht mehr." Hatte sie sich Reizwäsche zugelegt? Er wusste es nicht. Über die Nachricht konnte man nur spekulieren. Was sollte ihn schon Angenehmes erwarten? Angenehm war, hier zu sitzen, Rotwein zu trinken und Coco zuzusehen.

Er schaltete das Handy wieder aus. Mittlerweile war es dunkel geworden. Sterne zogen über der Lichtung am Himmel auf. Coco war nur noch schemenhaft zu erkennen. Er füllte sich das Glas zum zweiten Mal, stand auf, ging zu der Eselin, kraulte ihr den Hals. Dann sprach er mit ihr. Schön war, dass sie keine Widerworte geben konnte.

„Du hast es gut", sagte er. „Dir ist die Vergänglichkeit nicht bewusst. Wir Menschen aber sind doof. Wir wissen, dass die Zeit vergeht, alles ein Ende hat. Wir machen uns keine Gedanken darüber, betäuben uns, tun so, als sei alles ewig. Dabei wäre es doch gut zu wissen, was dieses Spiel hier soll. Aber danach fragen wir nicht mehr. Solche Fragen sind uns unangenehm, stören. Da tun wir lieber so, als seien wir die Herren der Welt. Sind wir aber nicht. Der Himmel ist kein Himmel, sondern ein Firmament. Der Weltraum nicht nur eine Ausdehnung, sondern ein Kosmos. Siehst du, Coco, am Rand der Lichtung ist jetzt der Große Wagen aufgezogen. Woher kommt er? Von einem Urknall? So ein Blödsinn! Woher kommt denn der Urknall? Von einem anderen Urknall? Und der wieder von einem anderen? Da kannst du sehen, wie beschränkt die Menschen sind. Die haben einen an der Waffel! Da wär' ich lieber Esel und würde mich mit Gras begnügen."

Jakob Korff ging zum Zelt zurück, setzte sich wieder ins Gras, füllte sich ein drittes Glas. So viel wie mit Coco und so zusammenhängend hatte er mit seiner Frau noch nie gesprochen. Höchstens am Anfang der Ehe. Eine Auseinandersetzung mit ihr fiel ihm ein. Da waren sie auf eine tausendjährige Linde gestoßen und er hatte sie bewundert, gesagt, er wäre gerne auch so ein Baum. Mit den Wurzeln in der Erde und den Blättern hoch im Licht. Was die Linde alles gesehen haben musste. Elli hatte ihn beschimpft. „Was soll das, Jakob!? Du bist ein intelligentes Wesen, hast Bewusstsein. Wie kannst du dir wünschen, ein Baum zu sein? Was habe ich da für einen Idioten geheiratet?" Er hatte nur geantwortet: „Was weiß der Mensch schon wirklich? Nichts!"

Er leerte den Rest der Flasche, kroch in das Zelt, krabbelte in den Schlafsack, murmelte etwas, schlief ein. Nur einmal wurde er in der Nacht wach durch das heisere Bellen eines Fuchses.

23

Jakob war auf den Esel und sie auf den Hund gekommen. Um sechs Uhr am Samstagmorgen jaulte die Labradorhündin vor Elisabeths Schlafzimmer und kratzte mit der Pfote an der Tür. Eigentlich war Susi pflegeleicht. Sie trabte gehorsam an der Leine mit, lag meist ruhig mitten auf dem Wohnzimmerteppich, ließ sich still das schwarze Fell kraulen. Aber auf ihrem frühen Ausgang bestand sie offensichtlich und machte darauf aufmerksam. Der Samstag war Elisabeths Ausschlaftag. Dann lag sie bis um zehn im Bett, genoss die Wärme unter der Decke, war froh, nicht den Schulgong zu hören und zu einem ersten Kontrollgang aufzubrechen, um verspätete Schüler zu ermahnen. Susi ließ keine Ruhe. Elisabeth stand seufzend auf, kleidete sich an. Zu einem Spaziergang hatte sie keine Lust, und so ließ sie die Hündin hinaus in den Garten. Sollte sie ausnahmsweise dort ihr Geschäft verrichten. Susi lief nach hinten zu dem grünen Pavillon, schnüffelte neugierig im Heu herum.

Elisabeth stand auf der Terrasse, sah ihr zu. Sie hatte sich noch nicht frisiert. Die roten Haare lagen in Fransen auf der Schulter, als hätte sie jemand in einer heißen Liebesnacht durchkrault. Es war ihr peinlich, als plötzlich auf dem Nachbarbalkon Konrad Maihofer erschien und ihr einen „Guten Morgen" wünschte. Maihofer war Frühaufsteher, zeigte sich auch zu einer solchen Tageszeit immer korrekt im Anzug und hätte am liebsten, wäre es erlaubt, noch seine Uniform getragen. Der Pensionär war seit fünf Jahren Witwer, lebte allein in dem Haus und hatte sich der Disziplin eines wohlstrukturierten Tagesablaufs unterworfen. Um halb sechs stand er auf, um sechs holte er die Zeitung aus dem Briefkasten und frühstückte. Danach ging er eine Stunde über die Messdorfer Felder. Punkt zehn wanderte er mit einer Einkaufstasche zum Supermarkt.

Besuch, wie die Korffs feststellten, hatte er selten. Und welchen Hobbies er frönte, war ihnen nicht bekannt. Dazu war der Kontakt zu distanziert. Bei Begegnungen tauschte man nur die notwendigen Höflichkeiten aus. Schließlich lebte man ja Tür an Tür und Garten an Garten. Elisabeth hatte jedoch den Eindruck, dass Maihofer ihr mehr zugetan war als ihrem Mann. Sie glaubte, eine gewisse Sympathie in seinem Blick zu bemerken, während er Jakob eher ablehnend betrachtete und immer auch an ihn seine Beschwerden richtete.

Konrad Maihofer schien an diesem Morgen guter Laune zu sein. „Das Eselchen ist aber geschrumpft", rief er scherzhaft und zeigte zu dem Pavillon. „Sie haben jetzt einen Hund?"

„Ja", antwortete Elisabeth. „Ein Labrador. Eine Hündin. Sie bellt nicht, ist ganz folgsam, stellt nichts an. Ihre Pfingstrosen sind jetzt sicher."

„Ach", winkte Maihofer ab. „So schlimm ist das ja nicht. Die kommen nächstes Jahr wieder. Sagen Sie, was haben Sie denn mit dem Esel gemacht?"

„Mein Mann hat ihn zu einem Reiterhof gebracht. Da ist er gut aufgehoben."

„Ja, habe ich gesehen, wie er losgezogen ist. Vollbepackt. Sah aus, als würde er länger wegbleiben. Gestern ist er jedenfalls nicht zurückgekommen."

Sie war verstimmt, dass Maihofer ihr Haus beobachtete. Es gab ja solche Leute, die den ganzen Tag hinter der Gardine lauerten und nichts Besseres zu tun hatten. Gaffer, die darauf warteten, dass draußen etwas passierte. Oder die genau wissen wollten, was bei den Nachbarn vor sich ging.

„Mag schon sein, dass er ein oder zwei Tage wegbleibt. Er kann den Esel ja nicht in den Smart packen."

80

„Sicher nicht. Aber so ein Tier holt man doch mit einem Anhänger ab. Hat doch jeder Reiterhof."

„Er wollte ihn nicht abholen lassen, sondern persönlich vorbeibringen."

Sie sah, wie Maihofer die Stirn runzelte. So sehr, dass sich sein weißer Haarkranz mit anhob. Er glaubte ihr nicht.

Susi hatte inzwischen hinten am Zaun ihr Geschäft erledigt, kam zurück, blieb bei Elisabeth stehen, sah sie erwartungsvoll an. Es war Zeit für eine Tasse Trockenfutter. Elisabeth Korff wünschte ihrem Nachbarn noch einen schönen Tag, ging mit der Hündin ins Wohnzimmer. Gerade als sie die Terrassentür schließen wollte, hörte sie, wie Maihofer rief: „Wenn Sie jemanden für den Hund brauchen, ich mache das gerne."

Sie antwortete nicht, tat, als hätte sie das Angebot nicht mitbekommen, drückte die Tür zu, blieb aber für ein paar Sekunden nachdenklich stehen. So unsensibel war der Nachbar gar nicht. Ahnte er, in welcher Verlegenheit sie steckte?

24

Zur gleichen Zeit, als Elisabeth auf der Terrasse stand, schälte Jakob sich aus dem Schlafsack, zog den Reißverschluss des Zelteingangs auf, steckte den Kopf nach draußen. Es war schon hell. Ein paar Nebelschwaden schwebten über der Lichtung. Am Himmel sah er noch einen blassen, halbrunden Mond. Coco stand still neben dem Baum, an dessen Stamm er sie gebunden hatte. Er hatte es versäumt, nachts nach ihr zu sehen, hatte durchgeschlafen.

Nur einmal war er für einen kurzen Augenblick wach geworden, aber sogleich wieder eingeschlafen. Alles war gut gegangen. Sie hatte sich nicht in das Seil eingewickelt, sich nicht mit den Beinen verheddert. Er krabbelte aus dem Zelt, ging durch das taunasse Gras zu ihr, streichelte ihr über den Rücken. „Guten Morgen, meine Liebe! Ich binde dich jetzt los. Du wirst ja nicht fortlaufen." Er löste den Knoten, öffnete den Karabiner am Halfter, rollte das Seil über seinem Arm zusammen. Coco trabte langsam zu dem Bach, trank, begann die Umgebung zu untersuchen, machte sich über ein paar Disteln her. Korff sah ihr zu. Heute musste Heu her. Sonst würde Coco einen Grasbauch bekommen. Er ging wieder zu dem Zelt, schleifte Satteltaschen und Rucksack heraus, holte Topf und Campingkocher hervor, begann Wasser zu kochen. Das Kaffeepulver schüttete er nach Art der Türken und Griechen in das siedende Wasser, rührte, wartete, bis das Pulver sich gesetzt hatte, füllte einen Becher. Er nahm den ersten heißen Schluck, fand, dass ihm noch kein Kaffee so köstlich geschmeckt hatte, drehte sich eine Zigarette dazu.

„Wie viele Male habe ich schon Kaffee getrunken?" überlegte er. „An wie vielen Orten der Welt, in wie vielen Hotels bei den Urlauben mit Elli? Erinnere ich mich daran? An eine besondere Tasse in einem besonderen Moment? Nein."

Alles war eingeebnet in ein gestaltloses Kontinuum der Zeit. Aber diesen Becher, den er jetzt trank, würde er nicht vergessen. Ebenso wie jeden einzelnen Tag seiner gerade erst begonnenen Wanderung. An die Reisen zuvor hatte er nur schemenhafte Erinnerungen. Er wusste nicht zu sagen, was war an jenem Tag, was war an diesem.

Alle Urlaubstage waren zu einer flachen Landschaft geworden, aus der nichts herausragte. Zwar hätte er sagen können: Wir haben die Pyramiden gesehen, Tempel in Thailand, Taj Mahal, die chinesische Mauer, eine Felsenstadt in Jordanien, die Christusstatue in Rio, eine verfallene Inkastadt in den Anden, das Kolosseum in Rom und Maya-Ruinen in Mexiko. Hinzu kamen die schönsten Strände der Welt. Der Surin-Beach auf Phuket, Beau Vallon auf den Seychellen, der Flamenco-Beach von Puerto Rico. In vierzig Jahren kam einiges zusammen. Wenn man zwei gutbezahlte Jobs hatte mit regelmäßigen Ferien und Urlauben konnte man sich das Exotische leisten. Aber jetzt hätte er diesen Moment auf einer Lichtung des Godesberger Marienforstes nicht eintauschen mögen gegen alle Luxusreisen der Welt.

Er holte eine Wanderkarte aus seinem Rucksack, faltete sie auf. Der schönste Teil des Mittelrheins kam. Der Rheinhöhenweg führte durch kleine Ortschaften wie Ließem und Niederbachem hin zum Rolandsbogen, traf dann auf Oberwinter. Auf der anderen Rheinseite wäre das Siebengebirge zu sehen, der Drachenfels. Und unten im Rhein die Insel Nonnenwerth. Kurz vor dem Rolandsbogen käme er durch die Vulkanlandschaft des Rodderbergs. Hier lag in der Vulkansenke ein Reiterhof. Hier müsste es möglich sein, Heu für Coco zu bekommen. Über die nächste Übernachtungsmöglichkeit machte er sich keine Sorgen. Gottes Natur war groß und schön. Da fand sich immer ein Plätzchen im Wald oder auf einer Wiese. Wie weit käme er heute? Bis Oberwinter? Vielleicht. Aber es war ja auch egal. Er hatte Zeit.

Proviant hatte er auch noch genug. Ein frisches Brot, Kräuterkäse mit Knoblauch, zwei Dosen Thunfisch. In den Satteltaschen steckten für Coco noch Möhren und Haferflocken. Das Päckchen mit dem Tabak war auch noch gefüllt. Einen Supermarkt müsste er heute nicht suchen. Es reichte sogar noch für den Sonntag. Er trank einen zweiten Becher Kaffee, sah, wie die Sonne über den Rand der Lichtung stieg und die Tautropfen an den Grashalmen zu glitzern begannen. Er baute das Zelt ab, rollte Isomatte und Schlafsack zusammen. Dann ging er zu Coco, führte sie am Halfter zum Zelt, legte ihr die Decke auf den Rücken, setzte den Packsattel auf, zurrte ihn mit dem Bauchgurt gerade so fest, dass er nicht rieb und scheuerte, hängte die Satteltaschen an das Holz, verschnürte im Kreuz des Sattels das Zelt. Er schulterte den Rucksack, klinkte den Karabiner mit dem Führungsstrick in den Ring des Halfters. Dann drückte er sich den Filzhut auf den Kopf, ging los. Der zweite Tag der Wanderung begann.

25

Sie startete an diesem Samstag einen neuen Versuch, Jakob anzurufen. Auf ihre SMS hatte er nicht geantwortet, nichts geschrieben. Wieder war das Handy ausgeschaltet. Nur die Mailbox meldete sich. Wo mochte er nur sein? Steckte er in Schwierigkeiten, scheute oder schämte sich sogar, das zuzugeben? Oder war er endgültig einem Starrsinn verfallen, wie man ihn sonst nur Eseln nachsagte? Ihm wieder etwas auf die Box zu sprechen oder eine Nachricht zu schreiben, würde sinnlos sein. Sie unterließ es, obgleich ihr danach zumute war, ihm eine ganze Litanei zu hinterlassen und ihm die Leviten zu lesen. „Bist du noch bei Sinnen!? Wo steckst du? Willst du Sturkopf nicht wissen, was hier auf dich wartet? Ich habe für dich extra einen Hund gekauft. Willst du mich damit jetzt alleine lassen? Komm sofort zurück, wenn du noch einen Funken Anstand besitzt! Macht man so etwas, einfach abzuhauen ohne Nachricht!? Was geht in deinem Kopf vor? Hast du dir den letzten Funken Verstand weggetrunken? Maihofer freut sich, dass du weg bist. Zeige ihm, dass du wieder da bist."

Irgendwann ging sie in ihr Arbeitszimmer, um den Unterricht für diesen seltsam stockenden Leistungskurs vorzubereiten. Die Geschichte des Landvermessers K., der zu einem Dienst für den Schlossherrn berufen war, aber sich dem Schloss nur näherte, ohne es erreichen zu können. Ob er wirklich berufen war, hing auch noch in der Schwebe, war ungewiss. Warum ging das nicht in den Schädel der Schüler, dass Kafka Absurditäten beschrieb? Mit einem aufgeklärten Blick musste man das doch erkennen können. Was hatte diese Jugend im Kopf? Smartphone, DSDS und Dschungelcamp. Da versagte die hohe Literatur. Statt der Fächer Deutsch und Biologie hätte sie wohl lieber Ringen und Reiten nehmen sollen. Aber das gab es an deutschen Schulen nicht. Jakob war auch so ein Kulturbanause, dem anscheinend schon bei dem Wort ‚Bildung' schlecht wurde.

Ein merkwürdiger Streit fiel ihr ein. Ein paar Jahre war das jetzt her. Da hatte sie Klausuren korrigiert zum ‚Homo Faber'. Das Thema war:

„Beschreiben Sie Fabers Gefühle auf Kuba!" Ein Schüler hatte es gewagt, ein fast leeres Blatt abzugeben. „Kaufen Sie mir lieber ein Ticket dorthin!" stand auf dem Papierbogen. Sonst nichts. Sie war zu Jakob gegangen, hatte ihm das gezeigt, mehr rhetorisch als einen Rat verlangend gefragt:

„Was soll man da geben? Ist doch eine glatte Sechs. Arbeitsverweigerung. Renitenz."

Aber Jakob hatte zu ihrer Überraschung den Kopf geschüttelt und gesagt: „Eine Sechs? Nein. Eine Eins. Der Junge hat's begriffen!"

Seitdem hatte sie nie wieder mit ihm über ihre Arbeit gesprochen und er wollte auch nichts davon wissen.

Sie nahm sich Kafkas Roman noch einmal vor, blätterte, las. Womit konnte sie die Schüler am Montag reizen, zur Aufmerksamkeit bewegen? Sie entschied sich für die Episode, in der K. auf das Schankmädchen Frieda trifft. Vielleicht drang die Erotik, auch wenn sie absurd war wie alles, was in dem Stück vor sich ging, eher in die Schülerköpfe. Vielleicht fanden sie hier einen Zugang, würden endlich den Mund auftun und eine Diskussion beginnen, statt schläfrig auf den Stühlen zu hocken.

Sie kam nicht so recht voran mit dem Lesen und der Vorbereitung. Ihre Gedanken schweiften ab. Wo mochte Jakob jetzt stecken? Was sollte sie am Montag mit der Hündin anfangen, deren Vorbesitzerin gesagt hatte: „Nur gerne alleine ist sie nicht." Was passierte, wenn Susi alleine war? Fing sie an zu bellen, zu heulen? Pflückte sie das Sofa auseinander? Kratzte sie mit der Pfote an der Haustür oder pinkelte sie aus Protest auf den Teppich oder an die Zimmerwand? All das war ungewiss. Gewiss war nur, dass sie die Hündin nicht mit in die Schule nehmen konnte. Aber vielleicht hatte sie Glück und Jakob käme rechtzeitig zurück.

Gegen Mittag ging sie in die Küche, öffnete den Kühlschrank. Da lagen noch die Hähnchenbrustfilets, die Jakob am Donnerstag besorgt hatte. Sie studierte das Verfallsdatum. Heute noch wären die Filets genießbar. Morgen nicht mehr. Aber sie schob die Schale zurück in den Kühlschrank. Der Appetit war ihr vergangen. Sie suchte in den Küchenschränken, fand zwischen einigen Tüten Haferflocken, die Jakob zurückgelassen hatte, eine Dose Gulaschsuppe. Mit einer Scheibe Brot würde das reichen. Richtigen Hunger hatte sie nicht.

Den Nachmittag verbrachte sie mit der Hündin auf den Messdorfer Feldern, ging wieder bis zu der Brücke, unter der die Züge zwischen Bonn und Bad Münstereifel hindurchrauschten. Spaß machte ihr der Spaziergang nicht. Überhaupt ging ihre Laune, wie man so sagte, mehr und mehr in den Keller. Als sie am Abend vor der Tagesschau saß, klingelte es an der Haustür. Sie stand auf, ging durch den Flur, öffnete. Vor ihr stand Konrad Maihofer mit einer Flasche Wein unter dem Arm. „Wenn ich Ihnen Gesellschaft leisten darf? Hier bin ich. Ihr Mann ist ja immer noch nicht zurück."

26

Er war an leuchtend gelben Rapsfeldern vorbei gewandert, die mit dem Blau des wolkenlosen Himmels eine Sinfonie der Farben bildeten, die einem die Sinne berauschen mochte. Es war ein

Meer von Sonnengelb, das dort oben auf der Rheinhöhe in einem sanften Wind hin und her wogte. Am Wegesrand gaben wilde Margeriten und kleine Inseln von Mohnblumen weiße und rote Farbtupfer. Hob man den Blick nach Süden kam das schattige Grün eines in der Ferne liegenden Waldes hinzu. In einem etwas helleren Farbton mit einem frischen noch frühlingshaften Grün begrenzte den östlichen Horizont die Hügelkette des Siebengebirges, wo unten im Tal gelassen und majestätisch der Rhein floss, als sei ihm die Unruhe der Welt völlig egal.

Coco war an den Rapsfeldern vorbeigetrabt. Die gelben Blüten interessierten sie nicht. Raps stand nicht auf ihrem Speisezettel. Nur hin und wieder war die Eselin stehen geblieben, wenn sie am Rand der Felder eine Distel entdeckt hatte. Korff wunderte sich, dass sie die Lippen so einfach über die Stacheln schob und genüsslich kaute, als habe sie es mit einem zarten Salat zu tun. Vielleicht war sie aber einfach nur geschickt, vermied die Stacheln und biss die jetzt noch geschlossenen Knospenköpfe, die sich erst im Sommer mit purpurfarbenen Blüten öffnen würden, mit den Zähnen ab. Er stand neben ihr, sah ihrem Kunststück zu, hielt den Führungsstrick locker, ließ ihr die Zeit, die sie sich nehmen wollte. Nach ein paar Minuten ging sie von alleine weiter und er ging mit. Es machte ihm nichts aus zu trödeln, der irrsinnigen Beschleunigung zu entkommen, die der Welt zum Maßstab geworden war. Alles musste immer schneller gehen, an Geschwindigkeit gewinnen. Um Zeit zu sparen, wie es hieß. Aber ließ sich Zeit sparen? Man konnte entweder nur in der Gegenwart ruhen oder sie versäumen. Die Zeit war wie ein unendliches Meer. Man konnte das Wasser hektisch durchkraulen oder auch auf dem Rücken liegend dahintreiben und den Himmel betrachten. Und irgendwann war die Zeit zu Ende, jedenfalls die menschliche. Die Eile änderte nichts daran. Das Grab kam früh genug.

Er erinnerte sich an eine Geschichte, die er früher einmal gelesen hatte. „Wieviel Erde braucht der Mensch?" Da wollte jemand Land kaufen, Land besitzen, aber die Eingeborenen, es mussten Indianer sein, sagten: „Wir schenken es dir. Nimm dir so viel, wie du an einem Tag umlaufen kannst."

Derjenige, der dann lief, um in den Besitz von Land zu kommen, musste ein Kapitalist gewesen sein. Am frühen Morgen, mit Sonnenaufgang, rannte er los. Er rannte und rannte. Möglichst groß musste sein Land sein. Am Abend, mit dem Untergang der Sonne, kam er dort an, wo er losgelaufen war. Er hatte einen beträchtlichen Besitz umrundet. Aber er war völlig erschöpft und fiel tot um. Da begruben ihn die Indianer und sagten: „So viel Erde braucht der Mensch!"

Diese Geschichte fiel Korff ein. Der Mensch mit seiner Gier war wahnsinnig. Immer mehr. Immer mehr von allem. Mehr Geschwindigkeit, mehr Zeitersparnis, mehr Geld, mehr Besitz, mehr Wachstum. Mein Haus, mein Auto, mein Boot, mein Land. Wozu, wenn man am Ende tot umfiel? War es nicht schöner, ohne Ziel in der Gegenwart zu ruhen, die Welt um sich herum zu betrachten, nicht am allgemeinen Rattenrennen teilzunehmen? Warum galt bei einem Staat das Bruttosozialprodukt als Maß aller Dinge? Und nicht das Produkt des Glücks oder der Zufriedenheit? Warum sprach man nur vom

Wohlstand und nicht vom Wohlgefühl? Bei diesen Gedanken blieb auf einmal nicht der Esel, sondern Korff stehen. Er schüttelte den Kopf, drehte sich eine Zigarette, rauchte, blies einen Kringel in die Luft, schob sich den Hutrand höher, so dass auch die Stirn oben von der Sonne gewärmt wurde. War die Welt, jedenfalls die von Menschen gemachte, nicht ein Irrenhaus? Er hatte immer fleißig mitgemacht, sich dem Lauf der Dinge ergeben. Teilnahmslos. Ohne Leidenschaft. Die Zeit abgerissen. Und so war sie zerronnen, ohne dass er jetzt im Nachhinein einen besonderen Sinn darin sehen konnte. Sinn. Was war Sinn? Gab es einen? Ließ sich der entdecken, erleben? Steckte er vielleicht mittendrin und wusste es noch nicht? War es überhaupt sinnvoll, sich darüber Gedanken zu machen. Vielleicht ging es Coco besser, weil sie sich nicht mit solchen Fragen belästigte. Die lebte einfach. Fraß, schlief, wanderte, durch kein Bewusstsein gestört. Die hatte keinen Blick für Vergangenheit oder Zukunft, war einfach da, in der Gegenwart. War der Mensch, der Homo Sapiens, in der Rangordnung der Lebewesen wirklich das höchste? Oder hielt er sich nur dafür und war in Wirklichkeit saudumm, vermieste sich die kurze Spanne Zeit, die ihm vergönnt war, mit Blödsinn, betäubte sich mit lauter unnützen Dingen? Diese Fragen stürmten plötzlich auf Korff ein. Warum erst jetzt, warum so spät bedrängten sie ihn? Weil er mit der Verabschiedung aus dem Arbeitsleben an einen Wendepunkt gekommen war? Weil ihm erst da bewusst wurde, wie vergänglich alles war? Auch sein eigenes Leben. Von seiner Lebensuhr war das meiste abgelaufen. In seine Freude über die Schönheit der Natur und das Gefühl frei zu sein, gehen wohin er wollte und wohin ihn das Schicksal führen würde, mischte sich eine Spur von Melancholie. Zurück zu Elisabeth wollte und konnte er nicht mehr. Jedenfalls nicht jetzt. Er wollte sich nicht von Coco trennen, sie nicht auf einem Reiter- oder Gnadenhof lassen. Eine Rückkehr empfand er als Niederlage. Was sollte er zu Hause anstellen? Wie Maihofer spazieren gehen und den Rhein entlang radeln Tag für Tag? Jede Woche Gänseblümchen köpfen mit dem Rasenmäher? Einkaufen gehen, kochen lernen? Die Zeit vor dem Fernseher verschlafen? In der Hopfenstube hocken und mit anderen Rentnern an der Theke schweigen? Nein und nochmals nein! Auch das Handy hatte ausgeschaltet zu bleiben, damit er sich nicht beirren ließ. Noch war er ja erst am Anfang eines Weges, von dem er nicht wusste, wohin er führte. Er zog sich den Hut wieder in die Stirn, drückte die Zigarette am Wegesrand aus, fasste den Führungsstrick enger. „Komm, Coco!" sagte er. „Wir gehen weiter."

27

Am Mittag, die Uhr eines Kirchturms schlug gerade Zwölf, erreichte er Niederbachem. Er traf auf die Hauptstraße des Ortes, ging mit Coco auf dem Bürgersteig, folgte dem Zeichen für den Rheinhöhenweg, einem schwarzen ‚R' auf weißem Grund, das an einem Laternenpfahl klebte.

Vor dem Schaufenster eines Friseursalons blieb er stehen. ‚Coiffeur Belle Hair' war dort in großen Lettern zu lesen. Im Glas des Fensters konnte er sich spiegeln. So hatte er sich noch nie gesehen. Mit Hut, Weste, einem zerknitterten blauen Hemd, dessen obere Knöpfe geöffnet waren. Er nahm den Hut ab, fuhr sich mit der Hand durch das graue Haar, das in ungeordneten Strähnen plattgedrückt auf dem Kopf klebte. Er hatte vergessen, einen Kamm einzupacken, ebenso wie das Päckchen mit den Einmalrasierern. Er strich sich mit der Hand über Kinn und Wangen. Es fühlte sich rau an. Ein Dreitagebart war nicht schlimm, aber was er da oben auf dem Kopf hatte, war alles andere als ‚Belle Hair', schönes Haar. Er studierte die Preisliste im Schaufenster. ‚Cut & Go' gab es für 15 Euro. Ein Maschinenschnitt kostete 11 Euro. Der Salon war leer, keine Kundschaft da. Er studierte die Öffnungszeiten. Heute, am Samstag, bis ein Uhr. Die Zeit reichte also noch.

Er sah sich um. Wo konnte er Coco anbinden? Gegenüber dem Friseursalon, auf der anderen Straßenseite, entdeckte er eine Bushaltestelle mit einem Wartehäuschen. Er führte Coco dorthin, band den Führungsstrick an eine hintere Strebe, streichelte der Eselin über den Rücken, sagte: „Ich bin gleich wieder da."

Er überquerte die Straße, betrat den Salon. Die Schelle an der Tür bimmelte, eine hübsche, junge Blondine erschien aus einem Nebenraum. Er schätzte ihr Alter auf 25 vielleicht auch 30. Die Blonde musterte ihn erstaunt, hielt ihn wahrscheinlich für einen Landstreicher.

„Sie wünschen?" fragte sie.

„Einmal Haare schneiden", antwortete Korff und nahm den Hut ab.

„Waschen, Schneiden, Föhnen? Kostet 23 Euro. Eine Kopfmassage gibt es noch dazu. Oder Cut and Go? Kostet 11 Euro."

„Nein, nein!" klärte er sie auf. „Alles ab mit der Maschine. Glatze, wie das so schön heißt."

„Eine Glatze?" Sie sah ihn verwundert an. „Aber Sie haben doch noch ganz dichtes Haar. Da kriegen wir eine richtig schöne Frisur hin."

„Glatze!" beharrte Korff. „Alles ab. Ich brauche die Haare nicht mehr."

Sie zögerte einen Moment, zuckte mit den Schultern. „Wie Sie wünschen. Dann nehmen Sie bitte Platz!"

Er setzte sich in den Frisierstuhl, legte den Hut auf die Konsole, bekam einen Umhang umgelegt. Die Blondine bearbeitete mit dem Fuß den Verstellbügel, so dass sich der Stuhl etwas senkte und Jakobs Gesicht mitten im Spiegel erschien.

„Sind Sie sicher?" fragte die junge Frau. „Ich kann das nicht mehr rückgängig machen. Warum wollen Sie denn eine Glatze? Haben Sie eine Wette verloren?"

„Nein. Ich brauche die Haare nicht mehr."

„Wie Sie meinen!" Die Frau schüttelte den Kopf, griff zu einer Haarschneidemaschine. „Ganz kurz, richtig kurz?"

„Alles ab", bestätigte er.

Sie stellte das Scherenblatt ein, begann im Nacken. Er sah hinter sich die ersten Büschel zu Boden fallen. Dann fräste die Maschine die Schneisen oben auf seinem Schädel. Er beobachtete im Spiegel, wie sich sein Gesicht veränderte. Was eine Frisur doch alles ausmachte! Da blickte ihm zwar kein Yul Brunner oder Kojak entgegen. Korff hatte ein eher schmales Gesicht. Aber er fand es gar nicht so schlimm, was er da sah. Jetzt, wo das Grau weg war, sah er sogar jünger aus. Allerdings war er oben auf dem Kopf weiß und sonst im Gesicht von der Sonne schon gebräunt. Aber das würde sich rasch ändern. An das neue Aussehen würde er sich gewöhnen. Vor allem hatte er von nun an den Vorteil, nicht mehr zum Friseur zu müssen. So eine Haarschneidemaschine konnte man kaufen und dann war man unabhängig. Die gab es schon für zwanzig Euro. Nach zweimal Glatze schneiden hatte sie sich amortisiert.

Während ihn die Blondine stumm bearbeitete, drehte er den Kopf öfter zum Schaufenster, um nach Coco zu sehen. Die Eselin stand brav unter dem Dach des Wartehäuschens. Gott sei Dank fuhr der Bus an Samstagen nur selten oder auch gar nicht. Jedenfalls hatten sich noch keine Passagiere an der Haltestelle versammelt.

„Wenn Sie den Kopf nicht so oft drehen würden, könnte ich besser arbeiten", ermahnte ihn die Friseuse. „Was gibt es denn da zu sehen?"

„Ich bin mit dem Esel gekommen", antwortete Korff. „Der wartet gegenüber an der Bushaltestelle."

„So, so. Mit dem Esel." Die junge Frau sah nicht zum Fenster hin, sondern widmete sich weiter seinem Kopf.

„Doch, doch!" bekräftigte Korff. „Sie glauben mir nicht?"

Sie schaltete die Maschine aus, blickte durch das Fenster nach draußen. Korff sah im Spiegel ihr erstauntes Gesicht.

„Wie kommt man denn zu so etwas?" fragte sie. „Hier ist noch kein Kunde mit einem Esel erschienen." Sie lächelte. „Wo wollen Sie denn damit hin?"

„Den Rhein runter. Mal sehen. Ein genaues Ziel habe ich noch nicht."

„Den Rhein runter", wiederholte sie. „Wie lange?"

„Keine Ahnung. Ich habe Zeit."

„Zeit", seufzte sie. „Ja, die müsste man haben."

Sie schaltete die Maschine wieder ein, fuhr ihm mit der Hand über den Kopf, prüfte, ob einzelne Haare dem Scherenblatt widerstanden hatten.

„Bis nach Holland?" fragte sie.

„Nein, andersrum. Nicht runter, sondern hoch. Nach Süden."

„Mit dem Esel?"

„Mit dem Esel."

„Und wo schlafen Sie?"

„Ich habe ein Zelt dabei."

Die Frau war jetzt nicht mehr so stumm wie am Anfang. Während sie ihm mit einem Pinsel über Kopf und Nacken fuhr, erzählte sie ihm mit Bedauern, für so etwas keine Zeit zu haben. Zwei Wochen Mallorca mit Mann und Kind. Einmal im Jahr. Mehr sei nicht drin. Und jetzt mit den gestiegenen Flugpreisen sei sogar das fraglich. Außerdem wisse man ja gar nicht mehr, ob der Flug wirklich geht. Eine Freundin habe letzte Woche nach Madeira gewollt.

„Mit Mann und zwei kleinen Kindern an der Hand ist sie nach Frankfurt gefahren. Und dann? Der Flug gestrichen, der Urlaub, auf den sie sich so gefreut haben, dahin. Und das Geld? Ob sie das wiederbekommen? Ungewiss."

So erzählte sie eine Weile, war jetzt freundlich, sogar charmant. Während sie ihm mit einem

Handspiegel seinen blanken Kopf von hinten zeigte, bemerkte sie. „Steht Ihnen richtig gut. Jetzt sehen sie jünger und richtig unternehmungslustig aus."

Was ein Esel alles bewirken konnte! wunderte er sich. Sie hielt ihn jetzt nicht mehr für einen Landstreicher, sondern für einen Abenteurer.

„Mit dem Esel den Rhein runter!" wiederholte sie lächelnd.

Ihm lag scherzhaft auf der Zunge: „Kommen Sie doch einfach mit! Auf einen Esel kann man sich verlassen."

Er war zwar schon 65, aber sein Auge war jung geblieben. Und sie war wirklich hübsch. Aber er sagte es nicht. Sie mochte es als Anzüglichkeit verstehen. Heutzutage wusste man als Mann ja nicht mehr, was man zu einer Frau sagen durfte und was nicht. So stand er also auf, nachdem sie ihm den Umhang abgenommen hatte, zahlte, besah sich noch einmal im Spiegel, setzte den Hut auf und verabschiedete sich.

„Ich wünsche Ihnen eine schöne Reise", sagte die junge Frau.

28

Für einen Augenblick war sie überrascht gewesen von seinem forschen Auftreten, ja seiner Dreistigkeit. Was ging es ihn an, ob Jakob schon zurück war oder nicht? Hatte Maihofer nichts Besseres zu tun als nebenan auf der Lauer zu liegen? Fast hätte sie ihm die Tür vor der Nase zugeschlagen. Aber dann überlegte sie. Eine schroffe Zurückweisung hätte das ohnehin schon distanzierte Verhältnis nicht verbessert. Weiter war er die Rettung für ihre Verlegenheit mit Susi. Und außerdem: Wenn Jakob sie so im Stich gelassen hatte, schadete eine kleine Quittung nichts. Jakob war nicht der einzige Mann auf der Welt. Er wusste es nicht zu schätzen, dass sie immer noch eine attraktive Frau war. Warum es nicht ausprobieren? Maihofer kennenlernen. Vielleicht war er ja ganz anders als es den Anschein hatte. Außerdem: Ein wenig Ablenkung täte ihr gut. Statt sich vor dem Fernseher einer der üblichen Totschlagserien hinzugeben, war ein Gläschen Wein mit dem Nachbarn eine Alternative. Und so sagte sie nach kurzem Zögern: „Was für eine schöne Überraschung. Kommen Sie doch herein!"

Während sie vor ihm her durch den Flur ging, überlegte sie weiter. Vielleicht hatte Maihofer gar nicht ihr Haus beobachtet, sondern wusste bestens Bescheid. Er hatte gesehen, wie Jakob mit dem Esel den Garten verließ, und hatte gefragt: „Wo wollen Sie hin? Was haben Sie vor?" Jakob hatte ihm von seinen Plänen berichtet. Der Nachbar war misstrauisch gewesen bei ihrer Geschichte mit dem Reiterhof. Er wusste es wahrscheinlich besser. Wenn er es wusste, könnte sie es auch erfahren. Der Wein würde ihm die Zunge lösen, rückte er nicht direkt mit seinem Wissen heraus. Und reichte eine Flasche nicht, wartete im Keller ein ganzes Regal. Um einen ausreichenden Weinbestand hatte Jakob sich immer gekümmert. Der Nachschub war gesichert. Da war sogar ein excellenter Grappa dabei, bei dem auch ein auf Fassung getrimmter Marineoffizier geschwätzig würde.

Sie sah in dem überraschenden Besuch einen mehrfachen Nutzen. Was das Dilemma mit dem Hund betraf und ihre Unkenntnis, was Jakob im Schilde führte. Außerdem: Maihofer war zwar schon über siebzig, aber immer noch ein stattlicher Mann. Er war groß, schlank, hatte auf Disziplin geachtet, rauchte nicht, ging regelmäßig spazieren oder radelte den Rhein entlang. Betrunken oder angeheitert hatten sie ihn noch nie gesehen. Selbst bei dem einzigen gemeinsamen Grillabend hatte er nach alkoholfreiem Bier gefragt. Worauf Jakob zur Tankstelle geeilt war, um ein paar Flaschen zu holen. Im Flur hatte sie ihn murmeln gehört: „Null Umdrehungen! So etwas!"

Sie lud ihren Nachbarn ein, auf dem Sofa Platz zu nehmen, schaltete den Fernseher aus, holte zwei Weingläser aus der Schrankbar und einen Korkenzieher dazu. Aber bevor Maihofer sich setzte, beugte er sich zu Susi herab, die vor der Terrassentür auf dem Teppich lag, streichelte ihr über den Kopf und sagte: „Du bist aber eine Liebe. Wenn du möchtest, gehen wir ab und zu spazieren."

„Ist ein Angebot", wandte er sich an seine Gastgeberin. „Falls Sie mal keine Zeit haben. Ich mache das gerne."

„Danke!" ging sie darauf ein. „Bei meinem Beruf. Ich kann die Susi ja nicht mit in die Schule nehmen."

Sie vermied es, über den Esel und Jakobs Verschwinden zu reden. Noch war Maihofer nüchtern und würde ihren Fragen womöglich ausweichen. Sie musste den richtigen Moment erwischen, ihm zu verstehen geben, dass sie seine Gegenwart schätzte und ihm in Aussicht stellen, solche Abende zu wiederholen. Vielleicht mit einer noch größeren Belohnung als einer Flasche Wein oder einem Grappa. Zugleich würde das auch ein reizvolles Spiel sein. Ihn näher kommen zu lassen, aber nicht zu nahe. Sie müsste eine lenkbare Distanz finden, die ihr von Nutzen sein würde. Männer waren leicht zu manipulieren. Da würde auch er keine Ausnahme machen.

Beim Öffnen der Flasche erwies er sich als ungeschickt. Er kannte einen Korkenzieher, wie Jakob ihn benutzte, nicht. Das Werkzeug sah auf den ersten Blick einem Taschenmesser ähnlich, hatte einen ausklappbaren Kapselschneider und einen zweigelenkigen Doppelheber. Man klappte die Schraubenspindel auf, drehte sie in den Korken, setzte den Heber an den Rand des Flaschenhalses, zog den Korken sanft und zügig heraus.

„Geben Sie schon her!" sagte sie, lachte über sein verdutztes Gesicht. „So macht man das!"

Sie ließ ihn reden, hörte ihm zu. Er gestand, dass er sich nach dem Tod seiner Frau einsam fühlte. Fünf Jahre war das jetzt her. Da hatten die Maihofers gerademal zwei Jahre in der Doppelhaushälfte nebenan gewohnt, waren als neue Nachbarn hinzugezogen. Seine Frau hatten sie kaum kennengelernt. Ein blasses, stilles Wesen, das meist zu Hause hockte. Auch der gemeinsame Grillabend, der einem ersten Kennenlernen dienen sollte, hatte sie nicht vertraut werden lassen. Viktoria, wie seine Frau hieß, hatte nur wenig zur Unterhaltung beigesteuert, meistens nur zustimmend genickt, wenn ihr Mann etwas sagte. Vielleicht war sie da schon krank gewesen, gezeichnet von dem Krebs, der in ihr fraß. Viel Wein getrunken hatte sie an dem Abend nicht. Nur ein Glas. Das zweite hatte ihr Maihofer aus der Hand genommen, gesagt: „Eins ist genug." Es hatte wie ein Befehl geklungen, weniger nach Fürsorge. Sie hatte gehorcht, das Glas widerstandslos auf dem Gartentisch abgestellt.

Elisabeth erinnerte sich auch an die Episode mit dem steinernen Buddha. Der stand am Rand der Terrasse. Jakob hatte die Figur von ihrer Reise nach Kambodscha mitgebracht. Sie war als antik ausgegeben worden, zeigte Verwitterungsspuren, ähnlich jenen geheimnisvoll lächelnden Buddhas in Angkor Wat. Ob das mit dem Alter ihrer Skulptur so stimmte, war zu bezweifeln. Man fälschte viel in Südostasien. Viktoria jedenfalls gefiel sie. „Wissen Sie", bemerkte sie, „eigentlich hatte ich Archäologie studieren wollen. Aber dann kam unser Sohn dazwischen."

„Dazwischen!" hatte Maihofer geknurrt. „Wie sich das anhört! In so einem Beruf wärst du dauernd unterwegs gewesen. Außerdem habe ich genug verdient. Da muss meine Frau keine alten Sachen ausgraben."

Elisabeth Korff hörte ihm zu, wie er über die Einsamkeit redete, die ein Fluch des Alters sei.

„Die Einschläge werden dichter. Die letzten Freunde sterben. Zum Schluss sitzt man ganz alleine in seinem Haus. Das Leben ist nicht einfach. Mein Sohn kommt selten. Einmal im Jahr. Mehr kann er ja nicht. Wissen Sie, er ist Chefarzt in Stuttgart. Darauf bin ich stolz. Aber er hat leider viel zu tun. Man fährt ja nicht mal so eben von Stuttgart nach Bonn."

„Aber Sie haben doch Zeit", wandte sie ein. „Dann fahren Sie doch von Bonn nach Stuttgart."

„Nein, nein. Man fällt nur zur Last."

Beim zweiten Glas Wein begann er von Viktoria zu erzählen. Er hatte immer noch ihre Kleidung im Schrank, nichts weggeräumt, nichts weggegeben. Er lebte in der Erinnerung, die ihm im ganzen Haus begegnete. Die Küche hatte er so gelassen, wie er sie seiner Frau eingerichtet hatte. Alles hatte er so gelassen, als wäre sie nie gestorben. Auf der Nachtkommode und im Wohnzimmer standen Portraitfotos, an den Wänden hingen Bilder von den gemeinsamen Klettertouren in Tirol.

„Eigentlich" gestand er, „wollte sie ja ans Meer. Aber ich habe ihr die Angst vorm Klettern genommen. Sie hat sich tapfer geschlagen."

Sie langweilte sich. Da wäre selbst der Film im Zweiten besser gewesen. Irgendwie verhielt der Nachbar sich steif, gehemmt. Trotz der Flasche Wein, mit der er gekommen war. Lag sein Verhalten an ihr? War er verstimmt, dass nicht er, sondern sie die Flasche entkorkt hatte? Eine lächerliche Kleinigkeit. Mochte er keine selbstständigen Frauen? Lebte er noch in der alten patriarchalischen Welt? Erschreckte sie ihn? War er verunsichert? Hielt er jede Frau, die ihr eigenes Geld verdiente, für eine gefährliche Amazone? Es gab ja noch solche Männer vom alten Schlag. Die waren noch nicht ausgestorben.

Sie ging in die Offensive. „Herr Maihofer, was halten Sie von einem Grappa? Wir haben einen exzellenten Tropfen im Keller."

Aber Maihofer winkte ab. „Nein, nein, keine harten Sachen! Die vertrage ich nicht."

„Wenigstens noch ein Glas Wein?" fragte sie.

Er sah auf seine Armbanduhr. "Ich muss gleich gehen. Die Gewohnheit. Der Schlaf ab zehn ist der gesündeste."

Sie startete einen weiteren Versuch. „Wir haben noch Wein im Keller."

Er winkte ab. „Lieber nicht."

Da kam sie zu ihrem eigentlichen Anliegen. „Hat mein Mann Ihnen gesagt, was er mit dem Esel vorhat? Sie haben doch gesehen, wie er den Garten verlassen hat."

Maihofer schüttelte den Kopf. „Gar nichts hat der gesagt. Ich habe ihn auch nicht gefragt. Der hat den Esel bepackt, sich einen Rucksack aufgesetzt, ist gegangen. Sie sagten doch, er sucht einen Reiterhof."

„Er hat sein Handy ausgeschaltet. Ich kann ihn nicht erreichen."

„Fahnenflucht?"

„Möglich."

Er stand auf, sah noch einmal auf die Uhr, deren Zeiger nur ein oder zwei Minuten weiter gewandert war.

„Ich muss jetzt gehen", sagte er. „Aber den Hund bringen Sie mir ruhig!"

29

Als er zu Coco kam, um sie an der Bushaltestelle loszubinden, lüftete er zuerst seinen Hut. „Guck mal! So sehe ich jetzt aus. Erkennst du mich?" Aber die Eselin sah ihn nur stumm an mit ihren braunen Augen. Sie reagierte wie immer. Es war ihr egal, ob er Haare auf dem Kopf hatte oder nicht. Korff schmunzelte noch, als er mit Coco die Hauptstraße entlang ging bis hin zum Vulkanweg, der zum Rodderberg führte.

Wie erstaunt die Friseuse gewesen war! Was hätte sie gesagt, wenn er ihr tatsächlich das Angebot gemacht hätte: „Kommen Sie doch einfach mit!" Wie hätte sie reagiert? Wahrscheinlich mit Humor. Aber sicher sein konnte man sich da nicht. Ja, ja, das Auge war jung geblieben, und es gab immer noch Frauen, die auch für einen 65jährigen reizvoll waren, selbst wenn der Trieb erheblich nachgelassen hatte.

Mit Elli lief schon lange nichts mehr. Eine Ausnahme hatte es nur einmal letztes Jahr bei einem Urlaub in Málaga gegeben. Das war abends in der Dunkelheit bei einem Spaziergang am Strand. Sie hatte ihn gewähren lassen. Seltsam. Eigentlich war sie ja immer noch eine attraktive Frau. Groß, schlank, mit schulterlangen Haaren. Alle vier Wochen half er, sie mit Henna rot einzufärben. Ihr natürliches Blond fand er eigentlich besser. Seine Aufgabe war es, den Hennabrei so zu verteilen, dass keine Stelle übersehen wurde. Er trug bei dieser Arbeit keine Handschuhe, hatte danach Hände wie ein Indianer. Wo war nur die Leidenschaft geblieben, die sie am Anfang füreinander hatten?

War es normal, dass man nach 40 Ehejahren so nebeneinander lebte? Seit zehn Jahren schliefen sie getrennt. Sie störte sein Schnarchen. Ihm hätte eine schnarchende Frau nichts ausgemacht. Im Gegenteil. Dann hätte er nachts beim Wachwerden gemerkt: Sie ist noch da. War er für sie zu langweilig geworden? Uninteressant? Sicher, von seinem Beruf gab es nichts zu erzählen. Verwaltungsangestellter im Bundesministerium für Gesundheit, das seinen ersten Dienstsitz immer noch in Bonn hatte. Für den höheren Dienst hatte er sich nicht beworben, Fortbildungen vermieden. Sein Karrierepfad war bescheiden verlaufen. Ganz im Gegenteil zu seiner Frau, die es bis zur Direktorin gebracht hatte. Und das, wie sie gerne betonte, nicht aufgrund der Frauenquote. Fleiß und Zielstrebigkeit konnte man ihr nicht absprechen. Aber ihr Beruf ging ihm auf die Nerven. Eine Schule hatte er noch nie gemocht. Ellis Neigung zu Aufklärung, Diskussion und Erziehung tötete bei ihm jede erotische Ambition. Wahrscheinlich war er deswegen beim Fernsehen immer eingeschlafen. Sie liebte es, über die Sendungen zu diskutieren, zu fragen: „Wie hast du das verstanden?" Da schlief er lieber. Wenn man nichts gesehen hatte, konnte man auch nicht gefragt werden.

Ob sie heimliche Affären hatte? Wusste er nicht. Möglich wäre es gewesen. Zumindest in der Zeit, als sie noch nicht Direktorin war und mit Kollegen auf Klassenfahrten ging. Er seinerseits hatte auf Affären verzichtet. Weniger aus Triebmangel, sondern einfach, weil er die Probleme, die damit verbunden waren, nicht wollte. Affären kamen immer ans Tageslicht. Frauen hatten einen Instinkt dafür. Für eine Affäre war er einfach zu faul gewesen. Obgleich, Gelegenheiten hätte es gegeben. Zum Beispiel mit der Azubi, die im dritten und letzten Ausbildungsjahr war und einen Vaterkomplex haben musste. Da war er schon sechzig, sie gerade mal zwanzig. Eine hübsche, intelligente junge Frau, Abiturdurchschnitt 1,2. Als sie am Ende der Ausbildung auf die Hardthöhe wechselte, in das Verteidigungsministerium, hatte sie ihm bei einer Kaffeepause einen Zettel zugesteckt mit ihrer Handynummer. „Ich habe jetzt auch ein Auto", hatte sie gesagt. „Ich möchte Sie ungern vermissen." Ob das wirklich ein Angebot war, wusste er nicht genau. Er vermutete es. Schließlich hatte es kaum eine Kaffeepause gegeben, bei der sie nicht seine Nähe gesucht hätte. Aber es war nichts passiert. Er war nicht darauf eingegangen, hatte nicht angerufen, wollte ihr Auto nicht kennenlernen. Nur einmal hatte sie, als sie schon auf der Hardthöhe war, nach Dienstschluss draußen im Wagen auf ihn gewartet. Es war ein schickes, moccafarbenes Peugeot-Cabrio. Er hatte sie nur kurz begrüßt, sein Bedauern ausgedrückt, ihre Einladung zu einem Feierabendbier ausschlagen zu müssen, einen wichtigen Termin vorgeschoben. Die Geschichte wäre brenzlig geworden.

Daran dachte er, als er die Ereignisse im Frisiersalon ‚Belle Hair' Revue passieren ließ. Mit Unbehagen fiel ihm ein, dass er seit drei Tagen nicht geduscht hatte. Wahrscheinlich hatte die Blondine im Salon schon heimlich die Nase gerümpft, als sie ihm den Kopf scherte. Für die kommende Nacht ein Zimmer zu finden, zu duschen und wenigstens T-Shirt und Strümpfe zu wechseln, wäre ziemlich angebracht. Coco war das egal, wie er roch. Aber ab und zu traf er ja auf Menschen. Und Frauen hatten besonders empfindliche Nasen. Das Problem indes war: Wie fand man mit einem Esel an der Leine ein Zimmer?

30

Nach einer Stunde war er am Rodderberg. Von einem Berg sah man nicht viel. Beherrschend dort oben auf der Rheinhöhe war die ausgedehnte Senke des erloschenen Vulkans, der seine letzte Eruption vor 300 000 Jahren gehabt hatte. Statt der Lava sah man nun grüne Weideflächen und im Auge des Kraters den Reiterhof mit seinen Stallungen und den Wirtschaftsgebäuden. Korff kam an einer Kapelle vorbei, warf einen kurzen Blick auf die Pietà, die schmerzensreiche Mutter, die ihren gekreuzigten Sohn auf dem Schoß liegen hatte. Die ‚schönen Madonnen‘ betrachtete er lieber, jene Figuren des Mittelalters, wo eine anmutige Maria mit dem Jesuskind auf dem Arm scherzte. Er erinnerte sich, wie er einmal mit Elli eine Ausstellung im Bonner Landesmuseum besucht hatte. Er hatte eigentlich nicht hingewollt, war überredet worden, musste aber nachher zugeben, dass ihm der Besuch gefallen hatte.

Durch eine von Linden gesäumte Allee erreichte er den Hof, stellte zu seiner Freude fest, dass es hier einen Biergarten gab mit Tischen, Bänken, roten Sonnenschirmen, roten Sitzkissen und einem weißen Kieselboden. Er band Coco an den Stamm einer jungen Kastanie, die neben dem Eingang stand, suchte sich einen Tisch in der Sonne, legte den Hut ab, damit ihm auch der Scheitel gebräunt wurde und er nicht aussah, als würde er eine weiße Badekappe tragen.

Er bestellte sich ein Bier, wurde von der Kellnerin freundlich nach dem Esel befragt und dem ‚Woher?‘ und ‚Wohin?‘. Das ‚Woher?‘ wusste er. Beim ‚Wohin‘ gab er wieder zur Antwort „den Rhein runter“. Er rückte sogleich mit seinem Anliegen heraus. Heu für Coco, ein Zimmer für ihn.

Die Kellnerin eilte davon, kam nach ein paar Minuten mit einem frisch gezapften Pils zurück und brachte die Chefin des Hauses mit. Die sagte: „Heu können Sie natürlich haben. Zimmer vermieten wir nicht. Aber wenn Sie noch ein paar Kilometer Richtung Oberwinter gehen nach Unkelbach, wüsste ich was. Da gibt es den Sonnenhof, ein Landgut, das nicht mehr bewirtschaftet wird. Ich kenne die Besitzerin. Sie vermietet jetzt Monteurzimmer. Neben dem Hof liegt eine umzäunte Wiese. Da können Sie Ihren Esel über Nacht lassen. Da laufen tagsüber zwar Gänse herum, aber die kommen abends in den Stall wegen dem Fuchs. Vielleicht ist das eine Möglichkeit. Ich kann gerne für Sie anrufen und schreibe Ihnen die Adresse auf."

Korff freute sich über die Hilfsbereitschaft. Mit einem Esel durch die Landschaft zu ziehen, schien einfacher zu sein, als er es sich am Anfang vorgestellt hatte. War der Esel vor vielen Jahren noch ein Sklave des Müllers und musste Mehlsäcke schleppen, so öffnete er jetzt Herzen und Türen. Die Chefin persönlich führte Coco in einen Stall, wo sie sich sattfressen konnte. Er selbst bekam einen Zettel mit der Adresse in Unkelbach und die gute Nachricht: „Ja, das geht. Sie werden dort erwartet."

Am frühen Nachmittag brach er auf nach Unkelbach. Er kam am Rolandsbogen vorbei, zögerte, mit Coco die Treppenstufen zu dem Ruinenbogen hoch zu gehen. Dort oben auf dem kleinen Plateau gab es neben dem Bogen ein Restaurant. Man konnte draußen sitzen, sah unter sich den Rhein und die Insel Nonnenwerth. Blickte man durch den Bogen sah man Richtung Bonn den

Petersberg und den Drachenfels. Eigentlich waren die ganzen Fernreisen, die er mit Elli unternommen hatte, überflüssig gewesen. Wo konnte es schöner und idyllischer sein als an diesem Punkt des Mittelrheins? Er wusste nicht, ob ihm die Erinnerung guttun würde. Vor vielen Jahren, da hatten sie sich gerade erst kennengelernt, hatten sie da oben auf der Terrasse gesessen, über den Rhein gesehen. Nach Süden Richtung Andernach. Nach Norden Richtung Bonn. Und tief unten im Sonnenlicht lag Nonnenwerth. Elli hatte ihm zu der Insel eine Geschichte erzählt. Sie kannte sich aus, wusste viele solcher Anekdoten.

„Weißt du, wer mal da unten in einem geheimen Liebesnest war?" hatte sie ihn gefragt.

„Nein. Wer denn?"

„Franz Liszt, der Musiker." Einen kleinen Moment überlegte sie, korrigierte sich. „Musiker? Kann man so gar nicht sagen. Klaviervirtuose, Paganini der Tasten. Als Zauberer aus dem Ungarland war er in ganz Europa berühmt."

„Liszt. Ach so, ja." Den Namen hatte er schon einmal gehört. Von der Musik wusste er nichts. So fragte er rasch: „Was war denn mit dem? Was war mit dem Liebesnest?"

„Da unten auf der Insel haben sie sich heimlich getroffen. Franz Liszt und die schöne Gräfin Marie d`Agoult. In Paris hat sie Ehemann und Kinder verlassen, um sich auf Nonnenwerth romantischen Stunden hinzugeben. Schön, nicht wahr!"

Er hatte gelächelt, mit den Schultern gezuckt, geantwortet. „Was die können, können wir auch."

Danach waren sie nach Bonn gefahren, ins ‚James Joyce' gegangen, hatten bis Mitternacht an der Theke gesessen und waren dann auf einer Bank im Alten Zollhof übereinander hergefallen. Bis zu ihrer oder seiner Wohnung hatten sie nicht mehr warten können. Wo nur, wo war die alte Leidenschaft geblieben?

„Komm Coco!" sagte Korff. „Den Rolandsbogen müssen wir uns nicht ansehen. Auf nach Unkelbach!" Er zog den Zettel mit der Adresse aus seiner Westentasche, las noch einmal: ,Sonnenhof, Rosa Türpe, Am Mühlenweg 1.'

Am Abend kamen sie dort an. Etwa zu der Zeit, als Konrad Maihofer mit einer Flasche Wein unter dem Arm bei Elisabeth geklingelt hatte.

31

„Sie sind das also!" sagte Rosa, als sie ihm die Tür öffnete. Er hatte erst nach einigem Zögern an dem schlichten Haus mit den roten Klinkersteinen geklingelt, hatte sich ein Landgut anders vorgestellt. War das hier der ,Sonnenhof'? Hatte sich die Chefin vom Biergarten mit der Hausnummer vertan? Einzig ein Schild im Fenster unten zeigte, dass er hier übernachten konnte. „Monteurzimmer zu vermieten" stand darauf. Eine Wiese mit Gänsen war nicht zu sehen. Die Frau, die vor ihm stand, mochte etwa fünfzig sein. Sie war klein, drahtig, reichte Korff bis zur Schulter. Ein freundlich lächelndes Gesicht wurde von kurzen blonden Haaren umrahmt, die mit ein paar frechen Fransen in die Stirn fielen. Sie trug verwaschene Bermudajeans, ein T-Shirt in hellerem Blau, an den Füßen steckten pinkfarbene Sandaletten.

„Kommen Sie!" forderte sie ihn auf. „Zuerst versorgen wir Ihren Esel." Es folgte ein prüfender Blick. „Aha, eine Dame. Wie heißt sie?"

„Coco."

„Wie alt?"

„25. Hat man mir jedenfalls gesagt:"

Sie musterte Coco. „Kann sein. Sieht jedenfalls gesund aus. Wenn Sie wollen, schaue ich sie mir morgen mal näher an. Ich hatte früher auch zwei Esel. Toni und Theo. Ist ein paar Jährchen her."

Er folgte ihr, bis sie an eine umzäunte Wiese kamen, auf der ein paar Gänse Gras rupften. Als sie das Gatter erreichten, kamen sie schnatternd angelaufen. Am Ende der Wiese stand ein Holzschuppen, dessen Tür geöffnet war.

„Warten Sie hier!" sagte Rosa. „Ich bringe zuerst die Gänse in den Stall."

Sie schob das Gatter auf, schloss es wieder und marschierte „Put,put,put" rufend auf den Stall zu. Die Gänse watschelten schnatternd hinter ihr her, marschierten in den Schuppen. Rosa schob die Tür zu, legte einen Ziegelstein davor, kam zurück.

„Wegen dem Fuchs", erklärte sie. „Zwei Gänse hat er mir schon geholt. Die Stalltür hat kein Schloss. Da hat er einmal die Tür aufgedrückt. Den Stein kriegt er nicht weg. Jetzt sind sie sicher."

Sie nahm ihm das Seil aus der Hand, führte Coco auf die Wiese, streifte das Halfter ab.

Als sie wieder bei ihm war, sah sie ihn aus blaugrauen Augen schelmisch an und meinte: „So, jetzt sind Sie dran. Ich zeige Ihnen das Zimmer. Es ist aber nur noch das Dachzimmer frei. 12 Euro mit Frühstück. Die Zimmer in der ersten Etage sind belegt.

„Dusche gehört dazu?" fragte er.

110

„Da müssen Sie runter in die erste Etage. Auf dem Flur ist ein Gemeinschaftsbad. Sie sind jetzt aber ungestört. Die Jungs sind nicht da. Kommen erst Morgenabend wieder."

Die Jungs, wie sie ihm erklärte, waren drei Monteure, die das Wochenende zu Hause verbrachten. Einer wohnte in Mainz, zwei in Worms. In Bonn hatten sie Arbeit gefunden.

Auf dem Weg zum Haus fragte er nach den Gänsen, verwunderte sich, dass die so folgsam hinter ihr hergelaufen waren.

„Ist ganz einfach", meinte sie. „Sie müssen den Ganter beherrschen. Dann folgt ihm der Harem. War nicht immer so unkompliziert. Ich hatte mal einen, der machte sich auch über die Töchter her. Die Mutter musste sich an der Futterschüssel hinten anstellen."

„Und?" fragte Korff. „Er hat sich geändert?"

„Ziemlich. Er ist im Backofen gelandet."

Bevor sie ihm sein Zimmer zeigte, führte sie ihn durch den Flur im Parterre nach hinten in einen Hof. Da erst sah er, wie groß das Anwesen wirklich war, was man von der Straße aus nicht vermutet hätte. Stallungen lagen zu beiden Seiten des Hofes. Gegenüber dem Haus gelangte man durch eine Scheune in einen riesigen Garten mit Apfel- und Kirschbäumen, Sträuchern mit Stachel- und Johannisbeeren, Haselnussbüschen. Verstreut gab es Beete mit Salaten, Zwiebeln, Zucchini, Knoblauch und Kräutern, die er noch gar nicht kannte. Im wuchernden Gras blühten Gänseblümchen und Löwenzahn. Mittendrin entdeckte er auch eine Insel mit Bärlauch. An der südlichen Scheunenwand rankte Wein.

Sie führte ihn durch den Garten, rupfte an den Kräuterbeeten an einer Pflanze manchmal ein paar Blätter ab, zerrieb sie zwischen den Fingern, ließ ihn daran schnuppern. „Bergbohnenkraut", sagte sie. „Ein wunderbares Aroma. Oder?" Sie wartete seine Antwort nicht ab, zeigte auf die Salatköpfe. „Die Schnecken machen Kummer. Eine Zeit lang hatte ich eine indische Laufente. Aber als die Schnecken alle waren, hat sie sich über den Salat hergemacht."

„Backofen?" fragte er.

„Nee, die hab' ich abgegeben. Kann ja nichts dafür, wenn sie nicht nur Schnecken mag."

Fast eine halbe Stunde führte sie ihn im Garten herum. Dann endlich ging es durch die Scheune zurück in den Hof, wo an den Ställen Blumentöpfe aufgereiht waren. Eine rote und weiße Blütenpracht lief entlang der Stallwände.

„Schön", sagte er. „Gefällt mir."

Das Zimmer, das sie ihm im ersten Stock des Hauses zeigte, war wirklich einfach. Ein Bett, ein Schrank, ein Tisch, ein Stuhl. Klein war es, hatte weder Radio noch Fernseher. Bei den Dachschrägen am Fenster musste man aufpassen, nicht mit dem Kopf anzustoßen.

„Wenn Sie durstig sind", verabschiedete sich seine Gastgeberin, „kommen Sie nach unten. Im Kühlschrank sind ein paar Getränke."

Er nickte. „Ja, danke!" Sie schloss die Tür. Er hörte, wie sie die Treppe hinunter ging, sah sich noch einmal in dem Raum um. Viel zu sehen gab es nicht. Der fehlende Luxus war ihm egal. Er zog sich die Schuhe aus, legte sich auf das Bett. Nach ein paar Minuten war er eingeschlafen.

112

32

Irgendwann klopfte es an seine Tür. Er wurde wach, schlug die Augen auf, sah sich um, musste für ein paar Sekunden überlegen, wo er war. Ach ja, Unkelbach. Coco war auf der Gänsewiese, er im Haus von Rosa Türpe. Wer konnte es sein? Seine Gastgeberin? Oder war etwa einer der Monteure vor der Zeit zurückgekehrt? Er stand auf, ging zur Tür, öffnete. Rosa lächelte ihn freundlich an.

„Hätten Sie Lust, ein Bier mit mir zu trinken?" fragte sie. „Wir können draußen sitzen im Hof. Es ist noch warm genug."

„Gerne!" antwortete er und dachte: Sie ist neugierig. Will wissen, wie und warum es einen Fremden mit einem Esel ausgerechnet nach Unkelbach verschlagen hat. Bisher hatte sie ihn nicht gefragt, ihm nur den Garten gezeigt. Vielleicht fühlte sie sich einsam und brauchte Unterhaltung. Sicher hatte sie damit gerechnet, dass er von selbst bei ihr erscheinen würde. Zumindest um nach einem Schluck kalten Wassers zu fragen. Was er im Rucksack mit sich führte, war lauwarm und schmeckte nicht mehr. Einen Mann hatte er bei seiner Ankunft nicht gesehen. Wahrscheinlich war auch keiner da. Sie hatte ja „trinken Sie mit mir" gesagt und nicht „trinken Sie mit uns".

Er wollte ihr schon auf den Fersen folgen, bemerkte aber rechtzeitig, dass er an den Füßen keine Schuhe hatte. Es war besser, die strapazierten Socken darin zu verstecken. Zum Duschen hatte er jetzt keine Lust. Eine Bäuerin würde nicht so empfindlich sein. Anders als Elli, die öfter an ihm schnüffelte und sagte: „Jakob, ich weiß, du bist kein

Fisch, aber ein bisschen Wasser schadet auch dir nicht." Das war der unmissverständliche Hinweis: „Hau ab unter die Dusche!"

„Einen Moment noch", sagte er, „ich komme gleich." Er streifte sich die Sportschuhe über, ging auf die erste Etage ins Bad, beguckte sich im Spiegel. Ein zweifarbiges Gesicht sah ihm entgegen. Gerötet oben auf dem Kopf, der Rest angebräunt. Er zuckte mit den Schultern. Da war jetzt nichts zu machen. So war es eben. Gott sei Dank musste es bald dunkel werden. Sie würden im Hof ja nicht unter Neonlicht sitzen. Er lief nach unten, spürte seinen trockenen Gaumen. Ein kaltes Bier kam gerade recht. Sie saß allein an einem Tisch im Hof, hatte zwei Gläser und zwei Flaschen vor sich stehen. Daneben brannte eine Kerze.

Natürlich fragte sie. Woher? Wohin? Und Warum? Er redete so viel wie seit langem nicht mehr.

Seine Erzählung amüsierte sie. Wie konnte man nur darauf kommen, sich einen Esel in einen Siedlungsgarten zu stellen! „Klar kommt dann die Polizei", meinte sie. „Wir sind in Deutschland."

Er erzählte auch von Elisabeth und verschwieg nicht, dass er einfach so abgehauen war. „Sie hat mich vor die Alternative gestellt", sagte er. „Sie oder Coco. Ich habe mich für Coco entschieden." Er machte eine Pause, räusperte sich. „Naja, zunächst einmal. Ich weiß ja auch nicht, was draus wird. Irgendwann rufe ich sie an. Das Handy habe ich aber erst einmal ausgeschaltet."

„Hmm. So, so!" kommentierte sie, und er konnte raten, wie das gemeint war. Zustimmendes Verständnis für ihn oder leiser Tadel. „So etwas macht man nicht. Man haut nicht einfach ab und spielt den toten Mann."

Dann war auch er neugierig. „Sie wohnen hier ganz alleine? Ich meine abgesehen von den Monteuren."

„Seit zehn Jahren. Geschieden. Mein Mann und ich hatten unvereinbare Konzepte."

„Unvereinbare Konzepte?" fragte er.

„Naja, muss ich wohl erklären. „Den Hof hier habe ich von meinen Eltern geerbt. Viehzucht hatten wir nicht. Vor allem keine Massentierhaltung. Nur ein paar Schweine, ein paar Ziegen. Dafür aber Erdbeerfelder und Apfelbaumplantagen ein paar Kilometer von hier bei Berkum. Mein Mann wollte Land dazukaufen, Pestizide einsetzen, um die Erträge zu steigern. Ich war dagegen. Wir haben uns andauernd gestritten. Aber nicht nur deswegen. Da gab es auch noch ein paar andere Geschichten. Aber die vielleicht später. Das Ende vom Lied: Er ist gegangen. Ich habe die Plantagen verkauft, auch die Schweine und Ziegen. Es ist einfach zu viel Arbeit. Nur die Gänse sind geblieben. Damit etwas Geld ins Haus kommt, bin ich auf die Monteurzimmer umgestiegen. An zwei Tagen habe ich auch auf dem Reiterhof ausgeholfen. Von da haben Sie ja meine Adresse."

„Und die Esel?" wollte Korff wissen. „Toni und Theo."

„Ja, die Esel. „Die konnte ich in der Zeit nicht mehr halten, musste sie abgeben. Es waren zwei Hengste. Kastrieren lassen wollte ich sie nicht. Das ist irgendwie gegen die Natur. Nun ja, als ich einmal vom Reiterhof kam, hat Toni mich angefallen. Sie haben es wahrscheinlich schon bemerkt. Mir fehlt an der rechten Hand der kleine Finger."

Sie lächelte, hob die Hand. „Sehen Sie, der fehlt."

„Ich dachte, Esel seien friedliche Tiere."

„Nicht die Hengste, wenn man Stutengeruch an sich hat."

„Tut mir leid", bekundete er sein Mitgefühl.

„Ach was!" winkte sie ab. „Ich hätte es wissen müssen."

Sie stand auf, ging ins Haus, kam mit zwei weiteren Flaschen zurück, hielt in einer Hand ein Döschen. „Sie drehen sich doch Zigaretten", sagte sie. „Haben Sie etwas dagegen, wenn Sie mir auch eine machen, aber nicht nur mit Tabak."

Sie schnippte mit dem Daumen den Deckel von der Dose, hielt ihm den Inhalt unter die Nase. „Ein bisschen Gras. Ab und zu schadet das nicht. Sie werden mich ja nicht verpfeifen."

So kam es, dass Korff zum ersten Mal in seinem Leben Marihuana rauchte. Etwas taumelig vom Bier und dem ungewohnten Rauchgenuss ging er eine Stunde später zu Bett. Ein paar Minuten lag er noch wach, horchte und überlegte: „Was mache ich, wenn sie kommt?"

Aber sie kam nicht, und er schlief ein.

33

Die Sonntage waren still und leise. Normalerweise hätte sie Unterricht vorbereitet oder sich Notizen gemacht zu einer der immer häufiger anstehenden Konferenzen. Alles musste diskutiert, abgeklärt, Konflikte gelöst werden. Sei es, dass es wiedermal um eine Rechtschreibreform ging, um neue Richtlinien, um Integration und Migrationshintergrund, um das Abschneiden bei der Pisa-Studie, um die Wahl zum Lehrerrat und vieles, vieles mehr. Bürokratie und Verwaltungsaufgaben explodierten bei gleichzeitiger Zunahme all der Probleme, die eigentlich schon längst hätten gelöst werden müssen. War vorne eine Aufgabe erledigt, hängten sich hinten zwei neue an. Irgendwie war das früher in der Schule gemütlicher gewesen. Da hatte sie den Beruf gerne ergriffen, an pädagogische Ideale geglaubt, an den Wert von Bildung. Das alles, wie sie sich insgeheim eingestand, war den Bach hinunter gegangen. Von daher konnte sie manchen Kollegen verstehen, der sich vorzeitig verabschiedet hatte. Einmal hatte sie sich auf einer Konferenz versprochen und gesagt: „Leider ist der Kollege Hellmer vom Amtsarzt dienstunfähig geschrieben worden und steht unserer Anstalt nicht mehr zur Verfügung." Sie hatte den Freudschen Versprecher sogleich bemerkt, gelacht und erklärt: „Ich meine natürlich ‚Schule', habe es aber so ausgedrückt, wie Hellmer es sieht und beim Amtsarzt über uns gesprochen hat. Nun ja, wir wollen uns davon nicht beeinflussen lassen."

An diesem Sonntag hatte sie keine Lust, sich in ihr Arbeitszimmer zurückzuziehen. Sie ging nicht nur am frühen Morgen, sondern auch am Mittag mit Susi über die Messdorfer Felder. Sie hoffte, dass es sie von ihren Gedanken an Jakob ablenken würde, aber das Gegenteil war der Fall. Auf den Messdorfer Feldern hatte er den Esel gekauft und war damit verschwunden. Kein Zettel, keine Nachricht, kein Handy. Was war los mit ihm?

Wollte er die Ehe nicht mehr? Hatte er sich verabschiedet aus einer Gemeinschaft, die doch so schlecht nicht war? Man lebte in Frieden zusammen. Sicher, es war nicht das Feuer des Anfangs. Aber das war doch normal. Irgendwann hatte der Kamin nur noch eine stille Glut. Aber die wärmte doch auch. Der Anfang. Ja, der Anfang! Da hatten sie noch viel zusammen unternommen. Dann aber war er, Jakob, immer mehr abgeschlafft, stiefelte sein Arbeitspensum ab, redete immer weniger, hing immer öfter lustlos herum. Selbst beim gemeinsamen Urlaub hatte sie den Eindruck, dass er die Tage zählte, froh war, wenn der Rückflug anstand. Was war das? Was war los mit ihrem Mann? Für die Midlife-Crisis war er zu alt, für die Anmeldung im Seniorenheim zu jung. Warum auf einmal diese Verrücktheit? Früher war er doch ganz anders gewesen.

Sie dachte an die gemeinsamen Abende im ‚James Joyce', ihrer irischen Lieblingskneipe in Bonn. Was waren das für lustige Thekenabende! Der ‚Alle-mal-malen-Mann' fiel ihr ein. Der ‚Alle-mal-malen-Mann' hieß eigentlich Jan Loh, war ein Bonner Original. Mit Zeichenblock, Bleistiften und ein paar Rollen Tesafilm war er durch die Bonner Kneipen gezogen, hatte sich an einen Tisch gesetzt und gerufen: „Alle mal malen bitte!" Wer wollte, konnte sich für ein paar Mark und später Euro porträtieren lassen. Jan Loh rollte dann das Bild zusammen, klebte die Rolle mit Tesafilm fest. „So könnt ihr es leichter nach Hause tragen", hatte er stets gesagt. Einmal hatte er sie im ‚James Joyce' porträtiert. Er hatte sich ihnen gegenüber gesetzt, in einem Anzug, der viel zu groß war, hatte eine Schachtel Zigaretten vor sich gelegt, den Malblock genommen, einen Bleistift aus einem ganzen Bündel von Stiften gezogen und hatte sie aufmerksam musternd porträtiert. Mit seiner Arbeit war er genauso schnell fertig wie die Maler an der Seine in Paris. Und es war genauso gut. Man konnte sich nach ein paar Bier erkennen. „Ich male euch so, wie ihr seid", hatte er gesagt. „Nicht, wie ihr euch selber seht. Nach Schönheit streben kann jeder. Der Charakter aber will erkannt sein." Er hatte nach der Arbeit das Papier vom Malblock gerissen, zusammengerollt und mit Tesafilm fixiert. Dann kam der bekannte Spruch: „So könnt ihr es leichter nach Hause tragen."

An diese Episode musste Elisabeth denken. Aber wo war überhaupt das Bild? Jakob war nicht besonders beeindruckt gewesen. „Das kann ich besser", hatte er gesagt.

34

Der Tisch im Wohnzimmer war reichlich gedeckt. Allein das war schon die 12 Euro wert, die er für das Zimmer unterm Dach bezahlt hatte. Es gab eine ganze Palette von Wurst- und Käsesorten, Honig, Orangenmarmelade, Joghurt. In einem Körbchen lagen frisch aufgebackene Brötchen.

„Kaffee oder Tee?" fragte Rosa. „Ein Ei, weich oder hart gekocht?"

Um halb acht, nach einer ausgiebigen Dusche, saß er in einem geräumigen, mit alten Bauernmöbeln eingerichteten Wohnzimmer, entschied sich für den Kaffee und ein weich gekochtes Ei. Wenn so auch die Monteure von Rosa

Türpe bedient wurden, hatten sie es gut. Er fühlte sich ausgeruht. Sein Kopf war wieder klar. So schlimm war das gar nicht gewesen mit dem Gelage im Hof. Ein paar Fläschchen Bier, eine Tüte dazu. Na und! Er verstand nicht, dass man so ein Theater um die gute Hanfpflanze machte.

Rosa saß ein paar Meter weiter an einem Schreibtisch, hatte vor sich einen Laptop, klickte sich mit der Maus von Bild zu Bild. Vom Tisch aus konnte er sehen, dass es lauter Männerfotos waren. Sie musste in einem Dating-Forum sein und rief Profile auf. Plötzlich wurde der Bildschirm blau. Eine weiße Schrift erschien. Den Text konnte er nicht lesen. Rosa fluchte: „Diese verdammten Updates. Das ist Mobbing."

Sie wandte sich zu ihm, fragte: „Haben Sie Ahnung, wie man diese Updates vermeiden kann? Microsoft belästigt einen andauernd damit. Was soll das?"

Er schüttelte den Kopf. „Keine Ahnung. Weiß ich auch nicht. Sie zwingen einen dazu. Hat man diesen sogenannten Service deaktiviert, machen sie es wieder rückgängig. Täglich knallen sie einem Apps und anderen Schrott auf den Computer. Ich habe auch kein Smartphone. Wenn Sie's wissen wollen: Diese virtuelle Welt ist verrückt. Die alten Indianer sind mir lieber. Wenn die etwas mitzuteilen hatten, haben sie sich aufs Pferd gesetzt und sind geritten. Demnächst gibt es bei uns noch die digitale Ehe. Dann kann man sich einen männlichen oder weiblichen Roboter aussuchen und darf den programmieren. Für lebenslang oder nur zeitweise. Bitte stellen Sie die Dauer ein! Sex täglich oder nur am Wochenende? Bitte berücksichtigen Sie Ihr Alter. Schöne neue Welt!"

120

Sie lachte, während auf dem Bildschirm ein aus Punkten bestehender rotierender Kreis erschien und ein Update konfiguriert wurde.

„Ja, ja", meinte sie. „Irgendwie haben Sie Recht. Aber ich brauch dieses Ding. Online-Banking, Website für die Monteurzimmer und noch einiges mehr. Sagen Sie, wie lange wollen Sie bleiben? Das Zimmer unter dem Dach ist immer frei. Heute ist Sonntag. Da können Sie nichts einkaufen."

„Und wo lasse ich Coco? Ich weiß nicht, ob sie sich mit den Gänsen verträgt."

„Sie kann in den Garten. Allerdings angebunden, sonst gibt es keinen Salat mehr."

„Ich weiß nicht. Jetzt schon stillsitzen?"

„Überlegen Sie es sich. Es ist ein Angebot. Der gute Preis für das Zimmer bleibt."

Der Kreis auf dem Bildschirm hatte aufgehört zu rotieren. Das Update war beendet. Der Computer wurde automatisch herunter und hochgefahren. Rosa klickte sich wieder von Bild zu Bild. Nach ein paar Minuten drehte sie sich um zu ihm, sagte:

„Sie können das sehen, was ich mache?"

„Ich sehe nur die Fotos. Den Text kann ich nicht lesen."

Sie war keine Spur verlegen. „Ist ganz lustig", meinte sie. „Was es für tolle Männer auf der Welt gibt. Ich sehe mir das ab und zu an. Was die alles können und versprechen. Bin gerade im Dating-Café. Aber eigentlich ist das für mich erledigt. Ich will keinen Mann mehr. Früher war das anders. Die Uschi Obermeier ist nichts gegen mich gewesen. Ach ja, das waren wilde Jahre. Wissen Sie, ich habe meinen Eltern einigen Kummer bereitet. Zwei Jahre war ich in Indien, in Poona. Dann vier Jahre auf La Gomera. Männer! Was soll ich damit!? Da müsste schon einer kommen mit einer Harley und einem Pferdeschwanz. Ich meine die Frisur."

Sie hatte ihm immer noch den Rücken zugekehrt, sah nicht, wie Korff die Stirn runzelte und sich mit der Hand über den Kopf strich. Er köpfte das Frühstücksei und sagte: „Viel Glück! Möge Unkelbach an einer Rennstrecke für Harleys liegen." Und nach einer kleinen Pause fügte er hinzu: „Jetzt schon einen Ruhetag einlegen? Das ist zu früh. Bin doch gerade erst aufgebrochen. Ich will heute wenigstens noch bis Sinzig."

35

Rosa Türpe war mit auf die Wiese gekommen, hatte Coco untersucht, während die Gänse im Stall aufgeregt schnatterten und darauf warteten, dass sie den Verschlag aufmachte.

„Die alte Dame ist noch gut in Schuss", sagte sie, nachdem sie Hufe, Zähne, Fell gemustert und den Bauch abgetastet hatte. „Sie ist weder zu dick noch zu mager. Aber passen Sie auf, dass sie genug Heu bekommt. Gras macht fett. Gehen Sie am Hubertushof vorbei. Der kommt in ein paar Kilometern. Und bei den Disteln seien Sie auch vorsichtig. Die Esel fallen darüber her, aber das gibt Blähungen." Sie schüttelte den Kopf. „Wie kann man so ein Tier nur zum Abdecker bringen wollen!"

Zum Abschied umarmte sie ihn, sagte: „Wenn Sie auf der Rückkehr sind, wissen Sie ja, wo ich wohne."

Von Unkelbach aus führte ihn der Rheinhöhenweg zunächst durch Wald. Coco hatte sich auf der Wiese sattgefressen und zeigte wenig Interesse für die Büsche und Gräser am Wegesrand. Nur einmal war sie länger stehen geblieben, hatte Pferdeäpfel beschnüffelt, die auf einem Reiterpfad lagen. Sie trabte zügig mit, ließ sich willig führen.

Nach einer guten Stunde hatten sie die Apollinariskirche oberhalb von Remagen erreicht. Korff band die Eselin an das Gitter einer Aussichtsterrasse, von der man über den Ort und den Rhein sah. Er wollte die Kirche besichtigen, die mit ihren zierlichen Türmchen aussah wie ein romantisches Märchenschloss. Eine Kirche hatte er seit vielen Jahren nicht mehr besucht. An den letzten Besuch erinnerte er sich nicht. Wahrscheinlich war das die Kreuzbergkirche in Bonn gewesen, wo Elli und er getraut worden waren. Wessen Idee das war, wusste er auch nicht mehr. Irgendwie hatte es zum guten Ton dazugehört und war eher für die Verwandtschaft bestimmt als für einen selbst. „Bis dass der Tod euch scheidet!" So oder so ähnlich hatte es der Priester gesagt. Lange war das her. Der Tod war noch nicht eingetreten. Richtiger wären die Worte gewesen: „Bis dass der Esel euch scheidet."

Die Apollinariskirche verwunderte ihn. Die Wände waren vollständig ausgemalt mit bunten Fresken, die biblische Szenen darstellten. Er wusste nicht, was er davon halten sollte. Die Bibel war ihm immer als eine Art Märchenbuch erschienen. Wie konnte man Wasser in Wein verwandeln oder Tote auferstehen lassen! Wie konnte man so etwas glauben? Andererseits an nichts zu glauben, war auch komisch. Dann ergab das Leben keinen tieferen Sinn, außer dass man eben gelebt hatte. Und das war irgendwann unwiderruflich vorbei. Da hätte man es auch gleich sein lassen können, geboren zu werden. Aber das hatte man ja nicht verhindern können. Das geschah einfach. Man wurde ins Leben geschickt, wusste letztlich nicht woher und wohin. Wissen tat es niemand. Das ,Woher' und das ,Wohin' waren ein Mysterium.

Korff betrachtete die Fresken und überlegte, ob er die frommen Gesichter als kitschig empfinden sollte. Sie wirkten seltsam stilisiert, erstarrt, flach. Er hätte sie viel lebendiger gestaltet.

An einem goldenen Marienaltar blieb er länger stehen, betrachtete eine anmutige Traubenmadonna. Er hatte das Gefühl, dass sie ihm das Herz wärmte.

36

Sie zögerte, sein Arbeitszimmer zu betreten. Das tat sie nur, wenn er da war. Für sein Zimmer hatte er selbst zu sorgen. Auch Valeska, ihre polnische Hilfe, durfte dort nicht nach Ordnung und Sauberkeit sehen. Einmal die Woche, freitags, kam sie, kümmerte sich um das Haus, putzte Böden und Fenster, wischte Staub, saugte die Teppiche, nahm Wäsche mit, brachte sie gefaltet und gebügelt zurück. Elisabeth Korff hatte sie angerufen, ihr gesagt, dass von nun an ihr Mann diese Aufgaben übernehmen würde. Er hatte ja genug Zeit. Das finanzielle Motiv war zweitrangig. Auch wenn Jakob als Rentner jetzt weniger zum Haushalt beisteuern konnte, war genug Geld da. Es gab, wie sie sich eingestand, einen anderen Grund. Valeska war 38, hatte eine passable Figur. Die Vorstellung war ihr unangenehm, ihren Mann alleine mit ihr im Haus zu lassen, während sie in der Schule war. Sie wollte ihm nichts unterstellen. Aber bei Männern konnte jederzeit der Johannistrieb durchbrechen. Dann kam der zweite Frühling, das letzte Aufbäumen gegen das Alter. Sie wollten es noch einmal wissen, nicht zugeben, dass sie auf ein naturgemäßes Greisenalter zuliefen. Vielleicht war Valeska leicht zu verführen. Sie hatte in Warschau zwei Kinder zu versorgen, die bei ihren Eltern untergebracht waren. Sicher war sicher. Es war besser, der Versuchung einen Riegel vorzuschieben. Und hatte sie nicht Recht gehabt mit ihrer Vorsorge? Wer so verrückt war, sich einen Esel in den Garten zu stellen, machte vor einem polnischen Mädchen nicht Halt.

Sie suchte nach dem Bild, das der ‚Alle-mal-malen-Mann' von ihnen gefertigt hatte. In den ersten Ehejahren hatte es in seinem Arbeitszimmer noch an der Wand gehangen, mit einem silberfarbenen Aluminiumrahmen versehen. Irgendwann hatte er das Portrait mitsamt Rahmen ausgetauscht gegen einen Fotokalender mit Landschaften. Sie hatte ihn nicht gefragt, wo das Bild geblieben war. Es war kein Kunstwerk, dem man nachforschte, nicht der Rede wert. Dutzendware eigentlich, eine rasch hingeworfene Bleistiftskizze. Aber ihr hatte sein schelmischer Gesichtsausdruck gefallen, der an spaßige Cartoons in einem Feuilleton erinnerte.

Sie scheute sich, die Schubladen am Schreibtisch aufzuziehen. Das war ein zu großer Eingriff in die Privatsphäre. Aber das Regal mit den Büchern war sozusagen öffentlich. Jakob las wenig. Was sich da Rücken an Rücken aneinander reihte, waren meist Fachbücher. Es waren wirtschaftliche und juristische Ratgeber für Verwaltungsfachangestellte, eine Schriftenreihe zur Gesundheitsreform, medizinische Lexika, eine Einführung in die Archivkunde. Belletristik war nicht dabei. Kein Roman, keine Lyrik, kein Erzählband. Wohl aber ein paar naturkundliche Bücher wie der ‚Tier- und Pflanzenführer' von Kosmos oder ‚Wie bestimme ich Pilze?'. Was der Belletristik noch am nächsten kam war ‚Allein in der Wüste - Eine Reisereportage'.

Die drei kaum einen Meter langen Bretter des Regals waren noch nicht einmal voll bestückt. Lücken klafften dazwischen. In einer lag ein altes Fotoalbum. Sie erinnerte sich nicht daran, dass Jakob es ihr jemals gezeigt hätte. Früher, ganz viel früher, da hatte er noch fotografiert. In Schwarz-Weiß. Mit einer, wie er es ausdrückte, richtigen Kamera, bei der man noch Blende, Belichtungszeit und Entfernung selbst einstellen musste. Entwickelt hatte er die Negative selber und auf Fotopapier ein Positiv hergestellt. Dann aber, als die Apparate digital wurden, hatte er das Fotografieren aufgegeben. Es interessierte ihn nicht mehr.

„Jeder Idiot kann von einem Motiv hundert Aufnahmen machen", hatte er gesagt. „Kostet ja nichts. Die halbwegs beste nimmt man dann und zeigt sie vor. Kann jeder. Das ist keine Kunst."

Für die Erinnerungsfotos an die Urlaube war sie zuständig. Sie war dankbar für die einfache Bedienung ihres Apparates. Da ging alles automatisch. Man musste nur das Objektiv ruhig halten, den Bildausschnitt auf einem Display betrachten und den Auslöseknopf an-, dann durchdrücken. Fertig. Den Weg in den Fotoladen sparte man sich. Der Computer erledigte alles, servierte einem ein digitales Album. Sie verstand nicht, warum Jakob so altmodisch war und sich gegen eine technische Neuerung sträubte, die das Leben erleichterte.

Sie nahm das in schwarzes Leder gebundene Album, blätterte die Seiten mit den Schwarzweiß-Fotos um. Jakob hatte schon früh mit der Fotografie begonnen. Da sah man noch Porträts von seinen Eltern und von Schulkameraden aus den 1960er Jahren. Vorherrschend aber waren stimmungsvolle Landschaftsaufnahmen, meist das Panorama des Rheins. Eine Serie war dabei, die aus einem Skiurlaub stammen musste. Vor einem schneebedeckten Gipfel hatte er ein verdammt hübsches Mädchen fotografiert, das ihm zulächelte. Fünfzehn, sechzehn, vielleicht auch schon achtzehn Jahre mochte sie sein. Unter dem Foto stand: ‚Coco, Kampenwand 1966'. Ein Herz war daneben gemalt. Das Foto selbst beunruhigte sie zunächst nicht. Wohl aber ein Zettel, der mit eingeklebt war und dessen Alter sie nicht bestimmen konnte. ‚Coco Villard' stand darauf und die Adresse war angegeben: ‚12 Rue de Wenheck, 57730 Valmont, France'. War dieser Zettel neueren Datums? Gab es 1966 in Frankreich schon fünfstellige Postleitzahlen? Doch eher nicht. Hatte Jakob den Kontakt neu aufgenommen? Den Zettel konnte er im Album liegen lassen. Die Adresse war leicht zu merken. Der Ort, die Straße, die Hausnummer. Jakob war noch nicht dement. Warum hatte er diesen verdammten Esel ausgerechnet Coco genannt? Wo überhaupt war dieses Valmont? Diese

127

Fragen stürmten auf sie ein. Und ein Verdacht. Sie eilte in ihr Arbeitszimmer, fuhr den Computer hoch, rief ‚google maps' auf, tippte ‚Valmont' in die Suchleiste. Valmont lag in Nähe der deutschen Grenze, nicht weit von Saarbrücken. War es möglich, dass Jakob mit dem Esel dorthin unterwegs war? Wer einen Esel kaufte und ihn Coco nannte, dem war auch zuzutrauen, dass er mit dem Tier nach Frankreich lief. Eifersucht war ihr eigentlich fremd. Aber jetzt konnte sie dieses Gefühl nicht unterdrücken.

37

Der Zettel, ging man großzügig mit der Zeit um, war tatsächlich neueren Datums. Nach dem Tod der Eltern hatte er das Album, sein Album, in einem Kellerzimmer des Hauses gefunden und als Erinnerung mitgenommen. Eine zu große Sentimentalität hatte er nicht gefühlt. Was waren schon Fotos? Gefrorene Zeit. Ein erstarrter Moment, der lange schon vergangen war. Dennoch hatte er ab und zu darin geblättert, hatte länger verweilt bei dem Bild von Coco und sich darüber gewundert, mit welch heftiger Sehnsucht er während des Skiurlaubs ihre Nähe gesucht hatte. Und vor einem Jahr hatte er der Neugier nicht widerstehen können. Was war aus ihr geworden? Lebte sie noch? War sie verheiratet? Tanzte eine Kinderschar um sie herum? Nicht mehr die eigenen, sondern die Enkel.

Er hatte im Internet nachgeforscht, war erstaunt, dass sie ihren Mädchennamen behalten hatte.

Villard, wie damals. Und dann stieß er rasch auf den Grund, warum das so war. Sie hatte Karriere gemacht als Sängerin. Nicht die allererste weltberühmte Garde, aber immerhin die zweite Reihe, zumindest in Frankreich bekannt. Sie hatte sogar eine eigene Website mit Impressum. Er hatte sich die Adresse aufgeschrieben, überlegt, ob er ihr schreiben sollte. Aber dann fehlten ihm die Worte. Wie konnte er das anstellen, sich fünfzig Jahre nach diesem Skiurlaub wieder in Erinnerung zu bringen? Hallo, hier bin ich. Erinnerst du dich noch an unsere Küsse im Schnee dort unten am Fuße der Kampenwand? Es kam ihm albern vor. Vor einem Wiedersehen hätte er sogar Angst gehabt. Er war bieder geworden, das Haar grau, das Bäuchlein gut gediehen. Was hätte er aus seinem Leben erzählen können? Verwaltungsangestellter mit vier Wochen Urlaub im Jahr. Sie dagegen war Künstlerin, ein ganz anderes Kaliber. Mit ihren 67 Jahren sah sie immer noch verdammt gut aus. Sie gehörte offensichtlich zu jenen Frauen, die im Alter an Schönheit gewannen, noch interessanter wurden, weil erfahrener. Da konnte er nicht mithalten, hatte Hemmungen.

So hatte er es gelassen, ihr zu schreiben. Was sollte schon dabei herumkommen außer einer beklemmenden Verlegenheit? Sie hatte immer noch Auftritte, stellte in Nancy ihr neues Album vor. ‚Résilience‘. Was man übersetzen konnte mit ‚Widerstandskraft‘, ‚Selbstbehauptung‘. Er hätte sich heimlich unter das Publikum mischen können. Und dann? Er wäre einem Treffen aus dem Weg gegangen, wieder nach Hause gefahren. Diese Tour konnte er sich sparen. Was sollte er Elli sagen? „Ich fahre zu einem Konzert nach Nancy. Da singt eine

Frau, die ich vor fünfzig Jahren einmal geküsst habe." Das war nicht nur albern. Das konnte auch zu einer heftigen Auseinandersetzung führen. Unter irgendeinem Vorwand fahren? „Im Rahmen der deutsch-französischen Freundschaft bin ich am Wochenende zu einem Erfahrungsaustausch eingeladen." Elli würde einwenden: „Aber Jakob, du hast dich doch noch nie für eine Fortbildung interessiert. Warum jetzt auf einmal? Ein Jahr vor deinem Eintritt in die Rente."

Nein, nein. Die Sängerin Coco hatte endgültig Vergangenheit zu sein. So etwas wärmte man nicht mehr auf. Eine viel wichtigere Frage ging ihm seit dem Besuch der Apollinariskirche im Kopf herum. Er hatte sich nie darum gekümmert. Zu seiner Schulzeit, in der letzten Klasse vor dem Abitur, man nannte diese Klasse noch Oberprima, war Goethes ‚Faust' Pflichtprogramm. Alle Schüler hatten sich gelangweilt. Interessiert hatte es keinen. Sie hatten andere Flausen im Kopf. Interessant war höchstens, wie ‚Faust' eine Jungfrau verführte. Dass diese ihm die Frage stellte: „Wie hast du's mit der Religion?" schien ziemlich belanglos. Heinrich Faust, daran erinnerte er sich noch, war geschickt ausgewichen. „Lass das, mein Kind! Mein Liebchen, wer darf sagen: Ich glaub an Gott! Wer darf ihn nennen und wer bekennen?"

Ausgewichen war er auch, war der allgemeinen Gleichgültigkeit gefolgt. Man konnte auch ohne Religion leben. Die einen, ziemlich wenige, glaubten. Die anderen nicht. Und überhaupt: Was sollte man glauben? An 52 Jungfrauen im Paradies, an musizierende Engel, an ein Nirwana, an die ewige Wiederkehr des Gleichen, an ein gnadenloses Universum? War die Bibel ein

Märchenbuch oder war sie es doch nicht? Phantastisch waren die Malereien in der Apollinariskirche. Phantastisch im wörtlichen Sinne? Produkte der Phantasie?

Seltsam anmutig war jedoch die Traubenmadonna gewesen. Sie hatte ihm ein Lächeln abgewonnen. Aber reichte das, um an etwas zu glauben? Wie machte man so etwas überhaupt? Zuerst wünschte man sich, an etwas zu glauben. Dann ließ man den Wunsch zur Gewohnheit werden und schließlich glaubte man wirklich. War das so? Er wusste es nicht. Aber es beunruhigte ihn. Der Gedanke an Coco die Sängerin war zweitrangig.

38

Am frühen Abend erreichte Korff die Ahr. Die Sonne war noch nicht untergegangen. Auf der linken Seite des Flusses wanderte er ein Stück Richtung Sinzig. Dann kam die Brücke. Er musste die Ahr überqueren. Entweder hier oder weiter flussabwärts, wo der Fluss in den Rhein mündete. Auf jeden Fall hatte er für den Weg nach Süden die Ahr zu überqueren. Coco weigerte sich, stemmte und bockte, stierte auf das fließende Wasser, begann auf den Boden zu pissen. Er wartete, bis sie ihr Geschäft beendet hatte, zog am Führungsstrick. Es half nicht. Die Eselin bewegte sich keinen Zentimeter. Er dachte an ihre Weigerung, den Zebrastreifen zu überqueren, holte eine Möhre aus der Satteltasche, ließ den Führungsstrick los, ging zum anderen Ende der Brücke, hielt ihr die Möhre entgegen. Coco reagierte nicht, stierte bewegungslos auf das Wasser.

„Irgendwann wirst du schon kommen", dachte er, drehte sich eine Zigarette, wartete ab.

Was, wenn sie nicht kam? Dann wäre die Reise zu Ende. Rückkehr oder er müsste die Ahr aufwärts bis Blankenheim wandern, wo der Fluss entsprang. Aber nach Blankenheim wollte er nicht. Er wollte den Rhein entlang gehen und sich nicht von einem Esel in die Eifel entführen lassen.

Er rauchte, blies Kringel in die Luft, sah über das Geländer der Brücke in den Fluss, entdeckte in Ufernähe einen Schwarm Fische, beobachtete, wie sich die im Westen stehende Sonne mit tanzenden Reflexen auf dem Wasser spiegelte.

So stand er etwa eine halbe Stunde da, wartete, überlegte. Coco rührte sich nicht. Also Rückkehr zu Rosa Türpe und dann zum Reiterhof am Rodderberg? Die Eselin dort in einen Anhänger verladen und auf der B9 über die Ahr fahren? Das würde teuer werden, sich an anderen Flüssen wiederholen. In Koblenz an der Mosel, in Bingen an der Nahe.

Die Sonne war in der Zwischenzeit tiefer gesunken, versteckte sich hinter Baumkronen. Die Reflexe tanzten nicht mehr auf dem Wasser, und da kam plötzlich Bewegung in Coco. Langsam kam die Eselin zu ihm getrabt. „So ist das also", dachte er. „Esel mögen keine sich spiegelnde Sonne." Er schob Coco die Möhre ins Maul, strich ihr über die warme Unterlippe, streichelte ihr Fell, „Brav, Coco! So ist es gut."

Er wanderte mit ihr noch ein Stück die Ahr entlang, erreichte die Hohenstaufen-, dann die Barbarossastraße, kam an bunten Skulpturen des rotbärtigen Kaisers vorbei, der offenbar zu Sinzig eine besondere Beziehung gehabt haben musste. Vom Geschichtsunterricht her wusste Korff nur noch, dass der Stauferkaiser irgendwo im Südosten der Türkei ertrunken war und im Kyffhäuser, wie die Sage berichtete, schlafend auf die Rückkehr besserer Zeiten wartete.

„Bessere Zeiten haben wir uns auch verdient. Nicht wahr Coco! Für dich gibt es nachher Haferflocken, für mich ein kühles Bier."

Sie erreichten den Kirchplatz, wo er Coco vor einem Café an einen Laternenpfahl band. Er holte aus der Packtasche die Plastikschüssel, füllte sie mit Haferflocken, setzte sie vor Coco auf den Boden. Er selbst setzte sich an einen freien Tisch am Rand des Kirchplatzes, blickte von dort auf die Basilika St. Peter, die in der jetzt beginnenden Dämmerung von Scheinwerfern angestrahlt wurde.

„Eine schöne Kirche", dachte er. „Mit ihren roten und weißen Farben. Was wären solche Orte, was wären Orte überhaupt, wenn es nicht solche Kirchen gäbe!"

Er bestellte sich ein Bier, beantwortete die Fragen, die vom Nachbartisch her gestellt wurden, die üblichen Fragen nach dem ‚Woher' und ‚Wohin' und „Wo schläft man denn mit so einem Tier?"

Er freute sich, dass die Leute freundlich und neugierig waren, gab gerne die Erlaubnis, Coco zu fotografieren. Selfies wurden geschossen. Die Eselin, was sie indes nicht beeindruckte, war ein Star.

So saß er bis zum späten Abend vor dem Café. Sein Bierdeckel bekam einen Strich nach dem anderen. Die ersten Sterne zogen am Firmament über dem Kirchplatz auf. Jakob Korff fühlte sich wohl und murmelte leise vor sich hin: „Von wegen, liebe Elisabeth! Putzen, kochen, einkaufen, Wäsche besorgen, mit dem Staubsauger rumlaufen, Rasen mähen, unschuldige Blümchen köpfen. Du kannst mich mal! Ich habe genug Zeit vertrödelt. Der liebe Gott wird mir böse sein, wenn ich mich auf so einen Unfug einlasse. Stell Valeska wieder ein! Geld genug ist da. Du musst dir nicht den eigenen Mann als Sklaven halten. Dazu ist die Welt viel zu groß und schön!"

Irgendwann war er der letzte Gast. Die Kellnerin kam. „Wir schließen gleich." Korff bezahlte, band Coco los, verließ den Kirchplatz, gelangte zur Barbarossastraße, wollte Richtung Ahr wandern, um dort auf einer Uferwiese zu übernachten. Aber schon bald erreichte er einen Park mit einem Schloss, befand den Rasen mit dem Blumenbeet für gut genug, um dort das Zelt aufzuschlagen. Coco band er, weit genug von dem Beet entfernt, an den Stamm einer jungen Buche. Es war dunkel. Von der Straße her würde man ihn so schnell nicht entdecken können. Mit dem ersten Licht des kommenden Tages wäre er wieder weg. Was sollte schon passieren? Kaiser Barbarossa hatte in Sinzig bestimmt mit einem ganzen Tross campiert. Da würden sich die Sinziger über ein einzelnes kleines Zelt schon nicht aufregen.

39

Am Morgen weckte ihn eine barsche Stimme: „Kommen Sie heraus! Mit den Händen zuerst."

Er schlug die Augen auf, stellte fest, dass es schon taghell war. Er hatte tief und fest geschlafen. Der Gerstensaft hatte ihm gutgetan. Er schälte sich aus dem Schlafsack, zog den Reißverschluss am Eingang des Zeltes auf, blickte auf schwarze, gewienerte Schuhe, blaue Hosenbeine, die scharf gebügelt waren. Er krabbelte auf allen Vieren aus dem Zelt, richtete sich auf, stand vor zwei Polizisten. Einer hatte die Hand am Pistolengriff. Auf dem Kiesweg vor dem Schloss war ihr Wagen geparkt. Er hatte ihn nicht kommen hören.

„Sie wissen, dass wildes Campen verboten ist", sagte der eine mit grimmigem Gesicht. „Und hier besonders. Das ist das kulturelle Zentrum von Sinzig. Schloss und Heimatmuseum. Der Esel gehört zu Ihnen?"

Korff nickte. „Ich dachte, für eine Nacht ginge das. Es war schon dunkel, als wir ankamen."

„Das tut nichts zur Sache. Sie müssen doch die Mauer bemerkt haben."

„Ja, aber der Eingang zum Park war offen."

„Sind Sie alleine oder ist da noch jemand im Zelt?"

„Ich habe alleine im Zelt geschlafen."

Der Beamte bückte sich, schob die Planen am Eingang zur Seite, warf einen Blick in das Zelt.

„In Ordnung, Heinz. Der ist alleine", meldete er seinem Kollegen. Dann forderte er Korff auf, den Personalausweis zu zeigen.

Jakob krabbelte ins Zelt zurück, erschien mit seiner Weste in der Hand, holte seine Brieftasche hervor, in der Bankkarten, Führerschein, Personalausweis steckten. Er reichte dem Beamten den Ausweis. Der warf einen ersten Blick darauf, sagte:

„So Herr Korff, dann werden wir einmal überprüfen, ob gegen Sie etwas vorliegt. Stimmt die Adresse noch? Rochusstraße in Bonn?"

„Stimmt noch", bestätigte Korff.

Der Beamte ging mit dem Ausweis zu dem Polizeiauto, setzte sich, telefonierte, während sein Begleiter Korff schweigend bewachte.

Der Kollege kam zurück, gab Jakob den Ausweis. „In Ordnung", sagte er. „Gegen Sie liegt offensichtlich nichts vor, aber Sie müssen mit einem Bußgeld rechnen. 150 Euro können das werden. Hinzu kommt wahrscheinlich auch eine Anzeige wegen Hausfriedensbruch. Sie können nicht so einfach auf privatem Grund und Boden Ihr Zelt aufstellen und einen Esel grasen lassen. Vor einem Kulturzentrum schon gar nicht. Wo wollen Sie überhaupt hin?"

„Den Rhein runter", antwortete Korff. „Ich möchte meine Heimat kennenlernen."

„So, so. Die Heimat kennenlernen. Jetzt haben Sie erst einmal uns kennengelernt. Gehen Sie auch auf Straßen?"

„Nein, nur durch den Wald."

„Sie wissen, dass Sie eine gelbe Warnweste tragen sollten, wenn Sie mit dem Esel eine Straße entlang wandern?"

„Nein, wusste ich nicht."

„Dann besorgen Sie sich schleunigst eine. So etwas finden Sie im Kaufland. Ist nur ein Kilometer von hier. Sie gehen Richtung Bahnhof, biegen nach links, überqueren die Brücke. Von dort sehen Sie das Kaufland schon."

„Brauche ich auch ein Warndreieck, wenn ich mit dem Esel eine Rast mache?" fragte Korff.

„Im Wald nicht. Auf der Straße ja."

Der Beamte tippte mit dem Zeigefinger an den Rand seiner Mütze. „So. Abflug bitte und zwar sofort. Wir kommen in zehn Minuten wieder."

Die Beiden gingen zu ihrem Wagen. Korff sah, wie der Polizist, dem er den Ausweis gegeben hatte, mit der Hand vor der Stirn den Scheibenwischer machte. Dann fuhren die Beamten davon.

Korff baute das Zelt ab, raffte alles zusammen, bepackte Coco. „Mist", sagte er. „Elli wird den Bescheid lesen. Zweimal Polizei in fünf Tagen. Das hat sie nicht gerne."

40

Sie war unkonzentriert bei der Arbeit, verwechselte bei Kafkas Roman den Landvermesser K. mit der Figur des Josef Knecht aus dem Roman ‚Der Prozess'. Einmal sprach sie sogar vom Landvermesser Jakob K. Den Schülern war das egal. Sie merkten es nicht. Nach der ersten Hälfte der Doppelstunde verteilte sie Arbeitsaufträge, zog sich unter einem Vorwand in ihr Direktorenzimmer zurück.

Wie sollte das alles weiter gehen? Den Hund hatte sie an diesem Montagmorgen um halb acht zu Maihofer gebracht und hatte das Gefühl, als würde Susi sie still, aber vorwurfsvoll ansehen. Als wollte sie sagen: „Werde ich schon wieder abgegeben?" Es war ihr unangenehm, von ihrem Nachbarn abhängig zu sein. Im Laufe der Zeit, falls Jakob nicht zurückkäme, würde sie mehr und mehr in Maihofers Schuld stehen. Verlangte er eine

Gegenleistung? Welche? Er hatte sich am Samstagabend merkwürdig verhalten, über seine Einsamkeit geklagt, sich dann aber rasch zurückgezogen. Hatte er Angst gehabt, bei einer zweiten Flasche Wein die Kontrolle zu verlieren? War seine Gefälligkeit eine Falle, die ihren Preis haben würde. Er hatte es so hingestellt, als würde er nicht ihr, sondern sie ihm helfen. Er hatte sich überschwänglich dankbar gezeigt, als sie mit Susi vor seiner Haustür stand. „Ach, wie schön! Jetzt kommt endlich wieder Leben ins Haus." Ihr Angebot, ihn für die Betreuung zu bezahlen, hatte er entrüstet abgelehnt. „Wo denken Sie hin! Ich bin froh, eine Begleitung zu haben. Nein, nein, ich mache das gerne. Eine Bezahlung kommt nicht in Frage. Wir sind doch Nachbarn. Und Nachbarn helfen sich."

Ihr war die Geschichte nicht geheuer. Klare Verhältnisse wären besser. Was sollte sie tun? Valeska wieder einstellen? Ihr den Hund für den Vormittag anvertrauen? Gegen eine ordentliche Bezahlung? Wieviel würde das sein? Sollte sie in der Zeitung eine Anzeige aufgeben: „Betreuung für unkomplizierte Labradorhündin gesucht."? Wie würde Maihofer reagieren, wenn sie ihm die gerade liebgewonnene Aufgabe wieder entzog? Susi in ein Tierheim zu geben, kam nicht in Frage. Das brachte sie nicht übers Herz. Am Wochenende hatte sie die Gegenwart der Hündin sogar als angenehm empfunden. Sie hatte ihr geholfen, Jakobs Abwesenheit, die auf einmal empfundene Leere des Hauses zu ertragen.

Warum meldete Jakob sich nicht? Nur diese eine lakonische Nachricht. „Bin mit dem Esel unterwegs." Warum hatte er sein Handy abgeschaltet, ließ sie mit Absicht in dieser Ungewissheit? Es gab vier Himmelsrichtungen. War er wirklich Richtung Süden unterwegs nach Valmont, wo diese verdammt hübsche Französin wohnte? Aber die musste doch auch in die Jahre gekommen sein. Das Foto war von 1966. Jetzt war 2018. Da waren 52 Jahre hinzugekommen. Da gab es kein glattes Gesicht mehr mit schwungvoll sinnlichen Lippen. Das Haar war eher grau wie bei Jakob selbst. Aber was hatte er vor? War das noch kalkulierbar? Irgendetwas hatte ihn aus der bis vor kurzem noch verlässlichen Bahn geworfen.

Sie schwankte zwischen Wut, Sorge und Enttäuschung. Hinzu kam diese merkwürdig bohrende Eifersucht, die gewiss unbegründet war. Warum sollte ein alter Mann mit einem Esel nach Frankreich laufen, um seine Jugendliebe wiederzutreffen? Das war absurd genauso wie die Geschichte des Landvermessers K., der vergeblich den Zugang zu einem Schloss suchte.

Noch unentschlossen griff sie zu ihrem Smartphone, öffnete die Kontaktliste mit den Telefonnummern. Sollte sie oder sollte sie nicht? Aber Wissen war besser als Nichtwissen. Entweder er meldete sich oder sie wusste zumindest, dass er sein Handy immer noch abgeschaltet hatte. Daraus ließen sich auch Schlüsse ziehen. Dann hatte er irgendetwas vor, was sie nicht wissen sollte. Dann konnte sie sich auf eine längere, vielleicht sogar endgültige Abwesenheit einstellen. Sie zögerte noch eine Weile. Dann wählte sie seine Nummer, lauschte dem Anrufzeichen. Ein paar Sekunden später meldete sich eine freundliche Frauenstimme: „Ihr Gesprächspartner ist zur Zeit persönlich nicht erreichbar. Sie können aber nach dem Signalton eine Nachricht auf der Mailbox hinterlassen."

„Idiot!" sagte sie nach dem Signalton und legte auf.

41

Korffs Laune war an diesem Montagmorgen nicht die beste. Die Begegnung mit den beiden Polizisten hätte er sich gerne erspart. Man konnte in Deutschland nicht einfach so das Zelt aufbauen. Vor allem nicht in einem Schlosspark. Aber an dem Malheur war er selber schuld. Vom Bier heiter gestimmt hatte er gedacht: „Was kostet die Welt!?" Den Preis hatte er jetzt. 150 Euro und vielleicht noch mehr wegen Hausfriedensbruch. Das Bußgeld war ja noch zu verkraften. Ein anschließendes Verfahren weniger. Unangenehm war auch, dass Elli das lesen würde. Die Post wäre zwar an ihn gerichtet, aber amtliche Schreiben machte sie immer auf.

„Dumm gelaufen, Coco", sagte er. Zu allem Überfluss machte sich jetzt auch sein rechter Fuß bemerkbar. Er hatte eine Blase unter der Ferse. Auch meldete sich das linke Knie mit einem unbekannten Schmerz. Drei Tage hintereinander zu laufen war er nicht mehr gewohnt. Als hätte sich an diesem Tag alles gegen ihn verschworen, änderte sich auch das Wetter. Der Mai war bis dahin ungewöhnlich schön gewesen. Mit Sonnenschein, wie man ihn in Deutschland kaum noch kannte. Und warm war es gewesen, dass man draußen sitzen konnte. Jetzt aber hatte sich der Himmel grau zugezogen. Es war etwas kälter geworden. Er musste auch mit Regen rechnen. Was dann? Die Eselin mochte die Nässe genauso wenig wie er.

Er studierte die Wanderkarte. Der Rheinhöhenweg verlief von Sinzig nach Oberbreisig. Es war mit An- und Abstiegen zu rechnen, die seinem lädierten Fuß und dem Knie nicht guttun würden. Er entschied sich unten am Rhein entlang zu laufen. Das wäre sogar die kürzere Strecke bis in den nächsten Ort, der Bad Breisig hieß. Hier hätte er wieder für Proviant zu sorgen. Für Coco hatte er noch ein paar Möhren und zwei Tüten Haferflocken, für sich selbst nichts mehr. Heu wäre auch wieder fällig. Aber wo? Reiterhöfe waren auf der Wanderkarte nicht eingezeichnet.

Er überlegte, ins Sinziger ‚Kaufland' zu gehen, dem Rat der Polizisten zu folgen. Aber war eine Warnweste wirklich notwendig? Straßen würde er meiden. Für den Bürgersteig brauchte er so eine gelbe Weste nicht. Die Passanten hatten Augen im Kopf. Coco war kein Pinscher, über den man stolpern konnte.

Er unterließ es, sich im Schlosspark einen Kaffee zu kochen, die Polizisten, falls sie wirklich zurückkämen, mit seiner Langsamkeit zu provozieren. So wanderte er mit Coco zurück zum Sinziger Kirchplatz, band die Eselin wieder an den Laternenpfahl, setzte sich an denselben Tisch wie am Abend zuvor, bestellte sich einen Kaffee. Der Himmel wirkte jetzt noch eine Spur grauer. Es war jenes Grau, das er nicht mochte und das den vergangenen Winter so lang gemacht hatte. Die Lichtarmut drückte dann auf die Stimmung. In einem Land, das von südländischer Lebenslust und Heiterkeit sowieso weit entfernt war.

Der Weg zum Rhein war einfach zu finden. Die Rheinallee entlang nach Osten. Er musste die B9 unterqueren, danach durch eine Unterführung die Bahngleise und war froh, dass er sich mit Coco nicht vor eine Schranke stellen musste, vor der sie wahrscheinlich wieder gebockt hätte. Die Vorstellung, sie wäre mitten auf den Schienen stehen geblieben, war beklemmend. An einer Steinzeugfabrik und Familienhäusern ging es schnurgerade vorbei, bis endlich freie Felder und Wiesen kamen. Bald war er unten am Rhein, bog auf einem Fahrradweg nach rechts ab Richtung Bad Breisig.

Die ersten Regentropfen fielen. Coco begann eine Spur schneller zu traben, als wolle sie der beginnenden Nässe entkommen. Korff zügelte ihr Tempo nicht, hielt Schritt, merkte aber, wie sich sein linkes Knie mit einem unangenehm ziehenden Schmerz meldete. Die Tropfen gingen über in einen strichförmigen Landregen. Coco zog, und er kam nicht dazu, seinen Poncho aus dem Rucksack zu holen. Da sah er rechter Hand Weideparzellen mit Pferden. Wo es Pferde gab, gab es auch Ställe. Er musste gar nicht auf den Feldweg dorthin abbiegen. Das besorgte Coco für ihn. Eine Weile verharrte sie bei den Pferden am Weidezaun. Er zog sie weiter, passierte eine Reihe von Boxen, kam an einem Stall vorbei, an dessen Eingang ihm zwei Schweine entgegen grunzten. Er gelangte in einen Hof, las ‚Margaretenhof‘ über dem Eingang zu einem der Gebäude. Auf einem Plakat an der Wand stand ‚Reiterferienhof für Kinder‘. Vor einem Schuppen standen ein paar Kutschen. Drei Hunde

142

kamen angelaufen, beschnupperten ihn. Bald darauf erschien eine Frau, musterte erst ihn, dann den Esel, fragte, was er wünsche.

„Haben Sie vielleicht ein Zimmer? Und für meinen Esel eine Box?"

Sie überlegte eine Weile, sagte dann: „Naja, eigentlich ist das hier für Kinder. Aber Sie könnten ein Betreuerzimmer haben. Und für Ihren Esel findet sich auch eine Box. Wir sind erst in den Sommerferien wieder belegt. Bei dem Wetter sollte man nicht weitergehen. Schon gar nicht mit einem Esel."

42

Drei Tage regnete es. Ein stiller Landregen fiel beständig, verhinderte Korffs weitere Tour. Er war auf dem Margaretenhof bestens versorgt, hatte ein einfaches Zimmer mit Aussicht auf den Rhein und das gegenüber liegende Schloss Arenfels oberhalb von Bad Hönningen. Es war wie ein Blick in das Mittelalter, als noch Ritter auf ihren Pferden die Treidelpfade entlang kamen. Man durfte den Kopf nur nicht weiter nach rechts wenden, wo die Schornsteine einer Zementfabrik rauchten. Der Margaretenhof lag unweit von Bad Breisig in der Goldenen Meile, die ihren Namen von der Fruchtbarkeit der Felder herhatte. Zu den Mahlzeiten begab er sich in das Esszimmer, konnte sich am Kühlschrank bedienen, wenn ihm abends nach einem erfrischenden Bier zumute war. Coco verbrachte die Tage in einer Box, knabberte

Wiesenheu, freute sich, wenn er ab und zu mit einer Möhre oder mit altem Brot erschien.

Er konnte sich immer noch nicht durchringen, Elli anzurufen. Was sollte er sagen? Bin bei Bad Breisig auf einem Reiterhof und warte besseres Wetter ab. Ich soll zurückkommen? Nein. Und wo soll Coco hin? Elisabeth würde sich in den Smart setzen, auf dem Margaretenhof erscheinen und ihm die Flausen aus dem Kopf reden wollen. Da war es besser, hier Ruhe und Frieden zu haben. Der Regen war leichter zu ertragen als die Worte seiner Frau. Ebenso die aufkommende Langeweile, die ihn am zweiten Tag dazu trieb, eine Buchvitrine im Flur des Gebäudes zu durchstöbern.

Ein Taschenbuch fiel ihm in die Hände. ‚Trost der Philosophie'. Konnte Philosophie trösten? Wobei denn? Er war neugierig. Die Szene in dem Buch kam ihm absurd vor. Da saß ein römischer Konsul namens Boethius Anfang des 6. Jahrhunderts unschuldig im Gefängnis, sollte gefoltert und hingerichtet werden und versuchte, sich mit philosophischen Gedanken über dieses Schicksal hinwegzutrösten.

Psychotherapie im Kerker. Wie sollte das gelingen? Gab es einen Trost gegen den Tod, der auf jeden Menschen zukam? Korff tat sich anfangs schwer mit den rhythmischen Versen und der elegischen Sprache. Aber da er nichts Besseres zu tun hatte, las er das Buch durch. Die Philosophie erschien in Gestalt eines Weibes „von höchst ehrwürdigem Antlitz, mit funkelnden und über das gewöhnliche Vermögen der Menschen durchdringenden Augen". Sie überzeugt den Gefangenen, dass das Glück weder in Reichtum, Ehre, Genuss oder Erfolg liegt. Sondern nur im

144

Eintritt in das höchste Gut. In einer Teilhabe an Gott. Alles andere ist nichtig, vergänglich. Was kann Gott dafür, wenn die Menschen das nicht sehen. „Hinter schwarzen Wolken verdeckt, können Sterne ihr Licht nicht verbreiten."

Korff tat sich schwer mit dem Buch. Aber wie schön wäre es, wenn die Welt wirklich Sinn machte. Wenn man nicht nur eine kurze Spanne Zeit in einem gnadenlosen Universum hinzubringen hätte. Wenn es nicht einen rätselhaften Urknall gäbe, sondern den Kosmos als Werk eines Schöpfers. Aber wie kam man zu einer solch tröstenden Überzeugung? Er wusste es nicht. Darüber zu lesen, war die eine Sache. Wirklich daran zu glauben eine andere. Sicher, man konnte sich damit begnügen, gar nicht erst nach einem Sinn zu fragen, weil der sich sowieso nicht finden ließ. Geboren werden, leben, sterben, Feierabend. Aber leider war dem Menschen das Bewusstsein mitgegeben und damit auch die Beunruhigung über solche Fragen. Es war verständlich, wenn man diese Beunruhigung ausklammerte, nicht haben wollte, sich stattdessen lieber mit Vergnügungen zerstreute. So wie er, Korff, sich lieber schöne Madonnen ansah statt der schmerzensreichen Pietá.

Am dritten Tag seines Aufenthaltes stellte er den ‚Trost der Philosophie' in die Vitrine zurück. Wenn Elli wüsste, dass er endlich einmal etwas gelesen hatte! Ein philosophisches Buch. Sie würde sich wundern. Er nahm seinen Regenponcho, ging hinunter zum Rhein, sah lange auf den Fluss, der unbehelligt aller Fragen seinem Ziel entgegenströmte.

43

Bei Elisabeth Korff braute sich in dieser Woche Unheil zusammen. Es war nicht plötzlich gekommen wie eine jäh aufziehende Wetterfront, sondern hatte sich wie eine zusammenpassende Reihe von Dominosteinen so ergeben. Angefangen hatte es mit Jakobs verrückter Idee, einen Esel zu kaufen. Fortgesetzt hatte es sich mit der gut gemeinten Aufnahme des Hundes, der sie nun in Schwierigkeiten brachte. Als sie Susi am Dienstagmittag bei Maihofer abholte, hielt ihr der zwei Theaterkarten entgegen und sagte: „Freitagabend gehen wir in die Kammerspiele. ‚Die heilige Johanna der Schlachthöfe'. Es ist die letzte Aufführung. Ich konnte noch zwei Karten bekommen."

Sie war wütend. Er hätte sie wenigstens vorher fragen können. Er verfügte einfach über ihre Zeit. Wie kam er zu einer solchen Unverschämtheit? Das war so ähnlich wie mit der Flasche Wein, mit der er am Samstagabend vor ihrer Tür gestanden hatte. Was bildete sich dieser Mann ein!? Mit ihm ins Theater? Da lieber noch mit Jakob, der bei einer der Vorstellungen eingeschlafen war.

„Ich kann nicht", sagte sie kurz angebunden, fasste Susis Leine und verschwand mit der Hündin nach nebenan. Sie rief Valeska an, erklärte, es sei nun alles anders gekommen, Jakob habe in Kur gemusst. Neben dem Haushalt sei jetzt noch ein Hund zu versorgen. Aber Valeska bedauerte. Sie sei ab Morgen für zwei Wochen in Warschau. Danach könne man gerne darüber reden.

Am Mittwoch hatte sie Susi allein im Haus gelassen. Aber als sie um zwei zurückkam, hatte die Hündin den Teppich im Wohnzimmer genässt und blickte sie vorwurfsvoll an. Susi wollte und konnte offensichtlich nicht alleine bleiben.

Sie hatte keine andere Wahl, als Susi am Donnerstag mit in die Schule zu nehmen. Früher als sonst betrat sie das Sekretariat und dann das Direktorenzimmer. Frau Hövel, die Schulsekretärin, saß schon am Schreibtisch und sah sie erstaunt an. Mit ihr unterhielt sie sich manchmal, sprach auch über Privates, hatte erzählt, dass Jakob Rentner sei. „Dann kann sich mein Mann um alles kümmern", hatte sie mitgeteilt. Und lächelnd hinzugefügt: „Tut den Kerlen mal gut, wenn sie sehen, was im Haushalt so alles anfällt."

Jetzt musste sie erklären, warum nicht Jakob auf den Hund aufpasste, sondern sie selbst. Ihr fiel nichts Besseres ein, als wieder mit der Kurgeschichte zu kommen. „Die Bandscheibe, Frau Hövel. Er ist ja schon 65 und hat immer nur gesessen. Da bekommt man es im Rücken. Für eine Weile wird das doch gehen, dass der Hund in meinem Zimmer ist. Oder?"

„Selbstverständlich", antwortete Frau Hövel. „Das ist kein Problem."

Als sie am Mittag nach Hause kam, wartete Post. Jakob war im Sinziger Schlosspark beim wilden Campen erwischt worden. Ein Bußgeld von 150 Euro war fällig. Also war er doch nach Süden abgehauen, bestimmt nach Valmont zu dieser Französin. Sie schimpfte. „Du Idiot, bezahl deinen Mist selbst! Und wenn du nicht bezahlst, trage die Konsequenzen."

Aber was waren die Konsequenzen? Er war nicht da, konnte nicht bezahlen. Dann kam eine Mahnung, vielleicht noch eine und schließlich erschien der Gerichtsvollzieher, um etwas zu pfänden. Den Gerichtsvollzieher im Haus konnte sie sich bei ihrer Position nicht leisten. Es war schon schlimm genug, einen Hund im Direktorenzimmer zu haben. Sie ging in ihr Arbeitszimmer, fuhr den Computer hoch, rief das Online-Banking auf und bezahlte.

Und dann kam, wie sie es empfand, der Supergau. Donnerstagnachmittags erschien immer der ‚Hardtberg-Bote‘, eine lokale Zeitung, die kostenlos an die Haushalte verteilt wurde. Sie las die Zeitung. Schließlich musste sie ja wissen, was in Bonn-Duisdorf los war. Sie musste informiert sein. Vor allem war der ‚Hardtberg-Bote‘ auch nützlich, wenn es um die Werbung für Schulveranstaltungen ging. Dieses Mal aber war er ihr gar nicht nützlich. Denn da war ein Artikel mit der Überschrift ‚Ungewöhnlicher Polizeieinsatz – Direktorin des Duisdorfer Gymnasiums hält Esel im Garten‘. Ein Foto des Gartens war zugeschaltet mit dem grünen Pavillon, in dem Jakob den Esel untergebracht hatte. ‚Hier hielt sich das Ehepaar K. einen Esel‘ stand darunter. Den Garten kannte man im Lehrerrat. Er lag direkt, wie man leicht auf dem Foto sehen konnte, neben dem Ministerium. Im Laufe der Jahre hatte sie die Kolleginnen des Lehrerrats ein paar Mal zu sich eingeladen. Der Reporter oder die Reporterin hatte versucht, in dem Artikel humorvoll zu schreiben. „Unser Gesundheits-ministerium hat einen würdigen Nachbarn bekommen. Allerdings ist Herr K. zurzeit mit dem Graukittel unterwegs.“

Woher er oder sie wusste, dass Jakob mit dem Esel irgendwo herumlief, war ihr ein Rätsel.

Sie betrachtete das Foto genauer. Was die Perspektive betraf, konnte es nur von Maihofers Balkon aufgenommen worden sein. Er hatte sich gerächt. Der Zeitungsartikel ging nicht nur auf die übliche Polizeimeldung zurück.

Sofort war ihr klar, was man in der Schule sagen würde: „Da versaut sie uns das Wochenende, hängt uns eine Maßnahme zur Konfliktlösung an die Backe, verstößt gegen Regeln und hat zu Hause selbst die Hütte am Brennen."

Sie wünschte sich, Jakob am Kragen zu packen und zu schütteln. Aber er war nicht da.

44

Am Donnerstagnachmittag klarte der Himmel von Westen her auf. Die Sonne zauberte einen Regenbogen über die rechtsrheinischen Hügel. Korff sah aus dem Fenster und ihn packte die Lust weiterzuziehen. Am Abend würde er schon etwas finden, das Zelt auf einer Rheinwiese aufschlagen, das Firmament mit den funkelnden Sternen bestaunen, Coco ganz in seiner Nähe haben. Seinem Knie hatte die Ruhepause gutgetan, die Blase an der Ferse hatte er, nicht zimperlich, mit einer Nadel aufgestochen und mit einem Pflaster versorgt.

Er bedankte sich bei seinen Gastgebern, einem Ehepaar, das nicht nur Reiterferien für Kinder anbot, sondern auch Betriebsfeste und Kutschfahrten organisierte. Wer es romantisch wollte, konnte sich in einer Kutsche für den schönsten Moment des Lebens zum Standesamt oder zur Kirche bringen lassen.

Für sein Zimmer mit Vollpension und Cocos Box zahlte er einen Preis, der sein Rentnerbudget nicht sprengte. Mit der Übernachtung im Zelt würden wieder sparsamere Tage kommen. Er hatte sich das über den Daumen ausgerechnet. Pro Tag standen ihm nach Abzug der laufenden Kosten zwanzig Euro zur Verfügung, ohne dass er sein Sparbuch angreifen musste. Mit einem solchen Betrag konnte man unterwegs leben. Da war auch noch genug übrig für Tabak und ein Fläschchen Wein.

Er studierte die Wanderkarte. Ein Stückchen ging es noch den Rhein entlang, an Bad Breisig vorbei und dann traf er in Rheineck wieder auf den Rheinhöhenweg. Es war genau fünf Uhr, als er mit Coco vom Margaretenhof aufbrach. „Zehn Kilometer schaffen wir noch, meine Liebe", sagte er zu der Eselin und tätschelte ihren Hals.

Nach einer kurzen Wegstrecke tauchten die ersten Häuser von Bad Breisig auf. Coco trabte zügig. Die Eselin war froh, die Box verlassen zu haben. Am Hotel ‚Vier Jahreszeiten' bogen sie ab zu einem Supermarkt. Er band Coco am Rand eines Parkplatzes an die Stange eines Schildes - „Parken nur mit Parkscheibe". „Haben wir nicht", murmelte er. „Esel sind frei." In einer aufkommenden Laune zog er den Filzhut vom Kopf und legte ihn mit der Öffnung nach oben auf den Boden, gerade so weit von Coco entfernt, dass sie mit ihrem Maul nicht herankam. Er nahm sich ein Wägelchen und ging einkaufen. Möhren, Äpfel, Haferflocken, Brötchen für Coco. Sich selbst bedachte er mit Thunfisch, Käse, Baguette und einer Flasche Frascati. Wasser kaufte er für beide.

150

Obgleich in Rheineck ein Bach kam, aus dem sie trinken konnte. Als er nach einer Viertelstunde zurückkam, lagen Münzen im Hut. Er zählte sie, freute sich, die Breisiger waren spendabel. 5,20 Euro.

Sie kehrten zurück zur Rheinpromenade, passierten Fachwerkhäuser, Hotels, Restaurants. An einem Ponton hatte gerade ein Ausflugsdampfer der Köln-Düsseldorfer angelegt. Über die Landungsbrücke strömte lärmend eine Gruppe fröhlicher Frauen. Korff schätzte ihr Alter auf 40 bis 50 Jahre. Er hielt Coco an, ließ sie passieren. Aber sie waren schon entdeckt worden.

„Guck mal, wie süß! Ein Esel." „Der Zigeuner ist aber auch nicht ohne", rief eine andere. Eine Dritte fügte hinzu: „Ach, wenn der doch mitkäme!"

Korff schmunzelte. So etwas hatte noch nie jemand zu ihm gesagt. Im Traum wäre er nicht darauf gekommen, dass ihm eine Frau, wenn er mit der Aktentasche zur Arbeit ging, das zugerufen oder irgendein Interesse bekundet hätte. Da war er immer in der Anonymität der Menge verschwunden. Noch nicht einmal einen Blick hatte man da verschwendet. Nun ja, wahrscheinlich war das ein Kegelclub on Tour. Und die Damen hatten schon getrunken. Allzu ernst durfte er das nicht nehmen. Aber er fand es schön. Irgendwie schmeichelte es ihm. Schade, dass Elli das nicht gehört hatte.

Lachend verschwand die Gruppe ein paar Meter weiter in einer Gasse. ‚Biergasse' las Korff auf dem Schild an einer Hausfassade. Als er an die Stelle kam, wo die Gruppe abgebogen war, sah er niemanden mehr. Aber aus einer Weinstube, deren Eingang mit bunten Lampen geschmückt war, drang lauter Gesang. ‚Zum Hiesigen‘ stand über dem Torbogen. Neugierig ging er die paar Meter dorthin, entdeckte auf einem Schild den Hinweis ‚Schunkelstube‘ und ‚enge Tanzgelegenheit‘. Im Fachwerk über dem Eingangsbogen stand der Spruch: „Ein guter Trunk ist jedem recht, dem Fürsten, Bauern und dem Knecht.“

„Mir auch“, sagte Korff. „Coco, das sehe ich mir einmal an. Ein kleiner Schoppen schadet nicht.“ Er band die Eselin an einen Geländerlauf neben der Weinstube, reichte ihr eine Möhre. „Ich bin gleich wieder da“, murmelte er und verschwand durch eine Klapptür nach innen.

45

In der Weinstube wurde er mit einem großen „Hallo!“ empfangen. „Unser Zigeuner“ und „Wo ist denn der Esel?“ wurde ihm entgegengerufen.

Die Frauen saßen auf Bänken rund um einen langen Tisch, hatten schon gefüllte Weingläser vor sich. Korff erschrak vor seinem eigenen Mut und verdrückte sich in eine Nische mit einem kleineren Tisch für zwei Personen.

Da kam der Wirt. „Aber mein Herr, die Damen beißen doch nicht. Setzen Sie sich doch dazu. Ich bin der Sigi. Sie sind der…?“

„Jakob“, antwortete Korff.

„Kommen Sie! Die Damen rücken etwas zusammen. Da findet sich noch ein schönes warmes Plätzchen.“

Der Wirt führte ihn an den langen Tisch. Die Frauen rückten auf der äußeren Bank zusammen, so dass Korff sich an das Ende setzen konnte. An der Wand über dem Tisch hing eine schwarze Tafel mit Namen. Sigi nahm ein Stück Kreide, schrieb ‚Jakob' hinzu und erklärte auf die Damen zeigend: „Das ist die Ellen, die Sonja, die Martina, die Hildegard, die Betty, die Renate, die Christel. Die kommen jedes Jahr im Mai aus Neuwied und feiern hier ihren Mädelsabend. Die Betty hat eine bezaubernde Stimme und singt gleich für uns."

„Eigentlich wollte ich nur ein Glas Wein trinken", meinte Korff verlegen. „Ich bin mit einem Esel unterwegs, habe ihn draußen angebunden. Lange kann ich nicht bleiben."

„Das ist aber schön", sagte Sigi. „Ein Esel. Damit ist noch niemand gekommen. Die Damen haben ihre Esel zu Hause gelassen."

Ehe Korff sich versah, hatte er ein Glas Wein und einen Schnaps vor sich stehen. „Geht auf uns", sagte eine der Frauen. „Sie sind eingeladen."

Und dann musste er erklären - Woher? Wohin? Warum?

„Ja, den Rhein runter, ich meine hoch. Wohin weiß ich noch nicht. Warum? Ja, warum? Ich möchte die Heimat kennenlernen. Zu Fuß, nicht mit dem Auto. Da fährt man ja an allem vorbei und sieht nichts."

Er hatte viele Fragen zu beantworten. Auch die, ob er eine Frau habe und was die dazu sagen würde, dass er so durch die Landschaft vagabundiere.

„Ach", winkte Korff ab, „die ist das gewohnt. Wir lassen uns unsere Freiheiten. Die Ehe darf ja kein Gefängnis sein."

Nach dem dritten Glas Wein taute er auf, tanzte nacheinander mit den Frauen, wobei nach einer ersten Unbeholfenheit die Schritte geschmeidiger wurden. Die Berührung wurde enger, die Stimmung ausgelassener. Ab und zu, von einem schlechten Gewissen begleitet, ging er nach draußen, schob Coco eine Möhre ins Maul, flüsterte: „Gleich ziehen wir weiter." Dann verschwand er wieder in der Weinstube.

Sigi, der Wirt, schmetterte dort gerade das Lied von der Loreley, hatte sich dazu eine Perücke mit langen blonden Haaren aufgesetzt. Danach sang Betty. „Du schaffst das schon! Mach mit mir was du willst, zeig mir alles was du fühlst, du schaffst das schon..." Sie kam mit dem Mikro in der Hand an den Tisch, legte ihm den Arm um die Schulter, beugte sich zu ihm, hauchte ihm einen Kuss ins Ohr.

Korff wurde es heiß wie lange nicht mehr. Eine süße, seit langem nicht gekannte Lust stieg in ihm auf. Elisabeth war weit weg. Probleme, die er bis dahin immer vermieden hatte, würde es nicht geben. Hatte sie ihn nicht aus dem Haus gejagt? Der Esel oder ich. Jetzt hatte er Narrenfreiheit. Von nichts würde sie etwas erfahren. Und was war das überhaupt, dass sie immer getrennt schlafen mussten? Das Schnarchen als Vorwand für Unlust und Gleichgültigkeit. Da durfte sie sich nicht wundern, wenn er in den Armen einer anderen Frau lag.

Aber anderseits: Was Betty da trieb, war doch nur ein Spiel. Sirenengesang. „Mach mit mir, was du willst." Da würde nichts draus werden. Irgendwann am Abend würde die ganze Frauentruppe zurück aufs Schiff gehen. Dann kehrten sie heim zu ihren Ehemännern und berichteten: „Es war schön. Hier bin ich wieder."

Nein, er musste weiterziehen. Coco hatte lange genug draußen gestanden. Korff sah auf die Uhr. Es war schon acht. Bald würde die Dämmerung kommen, und er hatte noch keinen Schlafplatz. Aus den zehn vorgenommenen Kilometern würde nichts werden. Wenigstens zwei noch bis zu einer Wiese am Rhein.

Er bedankte sich bei den Frauen, verabschiedete sich von jeder mit einem Kuss auf die Wange, winkte dem Wirt zu und wollte die Weinstube verlassen, da öffnete sich die Tür. „Rita!" rief Sigi. „Wie schön, dass man dich nochmal sieht."

„Wem gehört denn der Esel da draußen?" fragte sie.

Der Wirt deutete auf Korff. „Unserem Gast hier. Aber er will gerade gehen."

46

Am Abend klingelte es. Sie hatte sich gerade die ‚Tagesschau' angesehen, was ihre Stimmung nicht verbesserte. Bei den Nachrichten eilte man ja nur von Krise zu Krise. Und die hatte sie genug zu Hause. Da musste sie sich nicht auch noch anhören, was in Syrien, in Afghanistan oder in Berlin und überhaupt auf der Welt passierte. Vielleicht hatte Jakob ja recht mit seiner These, dass die Welt ein Narrenhaus sei. Er hatte sich vor dem Fernseher durch Schlaf geschützt.

Sie stand auf, ging durch den Flur, öffnete. Es war Konrad Maihofer. Er hielt ihr die beiden Theaterkarten entgegen, entschuldigte sich.

„Tut mir leid, wenn ich so einfach über Ihre Zeit verfügt habe. Ich hatte es gut gemeint. Dann nehmen Sie doch bitte die Karten und gehen mit Ihrem Mann ins Theater."

Sie überlegte eine Weile. War das durchtrieben von ihm? Er wusste doch genau, dass Jakob nicht zu Hause war. Wollte er sie ärgern? Gut, jetzt war er da und sie konnte ihm ein paar Fragen stellen. Und das konnte sie auch zwischen Tür und Angel. Sie musste ihn nicht hereinbitten.

„Herr Maihofer", fragte sie. „Haben Sie etwa den Hardtberg-Boten informiert? Da war heute ein Artikel über den Esel in unserem Garten. Mit einem Foto. Das kann nur von Ihrem Balkon aufgenommen worden sein. Sie haben den Artikel gelesen?"

„Sicher. Habe ich. Ich lese die Zeitung immer. Aber informiert habe ich niemanden. Die bekommen ihre Nachrichten doch von der Polizei."

„Und das Foto?"

„Ja, da war ich leichtsinnig, unbedacht. Als ich am Dienstag mit dem Hund spazieren war und zurückkam, stand dieser Reporter vor Ihrer Tür. Er sagte, er brauche eine Aufnahme von dem Garten, wo der Esel war. Ich habe ihn zu mir hereingebeten, ihn die Aufnahme vom Balkon machen lassen. Ja, und ich habe ihm auch einige Fragen beantwortet. Aber im Prinzip wusste er schon alles. Ist der Artikel denn so schlimm? Habe ich etwas falsch gemacht?"

„Allerdings. Sie hätten ihn nicht hereinlassen dürfen. Und vor allem keine Fragen beantworten, von denen Sie keine Ahnung haben. Woher wollen Sie denn wissen, ob mein Mann mit dem Esel unterwegs ist?"

156

Maihofer zuckte mit den Schultern, legte die Stirn in Falten. „Liegt doch auf der Hand", antwortete er. „Der Esel ist weg und Ihr Mann auch. Oder ist da kein Zusammenhang? Sie haben doch selbst gesagt, dass er einen Reiterhof sucht."

„Ja, schon. Aber das steht nicht in dem Artikel. Da steht nur ‚unterwegs'. Man kann sich ja alles Mögliche darunter vorstellen."

„Tut mir leid, wenn ich mich ungeschickt ausgedrückt habe", räumte Maihofer ein. „Aber was hätte ich sagen sollen?"

„Gar nichts!"

„Was ist nun mit Susi? Darf ich oder darf ich nicht?"

Sie blickte in ein zerknirschtes, reuevolles Gesicht. Es tat ihm wohl wirklich leid. Eigentlich hätte sie ihm die Tür vor der Nase zuschlagen wollen, ihn einfach stehen lassen mit den Blumen und den Karten. Aber wer weiß? Vielleicht würde sie seine Dienste noch brauchen können. Sie wollte ihn nicht allzu sehr vor den Kopf stoßen.

Sie nahm ihm die Blumen aus der Hand, antwortete:

„Mal sehen. Ich komme vielleicht darauf zurück. Danke erst einmal für die Blumen. Die Theaterkarten behalten Sie bitte noch. Vielleicht können Sie die umtauschen. Der Freitagabend war leider ungünstig. Jetzt entschuldigen Sie mich bitte. Ich stecke mitten in den Vorbereitungen für meinen Unterricht morgen."

Sie schloss die Tür. Sie wusste nicht, auf wen ihre Wut größer war. Auf Jakob oder diesen aufdringlichen Nachbarn.

157

47

„Sie dürfen doch jetzt noch nicht gehen", sagte die Frau mit einem gespielten Vorwurf in der Stimme. Er überlegte, an wen ihn die kleine Blonde, die ihm gerade bis zur Schulter reichte, erinnerte. Sie trug ein sportliches, knielanges Etuikleid in Schwarz-Weiß, rote Sandaletten. Mit dunkelbraunen Augen lächelte sie ihn an, strich sich für einen Moment das Haar zurück, so dass zwei herzförmige Perlenohrstecker sichtbar wurden. Um die Augenpartie lag ein Hauch von Falten. Und dann fiel es ihm ein. Hanna Schmitz aus dem Film ‚Der Vorleser', den er vor einigen Jahren gesehen hatte. Er hatte den Teenager beneidet, der von einer reifen Frau verführt worden war. So etwas hätte er sich in jugendlichen Jahren auch gewünscht. Aber es war nie passiert. Wer war die Schauspielerin? Ja, richtig. Kate Winslet. Rita sah ihr ähnlich. Nur dass sie etwas kleiner und wahrscheinlich etwas älter war.

Er zögerte, sich endgültig zu verabschieden, sagte: „Kommen Sie doch mit nach draußen. Ich drehe mir noch eine Zigarette. Dann muss ich aber aufbrechen."

„Na gut. Wenn ich Sie nicht zu einem Glas Wein überreden kann..."

Sie ging mit ihm vor den Eingang, wo ein Stehtisch mit Aschenbecher stand. Coco stapfte mit den Hufen, reckte den Kopf hoch, bleckte die Zähne. Entweder wollte sie eine neue Möhre oder es war ein Zeichen der Ungeduld und bedeutete: „Zieh endlich weiter! Ich stehe hier lange genug herum."

„Dann erzählen Sie mal!" forderte Rita ihn auf, während er sich eine Zigarette drehte. „Wie kommt man mit einem Esel zum singenden Wirt nach Bad Breisig?"

„Zufall. Wir sind von Bonn aus den Rhein entlang. Zuerst auf dem Rheinhöhenweg, von Sinzig aus am Rheinufer. Na ja, dann kamen die Regentage. Die haben wir auf dem Margaretenhof verbracht. Eigentlich wollten wir heute zumindest bis Rheineck oder Brohl. Aber da kam die Weinstube dazwischen."

Rita lächelte. „Ein Mann ist mit einem Esel unterwegs und sagt ,wir'. So etwas habe ich ja noch nie gehört."

Dann musste er etwas weiter ausholen, die ganze Geschichte erzählen. Vom Kauf der Eselin, der Episode im Garten und von Ellis Alternative ,Der Esel oder ich'.

„Was sollte ich machen?" meinte er. „Also bin ich weg."

Seine Geschichte amüsierte sie. Als er die Zigarette ausdrückte, schlug sie vor: „Für ein Glas Wein reicht die Zeit doch noch. Wenn Sie wollen, müssen Sie sich keinen Zeltplatz suchen. Ich wohne nicht weit von hier in der Rheintalstraße. Neben dem Haus ist eine Wiese. Die gehört der Stadt. Irgendwann wird das wohl Bauland. Für eine Nacht können Sie Ihre Eselin dort lassen. Da wird sich niemand drüber aufregen. Und Sie selbst könnten bei mir auf der Couch schlafen. Da ist ja nichts dabei. Wir sind alt genug, um keine unüberlegten Dummheiten zu machen. Mein Mann ist zur Zeit unterwegs. Der hat sich den Jakobsweg in den Kopf gesetzt. Ich würde zwar gerne mitgehen, kann aber nicht. Ich arbeite als Köchin im ‚Anker'. Wir haben Hochsaison."

Korff nickte. „Ja, warum nicht!? Wo ist denn die Rheintalstraße?"

Rita zeigte rheinabwärts. „Richtung Margaretenhof. Da, wo Sie herkommen. Aber nicht so weit. Höchstens ein Kilometer, eher weniger."

Die Tür schwang auf. Die Frauentruppe aus Neuwied zog in einer Polonäse singend an ihnen vorbei. „Mach mit mir, was du willst, zeig mir alles was du fühlst, du schaffst das schon...".".

„Tschüss, Zigeuner!" rief Betty ihm zu und winkte. „Komm doch mal nach Neuwied. Der Sigi hat meine Telefonnummer."

Die Frauen lachten und verschwanden um die Ecke Richtung Schiffsanleger.

Korff holte eine Möhre aus der Satteltasche, schob sie Coco ins Maul. „Nur ein Viertelstündchen noch", sagte er und strich ihr beruhigend über das Fell. Dann ging er mit Rita zurück in die Weinstube.

48

Er hielt sich an sein Versprechen. Nur eine Viertelstunde später befreite er Coco vom Geländerlauf und wanderte mit ihr und mit Rita den Rhein entlang zurück bis zu einem Weg, der nach nur ein paar Metern in die Rheintalstraße mündete. Direkt neben dem Haus, in dem sie wohnte, lag ein verwilderter Wiesenstreifen, der zur Straße mit Baugittern versperrt war und an den Seiten von einem Spielplatz, einem Schulgelände und Gärten begrenzt wurde. Rita schob mühelos ein Baugitter auf.

„So, jetzt kannst du deine Eselin hineinbringen."

Nicht weit vom Baugitter entfernt stand eine einsame Birke. Korff nahm Packtaschen und Sattel ab, band die Eselin mit dem langen Seil an den Stamm, so dass sie genug Spielraum zum Grasen hatte. Sorge bereiteten ihm die Neubauten, die auf der anderen Seite der Rheintalstraße gegenüber der Wiese lagen. Wenn Coco in der Nacht schreien würde, gäbe es womöglich wieder Theater mit der Polizei. Das wäre dann das dritte Mal innerhalb einer Woche.

„Ob das gutgeht?" meinte er zu Rita. „Was wohnen da für Leute? Beschweren die sich auch über alles, was die Ruhe stört?"

Sie beschwichtigte ihn. „Für eine Nacht wird das schon gehen. Von der Schule hast du nichts zu befürchten. Die rücken Morgen erst kurz vor acht an. Und die Nachbarn? Keine Ahnung. Die neuen Häuser stehen erst seit einem halben Jahr hier. Leider. Früher konnten wir vom Balkon auf den Rhein sehen. Jetzt ist die Sicht verbaut. Aber von der Wohnung aus kannst du Coco beobachten. Das sind nur ein paar Meter. Du bist sofort da und kannst sie beruhigen."

Die Wohnung, die im zweiten Stock unter dem Dach des Hauses lag, war behaglich eingerichtet. Warme Braun- und Rottöne herrschten vor. Die Möbel waren antik und genau das Gegenteil von jener klinisch-sterilen Eleganz moderner Einrichtungen. Die Decken waren holzgetäfelt, indische Teppiche dämpften die Schritte, eine Standuhr meldete sich stündlich mit dem Glockenschlag von Big Ben.

Rita führte ihn ins Wohnzimmer, öffnete dort die Tür zu einem Balkon, von dem aus er Coco sehen konnte. Wendete man den Blick zum Rhein hin, sah man wegen der Neubauten zwar den Strom nicht mehr, konnte aber das Tuckern der Schleppkähne hören. Die Dämmerung hatte eingesetzt. Der Himmel war wolkenlos, färbte sich im Westen purpurrot und ging im Osten in ein samtenes dunkler werdendes Blau über, das vom hellen Kondensstreifen eines Flugzeugs durchzogen wurde.

„Du hast doch bestimmt Hunger. Oder?" fragte sie. „Ich habe noch ein Schollenfilet in der Kühltruhe. Dazu gibt's Kartoffelpüree, Erbsen, Möhren. Es soll ja nicht nur deinem Esel gutgehn. Mach es dir auf dem Sofa bequem und fühle dich wie zu Hause."

Sie verschwand in der Küche, kam aber sogleich mit zwei Weingläsern und einer Flasche Grauburgunder zurück, stellte alles vor ihn auf den Couchtisch, legte einen Korkenzieher dazu. „Damit der Fisch schwimmen kann." Von der aufgeklappten Schreiblade eines Sekretärs nahm sie einen Aschenbecher. „Du kannst ruhig rauchen. Hier wird niemand auf den Balkon geschickt. Dieses Gesundheitsgetue macht nur die Gemütlichkeit kaputt."

Sie ging wieder in die Küche. Er hörte sie rumoren, hörte, wie es zu bruzzeln begann. Elli hatte selten richtig gekocht. Entweder brachte irgendein Lieferdienst am Abend eine Pizza vorbei oder Nasi Goreng in Styroporboxen oder sie suchten ein Restaurant auf. Die Küche als mütterlicher Ort war ihr fremd. Korff empfand es als wohltuend, dass jetzt eine Frau in der Küche

162

stand und für ihn kochte. Diese Fürsorge, auch wenn sie als altmodisch erscheinen mochte, wärmte ihm das Herz. Umgekehrt, so überlegte er, würde er es genauso machen. Die Küche wiederentdecken als Quelle der Behaglichkeit. Das hatten Elli und er versäumt. Besonders er. Denn er hatte den ruhigeren Job, während sie die Unruhe und Hektik der Schule immer mit nach Hause brachte. Bis sie das abgestreift hatte, vergingen immer ein paar Stunden. Seine Arbeit dagegen hatte ihn lustlos und müde gemacht, so dass er diesen Zustand auf dem heimischen Sofa fortsetzte. Das Arbeitsleben hatte verdammt schädliche Seiten. Stress und die allseits zunehmende Beschleunigung schlugen sich bis in die privateste Sphäre nieder, verhinderten Gelassenheit und Wohlbehagen. Kein Wunder, wenn auch junge Männer schon impotent wurden und zu Viagra Zuflucht nahmen.

Der Abend brachte noch eine weitere Erkenntnis für Korff. Nicht nur, dass man lecker kochen konnte und wie schön es war, fürsorglich verwöhnt zu werden. Es tat ihm auch gut, mit Rita bei einem Glas Wein zu sitzen, zu reden, zu erzählen, gemeinsam über die Gebrechlichkeiten der Welt zu lachen. Er fand es schön, mit einer Frau zusammenzusein, ohne dass irgendwelche Verführungsgedanken, Erwartungen oder Wünsche in seinem Kopf herumspukten. Die Frau einfach als Freundin. Er wunderte sich, dass das ging und wie angenehm es war. Er empfand es als ein Geschenk. Würde mehr daraus als ‚nur' Freundschaft, dann geschah es eben. Wenn nicht, war es auch gut. Sie war verheiratet, er auch. Sie hatte ihrem Mann die Freiheit gegeben, alleine auf den Jakobsweg zu gehen. Er war mit Elisabeth noch lange nicht im Reinen und wusste nicht, zu welcher Seite sich die Waagschale neigen würde. Trennung oder neuer Versuch. Das war offen. Jetzt war er noch wie ein kleiner Junge, der die Freiheit entdeckt hatte und davongelaufen war. Sie sprachen auch über Elli und sein trotziges Abschalten des Handys.

„Schreibe ihr doch wenigstens eine Ansichtskarte", riet sie. „Dann weiß sie, dass du noch lebst und dass es dir gutgeht." Sie war aufgestanden, hatte am Sekretär eine Schublade aufgezogen und kam mit einem Stapel Karten zurück. Es waren Karten mit einem Blumengruß, einem flotten Spruch oder auch mit Ansichten von Bad Breisig. Rheinpromenade, Fachwerkhäuser in der Bachstraße und der Biergasse, die Römertherme, der Kurgarten. „Briefmarken habe ich auch. Dann musst du nicht extra zur Post. Ich verschicke manchmal noch Karten. Das ist doch viel persönlicher als eine SMS. Da hilft auch so ein blödes Smiley nicht."

Er zögerte, überlegte, wie das ankommen würde. Elisabeth ging arbeiten und er schickte Ansichtskarten. Erfreut würde sie nicht sein, aber wenigstens machte sie sich dann keine Sorgen. Anders als eine SMS hatte die Karte den Vorteil, dass sie nicht darauf antworten konnte. Sie musste den Gruß hinnehmen, konnte sich nicht beschweren, nicht lamentieren, keine Überredungsversuche starten, ihn nicht mit irgendwelchen Argumenten tottrampeln. Insofern war die Karte ein sehr schönes Medium. Das Auge fand vorne ein Foto, der Verstand hinten den Text.

Er wählte die Rheinpromenade aus. Rita gab ihm einen Kuli. Er fragte: „Was soll ich schreiben?

Du hast doch als Frau ein besseres Einfühlungsvermögen."

„Bloß nichts Sentimentales", antwortete sie. „Das wäre gelogen. Schreib einfach: ‚Hier bin ich mit Coco entlang gegangen. Es geht uns gut.' Dann denkt sie darüber nach, warum es dir bei ihr nicht gutgegangen ist. Sonst wärst du ja nicht abgehauen und würdest dein Handy ausschalten."

„Gut", sagte er, schrieb Adresse und Text auf die Karte, vermied das Datum, denn er hatte in einer Woche gerade mal dreißig Kilometer zurückgelegt. Rita schenkte ihm eine Briefmarke.

„Ich komme Morgenmittag sowieso an der Post vorbei. Da kann ich die Karte für dich einwerfen", bot sie ihm an.

Bis spät in die Nacht saßen sie zusammen. Ab und zu stand er auf, ging auf den Balkon, sah nach Coco. Die Eselin stand ruhig an der Birke und brachte das Kunststück fertig, im Stehen zu schlafen.

49

„Adieu Cowboy", sagte sie, als er sich am frühen Morgen verabschiedete. „Schreib mir wenigstens eine Ansichtskarte und komm irgendwann noch einmal vorbei." Um sechs Uhr hatte sie ihn mit einer Tasse Kaffee geweckt. Er fühlte sich erfrischt und ausgeruht, obwohl sie erst um zwei ins Bett bzw. er auf die Schlafcouch gekommen waren. Rita hatte ihm auch noch ein Proviantpaket zugesteckt. Coco war die Nacht über ruhig geblieben, jedenfalls hatte er nichts gehört. Mit den ersten rosaroten Streifen des Sonnenaufgangs zog er mit der Eselin die Rheintalstraße entlang, bog zur Rheinpromenade ab, hatte gut eine Stunde später Rheineck und dann Brohl erreicht. Coco trabte zügig.

Hinter dem Bahnhof für den Vulkanexpress traf er auf die Verbindung zum Rheinhöhenweg. Es ging steil nach oben. An manchen Stellen war der Pfad eng und schwierig. Dann waren Stufen in den Felsen gehauen und ein Drahtseil lief als Geländer nebenher. Ein Pferd hätte diese Passagen nicht nehmen können. Aber hier war der Esel überlegen. Trittsicher und gelassen setzte Coco ihre Hufe. Jetzt musste Korff sie einige Male anhalten, weil er aus der Puste kam. Auf der Höhe angekommen, machte er Rast an einer Wanderhütte, sah auf den Rhein, auf Brohl und das Breisiger Ländchen. Die Sonne war über die rechtsrheinischen Hügel gestiegen, glänzte auf dem Wasser des Stroms, in den Zweigen der Bäume und Büsche zwitscherten Vögel. Sonst war es still. Nicht einmal das Tuckern der Lastkähne dort unten war zu hören.

Er band Coco an einen Pfosten der Hütte, nahm aus dem Rucksack Topf und Campingkocher, bereitete sich einen Kaffee. Dazu drehte er sich eine Zigarette, dachte über das Glück nach, Rita getroffen zu haben. Er streichelte der Eselin das Fell und sagte: „Ich glaube, ich bin ein bisschen verliebt. Das ist schön. Ein gutes Gefühl. Auch wenn sie vergeben ist. Bin ich das auch? Ich weiß es nicht."

Ein paar Kilometer weiter kam er an einem Römersteinbruch vorbei. Die Pfade hier waren etwas unheimlich, führten durch eine verwilderte, urwüchsige, einem Dschungel ähnliche verwilderte Landschaft. Nur die bemalten Informationstafeln, die hier für die Wanderer aufgestellt waren, kündeten von einer Zivilisation.

Nach dem Steinbruch kam die schönste Strecke. Korff hatte ein weitgedehntes Plateau auf der Höhe von Namedy erreicht. Rapsfelder leuchteten ihm entgegen, zogen sich bis zum Horizont. Dazwischen lagen einzelne Bauernhöfe. An einer Weggabelung bei einer Wiese entdeckte er am Abend einen Bildstock. Ein paar Meter entfernt davon plätscherte eine Quelle in einen steinernen Trog. Er betrachtete die Madonna mit dem Jesusknaben auf dem Arm. Ein besonderes Kunstwerk war die Gipsfigur nicht. Die blaue Farbe des Mantels war abgeblättert. Dem etwas einfältig blickenden Knaben war die rechte Hand abgebrochen. In einer Vase vor der Figur steckte eine Plastikrose.

„Pause", sagte er zu Coco. „Hier kannst du grasen und hast auch Wasser." Er schritt die Wiese ab bis hin zum Rand eines Waldes, pflückte ein paar wilde Margeriten. Mit dem Strauß ging er zum Bildstock, nahm die Plastikrose aus der Vase, füllte sie mit Wasser und stellte die Margeriten hinein.

„Danke, Mary!" sagte er.

50

An diesem Freitagmorgen kam sie etwas später als sonst in die Schule. Auf dem Schulhof standen schon Schülergruppen herum. Zwei Kollegen führten Aufsicht. Sie glaubte, bei ihnen ein leichtes Stirnrunzeln zu erkennen, als sie mit Susi über den

Hof ging. Die älteren Schüler verzogen den Mund zu einem eher abfälligen Lächeln. Nur die Kleinen aus der Jahrgangsstufe 5 fanden das cool, umringten sie und wollten Susi streicheln. Ein Mädchen fragte: „Darf ich mein Meerschweinchen mitbringen?" Sie antwortete nicht mit „Nein", sondern wich aus. „Das hat es zu Hause doch viel besser."

Sie musste für den Hund eine andere Lösung finden. Zwei Wochen, bis Valeska kam, so in die Schule zu kommen, war ein Spießrutenlauf. Was würde noch an Gerede hinzukommen? Ob sie demnächst auch den Esel mitbringt? Die Menschen konnten gehässig sein und hinterhältig. Das wurde mit dem Alter schlimmer und mit dem Eintritt in die Rente kamen noch skurrile Züge hinzu wie bei Maihofer und Jakob. Auch Rücksichtslosigkeiten häuften sich. Das hatte sie auf der letzten Kreuzfahrt erlebt. Mehrmals mussten sie in den Kabinengängen im letzten Moment einem älteren Herrn oder einer Dame ausweichen, die einen Rollator vor sich herschoben, als hätte der eine eingebaute Vorfahrt. Zweimal war sie angefahren worden, ohne dass es eine Entschuldigung gegeben hätte.

Sie hatte das Bedürfnis, mit jemandem zu reden über die ganze Misere, in der sie steckte. Aber mit wem? Mit einem Kollegen oder einer Kollegin bestimmt nicht. Da musste sie Distanz wahren. Am ehesten noch mit Frau Hövel. Von ihr hatte sie den Eindruck, dass sie freundlich war und diskret. Das Sekretariat war noch nie ein Umschlagsplatz für Nachrichten gewesen. Auch wenn Susanne Hövel etwas wusste, hatte sie den Kopf geschüttelt und geschwiegen. Mitteilungen waren Sache der

Chefin. Daran hielt sie sich. Dass die Labradorhündin ausgerechnet Susi hieß, hatte ihr nur ein Lächeln abgewonnen. Sie war nicht beleidigt.

„Ich sollte sie einmal zu einer Tasse Kaffee bei mir einladen", überlegte sie sich. Man wusste ja viel zu wenig voneinander. Das Private war ausgeklammert. Sie brauchte eine Verbündete. Dann konnte sie auch erfahren, was das Kollegium über den Hund und den Zeitungsartikel dachte. Aber wie sollte sie die Einladung einfädeln? Sie brauchte einen Anlass.

Da fiel ihr ein, dass im Juli das Wochenende zur Konfliktlösung anstand. Sie hatte sich für eine Jugendherberge in Altenahr entschieden. Es war ein angenehmes Haus, wirkte gar nicht wie eine Jugendherberge, eher wie ein englischer Landsitz und hieß ‚Naturschutz-Jugendherberge'. Das Anwesen war in einer idyllischen Lage von Felsen und Weinbergen umgeben, hatte Seminarräume, ein Restaurant, ein Bistro. Die Ausstattung für Projekttage war vorbildlich. Alles war vorhanden. Beamer, Dia- und Overheadprojektor, Leinwand, Pinnwand, Flipchart. In einem der Gesellschaftsräume konnte man gesellig beisammensitzen. Da gab es sogar ein Klavier, an dem sich der Musikkollege hervortun konnte.

Bisher hatte sie nur die Prospekte studiert, war angetan von dem Haus und hatte die Buchung verbindlich gemacht. Jetzt bot es sich an, mit Susanne Hövel dorthin zu fahren, um eine Ortsbesichtigung durchzuführen. Da hätte sie den Anlass, mit ihr ins Gespräch zu kommen. Es war sozusagen die Einladung zu einer Dienstfahrt und hatte nicht den schwer erklärbaren Charakter des allzu Privaten.

„So mache ich es", dachte sie. „Sonst wächst mir das alles noch über den Kopf."

51

Die Wut ließ sich nicht wegputzen. Am Freitagnachmittag hatte sie sich an die Fenster des Hauses gemacht, rieb mit einem Druck, als hätte sie nicht Glas, sondern Jakob zu reinigen. In zwei Wochen würde Valeska diese Aufgabe, die eigentlich ihm zugedacht war, übernehmen. Aber jetzt hatte sie erst einmal selbst dafür zu sorgen. Das Fensterputzen tat ihr nicht gut, steigerte ihren Zorn. Sie ließ nach der Hälfte der Arbeit den Schwamm in den Eimer fallen, setzte sich auf das Sofa, sann nach Rache. Irgendwie musste sie es ihm doch heimzahlen können. Dass er einfach so abgehauen und jetzt unerreichbar war. Das war eine Beleidigung, eine Demütigung. So sprang man nicht mit der Direktorin des Edith-Stein-Gymnasiums um. Wie konnte ein Mann sich so verstellen! Da spielte er jahrzehntelang den treuen Schluffen und dann war auf einmal alles anders.

Wo traf man die Männer am empfindlichsten? Wo waren sie verwundbar? Wenn man sie betrog, ihnen zeigte, dass es noch andere gab. Das vertrugen die Kerle nicht. Da waren sie am empfindlichsten. Dann drehten sie durch. Mit einem anderen Mann würde sie es Jakob nicht nur heimzahlen, sondern hätte selbst ein kleines Abenteuer, ein Vergnügen. Sie war noch attraktiv genug. Das hatte sie ja bei Maihofer erfahren. Aber mit dem? Nein. Da wäre sie lieber von der Rheinbrücke gesprungen.

Das Herz begann ihr zu klopfen bei dem abenteuerlichen Gedanken, einen Mann zu mieten, für einen Abend oder eine Nacht zu kaufen. Die Männer kauften sich seit jeher Frauen, die Frauen konnten sich jetzt auch Männer kaufen. Eine gute Lösung. Mit der Bezahlung hielt man sich Probleme vom Hals. Das waren klare Verhältnisse. Ich gebe dir Geld und du machst, was ich will. Danach kennen wir uns nicht mehr.

Sie ließ den Putzeimer stehen, ging in ihr Arbeitszimmer, fuhr den Computer hoch. Wo konnte sie sich dieses Abenteuer erlauben? Bonn kam nicht in Frage. Das war zu nah. Wenn sie Pech hatte, lief ihr ein Schüler oder jemand aus dem Kollegium über den Weg. Am besten wäre Köln. Das war weit weg und trotzdem nah genug.

Sie rief Google auf, gab in die Suchleiste die Wörter ‚Escort, Herren, Köln' ein, drückte die Taste für ‚enter'. „Sieh an!" sagte sie. „Die Auswahl ist groß. Dann nehmen wir einmal den ‚Gigolo-Escort' mit den Gentlemen der Extraklasse. Sie klickte die Adresse der Website an, studierte Fotos und Beschreibungen. Diego, einen südländischen Typen? Nein. Und mit 25 auch zu jung. Sein Six-Pack vom Bodybuilding jagte ihr eher Angst ein. Einen Schwarzen wollte sie auch nicht. Sie verstand nicht die Faszination mancher Frauen, die beim Anblick dunkler Haut den Verstand verloren und nachts an zu schreien fingen. Lieber etwas Einheimisches, Vertrautes im mittleren Alter.

Jean-Claude, 52 Jahre, gefiel ihr. Von Beruf war angegeben ‚Ingenieur'. Wie kam ein Ingenieur dazu, für einen Escort-Service zu arbeiten? Aber das konnte ihr egal sein. Die Hauptsache, das Niveau stimmte. Ob er wirklich Franzose war, wie der Name es vermuten ließ? Eher nein. Jean-Claude war ein Pseudonym, ein erotischer Künstlername. Wahrscheinlich hieß er in Wirklichkeit Klaus, Dieter, Manfred oder was auch immer.

Sein Text im Profil war ansprechend. Er konnte sich gut auf gesellschaftlichem Parkett bewegen, war informiert über das tagespolitische Geschehen, hatte Bildung. Mit ihm würde sie reden können. Der war nicht so stumm wie Jakob. Ein charmanter Kavalier. Ein gebildeter Mann mit Herz und Verstand. Wie schön er das geschrieben hatte: „Bei einem Glas Wein lernen wir uns in lauschiger Atmosphäre kennen und sind bald vertraut miteinander. In einem Hotel der gehobenen Klasse gehe ich gerne auf deine Wünsche ein. Für eine sanfte Nähe oder eine wilde Nacht. Flirten, kribbeln, Aufmerksamkeit. Was gibt es Schöneres? Kopf aus, Sinne an!"

Seine Spezialitäten waren aufgeführt. Kuscheln, Fingerspiele, Erotische Massage. Swingerclub-Besuche und Treffen an außergewöhnlichen Orten. Begleitung zu Bunga-Bunga-Parties, Rollenspiele und Verbalerotik. Wake-Up-Service, Lack und Latex, Französisch und spanisch, dominant oder unterwürfig. Auch Goldfisch-Erotik war dabei. Darunter konnte sie sich nichts vorstellen. War das Sex in der Badewanne? Aber das konnte sie ihn ja fragen.

Dass die Herren teuer waren, war ihr egal. Mindestbuchungszeit zwei Stunden. 500 Euro kostete das. Bei vier Stunden waren es 800, bei einem ganzen Tag und einer ganzen Nacht 2000.

172

Na und! Sie verdiente genug, um sich das leisten zu können.

Einmal musste sie bei Jean-Claudes Profil lachen. Es war das erste Mal seit einer Woche, dass sie lachte. Da stand bei seinen Spezialitäten: „Geeignet auch für geistig Behinderte."

Das wäre was für Jakob, dachte sie. Aber der war nicht schwul, der schlief nur und schnarchte. Wie kam der überhaupt dazu, nicht mehr um sie zu werben? War sie nicht mehr attraktiv genug? Jetzt würde sie es ihm heimzahlen. Aber noch zögerte sie, rief nicht bei dem Escort-Service an. Morgen war Samstag. Das war früh genug für eine Buchung. Aber einen Termin beim Friseur konnte sie sich auf jeden Fall für den Vormittag geben lassen.

52

Für die Nacht hatte Korff sein Zelt neben dem Bildstock aufgeschlagen, die Eselin in Nähe der Quelle grasen lassen. Er hatte sie nicht angebunden. Als er am Morgen wach wurde und aus dem Zelt sah, stand sie am Waldrand, blickte auf und kam langsam zu ihm hergetrottet. Er bereitete sich einen Kaffee, fühlte sich frisch und ausgeruht, erinnerte sich daran, dass er irgendetwas geträumt hatte. Die Bilder waren verschwommen, ließen sich nicht mehr genau genug in die Erinnerung rufen. Er wusste nur noch, dass Coco Villard und auch Rita verlockend in dem Traum vorgekommen waren. Der Traum musste angenehm gewesen sein. Nichts Bedrückendes. Das

Gegenteil. Über den Baumwipfeln stieg jetzt die Sonne auf, wärmte ihm mit ihren Strahlen das Gesicht. Er hätte singen mögen. Nicht mehr „Wir lagen vor Madagaskar", sondern etwas anderes. „Sweet, sweet hurricane" zum Beispiel. Aber er kannte den Text nicht, summte nur die Melodie.

Etwas später, als alles gepackt war, wanderte er flügelleicht über die Ebene. Es war die Stimmung des Verliebtseins, die ihm die Welt versöhnlich machte. Er kam an eine Weggabelung. Links ging es nach Andernach, rechts nach Maria Laach. Er entschied sich für Maria Laach, verließ den Rheinhöhenweg, ging auf dem Vulkanweg weiter. Das Wetter meinte es gut mit ihm. An einem blauen Himmel segelten ein paar weiße Wölkchen. Ein leichter Wind ging über die Höhe, die jetzt kam. Sein Blick schweifte dort von Horizont zu Horizont. Über Wiesen und Wälder. Dazwischen lag ein Dorf mit Häusern, die sich um eine Kirche scharten.

Korff überlegte, welcher Wochentag war. Früher hätte er das auf Anhieb sagen können. Jetzt musste er nachdenken, die Zeit zurückrufen. An einem Freitag war er aufgebrochen. Es hatte eine Nacht im Marienforst gegeben, dann bei Rosa Türpe und im Sinziger Schlosspark. Drei Nächte hatte er danach auf dem Margaretenhof verbracht, eine bei Rita, die letzte neben dem Marienbildstock. Also musste jetzt Samstag sein.

„Wir brauchen Proviant, Coco", sagte er. „Gehen wir auf das Dorf zu."

Nach zwei Kilometern überquerten sie eine Landstraße, kamen kurz darauf nach Wassenach. Hier suchte er vergeblich einen Supermarkt, fand auch keinen Tante-Emma-Laden, aber wenigstens

174

eine Bäckerei, wo er sich mit Brot, Käse und Wasser versorgen konnte.

Als er die Dorfstraße weiter entlangwanderte traf er auf ein Schild: ‚Buddhistisches Zentrum Wassenach. Wat Buddha Vipassana.' Neugierig folgte er dem Wegweiser und stand bald darauf vor einer großen Buddhafigur. Über dem Haupt schwebte ein goldener Baldachin. Die schlanke Figur, ganz in Goldfarbe gehalten, stand aufrecht und hielt ihm beide Handflächen entgegen, so als wollte sie sagen: „Halt, hier nicht weiter!" Aber in diesem Moment trat ein Mönch in brauner Robe aus einem Haus neben der Skulptur, lächelte, als er ihn und die Eselin sah, kam zu ihm.

„Ist das ein Zeichen der Abwehr?" fragte Korff und deutete auf den Buddha.

„Nein, nein", antwortete der Mönch. Dieses Handzeichen, dieses Mudra, ist eine Geste der Güte, der Beruhigung. Es geht zurück auf eine Geschichte, als Buddha von einem Elefanten angegriffen werden sollte. Ein Mönch hatte einen Elefantenlenker aus Rache und Ehrgeiz dazu angestiftet, das Tier auf ihn zu hetzen. Der Buddha blieb gelassen, hob beide Hände, beruhigte den auf ihn zustürmenden Elefanten. Der Elefant ließ sich sogar von ihm streicheln und zog sich dann rückwärts gehend zurück. Diese Geste bedeutet auch die Zähmung der Leidenschaft. Kommen Sie doch ruhig herein."

53

Am Samstagmorgen nach dem Besuch beim Friseur war sie noch unschlüssig. Sollte sie oder sollte sie nicht? Aber dann kam um zwölf die Post und sie fand Jakobs Karte. „Schöne Grüße aus Bad Breisig. Hier bin ich mit Coco entlang gegangen. Es geht uns gut."

„Arschloch!" zischte sie. „Nimm den Esel, ich nehme mir einen Mann."

Sie rief bei ‚Gigolo-Escort' an. „Ist Jean-Claude noch frei für heute oder morgen Abend?"

„Heute nicht mehr, aber Morgen ginge."

Sie erkundigte sich nach den Modalitäten.

„Geld in bar im offenen Umschlag. Er rechnet mit uns ab. Für wie lange wollen Sie ihn buchen?"

„Vier Stunden", antwortete sie.

„Es kommen noch geringfügige Reisekosten hinzu. Jean-Claude kommt aus Düsseldorf. Selbstverständlich tragen Sie auch Restaurant- und Hotelkosten. Wir empfehlen das ‚Radisson' in Köln-Deutz. Ein angenehmer Ort. Sie treffen sich dort in der Bar. Sie werden ihn erkennen. Zur Sicherheit hinterlegen Sie bei uns auch ihre Handynummer. Dann kann nichts mehr schiefgehen. Wir rufen Sie in einer halben Stunde zurück und bestätigen das Arrangement."

Sie fuhr nach Bonn in die Stadt hinein, besuchte in der Sternstraße einen Laden für ‚Dessous and Fashion'. Jean-Claude sollte auch seine Freude haben. Sie ließ sich in der Lingerie beraten, entschied sich schließlich für einen schwarzen, eng sitzenden Taillen-Slip mit der Bezeichnung ‚Primadonna' und einen dazu passenden schwarzen Bügel-BH. Im Spiegel der Kabine fand sie, dass sie noch immer eine passable, attraktive Figur hatte. Daran hatten die Jahre nichts ändern können. Jakob musste blind gewesen sein.

Den Samstagnachmittag verbrachte sie mit einer unruhigen Nervosität. Daran änderte auch der ausgedehnte Spaziergang mit Susi über die Messdorfer Felder nichts.

Sie studierte noch einmal Jakobs Karte. „Schöne Grüße aus Bad Breisig. Hier bin ich mit Coco entlang gegangen. Es geht uns gut."

Sie betrachtete den Poststempel. Die Karte war gestern erst eingeworfen worden. Bad Breisig. Da hatte er in einer Woche gerade mal dreißig Kilometer zurückgelegt. Keine fünf Kilometer am Tag. Solche Trödelei konnte sie sich selbst mit einem störrischen Esel nicht erklären. Wo verbrachte er überhaupt die Nächte? Hatte er den Esel vielleicht doch auf einem Reiterhof untergebracht, hockte jetzt in einem Hotel oder in einer Pension und traute sich nicht mehr nach Hause? Jakob gab ihr Rätsel auf.

Am Abend öffnete sie eine Flasche Wein und genehmigte sich auch den Grappa, der eigentlich Maihofer zugedacht war. Die Tagesschau rauschte an ihr vorüber. Ebenso irgendein Film, an den sie sich am nächsten Morgen schon nicht mehr erinnerte. Sie wachte mit Kopfschmerzen auf, überlegte, das Treffen, das ihr nur eine halbe Stunde nach ihrem Anruf bestätigt worden war, abzusagen. Aber dann wäre das Honorar trotzdem zu entrichten. Nein, Jakob sollte nicht davonkommen.

Nach zwei Tassen Kaffee begann sie klarer zu sehen. Warum sollte sie sich nicht auf dieses Abenteuer freuen? Was war schon dabei? Sie traf einen Mann, unterhielt sich mit ihm. Man tauschte Nettigkeiten aus. Die Wahl, was weiter geschah, hatte sie dann immer noch. Sie war ja nicht verpflichtet, mit ihm in einem Hotelzimmer zu verschwinden. Es war ein Experiment. Warum sollte sie sich davor drücken? Sie hatte in dieser Hinsicht schon lange nichts mehr erlebt und war neugierig, wie sie reagieren würde. Musste man nicht sich selbst immer wieder neu kennenlernen, alte Gleise verlassen? Welche Gefahren sollten schon drohen? Jean-Claude war ein Gigolo für einen Abend, mehr nicht. Er bekam sein Geld und sie ihre Genugtuung.

Schon am Mittag begann sie, ihre Kleidung auszusuchen und sich zu schminken.

54

Korff band Coco an den Stamm einer Tanne, die auf einem Rasenstück hinter der Buddhafigur stand. Er folgte dem Mönch in das Haus, dessen Eingang von einem holzgeschnitzten, mit goldfarbenen Ornamenten verzierten Giebeldach überwölbt war. An der Schwelle hatte er die Schuhe auszuziehen und betrat kurz darauf einen großen Raum, der von einer meterhohen goldenen Buddhafigur beherrscht wurde. Es war ein sitzender Buddha, der die Hände mit den Flächen nach oben im Schoß ruhen hatte und mit einem entrückten Lächeln dem Besucher entgegensah. Der Mönch, den Korff auf etwa vierzig Jahre schätzte, bat ihn, an einem Tisch Platz zu nehmen, stellte sich ihm vor als Kemanando. Der Name sei aus der

Palisprache. ‚Kema' bedeute Sicherheit und ‚Nando' der sich Freuende. Also der sich an der Sicherheit Freuende.

„An welcher Sicherheit?" fragte Korff.

„Sicherheit vor den Täuschungen der Welt. Eine haben Sie ja schon draußen bei der Buddhafigur gesehen. Die Leidenschaft. Das kann man wörtlich nehmen. Affekte, Anhaftungen schaffen Leiden. Aber ich will Sie jetzt nicht mit buddhistischen Weisheiten überfallen. Möchten Sie einen Tee?"

Er nickte, sah dem Mönch nach, wie er in einem Nebenraum verschwand, der offensichtlich als Küche diente. Kemanando hatte kurz geschorenes Haar. Besonders aufgefallen waren Korff seine hellbraunen, wachen Augen, die über die Welt zu lächeln schienen.

Nach ein paar Minuten kam Kemanando mit einer Kanne Tee und zwei Tassen zurück.

„Wahrscheinlich wollen Sie wissen, wie ein buddhistisches Kloster nach Wassenach an den Laacher See kommt", meinte er, während er heißen, schwarzen Tee in die Tassen goss. „Sie wirkten überrascht."

„Ja. Bisher wusste ich nur, dass es ein Benediktinerkloster hier gibt. Da war ich vor vielen Jahren einmal mit meiner Frau. Nicht im Kloster, sondern in der Gärtnerei. Wegen der Kräutersammlung dort. Wir haben nach dem Kraut der Unsterblichkeit gesucht. Heißt wirklich so."

„Ich weiß. Jiaugulan. Kommt aus den südchinesischen Bergen, wo es viele Hundertjährige gibt."

Der Mönch lächelte und fuhr dann fort: „Also früher war dieses Haus ein Hotel. Dann wurde es zunächst zu einem buddhistischen

Meditationszentrum und vor fünf Jahren zum Tempel geweiht. Wir leben hier als Waldmönche. Deshalb die braune Robe und nicht die orangefarbene, die Sie wahrscheinlich eher kennen. Wir arbeiten, meditieren, meist am Laacher See, geben Seminare. Ich selbst komme aus Berlin, aus Kreuzberg. Nach einem längeren Aufenthalt in Thailand habe ich mich für diesen Lebensweg entschieden."

„Warum? Was war der Grund dafür?" wollte Korff wissen.

„Naja, ziemlich einfach. Ich wollte dieses Rennen nach Konsumgütern nicht mehr mitmachen. Diese Betäubung und Sinnlosigkeit. Man kommt ja kaum zum Luftholen, wenn man immerzu etwas kaufen soll. Kaufst du nichts, geht es dir schlecht. Nicht weil dir etwas Wichtiges fehlt, sondern weil die anderen dich für verrückt oder minderwertig halten. ‚Der bringt es zu nichts‘, sagen sie. Entweder du machst mit oder bist außerhalb der Gesellschaft. Wer will so schon leben? Hier sind wir unter uns, können bedürfnislos leben. Bedürfnislos heißt ohne die übliche Gier nach immer mehr. Ein Dach über dem Kopf, Essen, Kleidung brauchen wir natürlich auch."

„Bedürfnislos? Was ist daran reizvoll?" fragte Korff.

„Zunächst einmal die Freiheit. Die Freiheit darüber nachdenken zu können, was wirklich wesentlich ist im Leben. Ist man unbedrängt von all den üblichen Wünschen und Begierden, öffnet sich langsam die Tür. Du siehst am Tage die Sonne mit anderen Augen und nachts die Sterne. Du hörst den Wind und all die Stimmen der Natur. Und langsam, langsam beginnst du etwas zu ahnen."

„Was denn?"

„Man kann es nur ausprobieren. Es ist wie ein Verliebtsein."

„Verliebt sein?" fragte Korff. „Ohne Frau?"

„Ja, auch ohne Frau."

Kemanando lachte, als er sah, wie Korff skeptisch die Stirn runzelte, und fragte ihn: „Haben Sie denn bisher großes Glück gehabt auf diesem Gebiet?"

„Anfangs ja. Jetzt ist es schwieriger geworden. Ich bin gerade dabei, meine Freiheit zu entdecken."

Er holte etwas weiter aus und erzählte, wie er zu dem Esel gekommen und von Bonn aufgebrochen war. „Was daraus werden soll, weiß ich noch nicht. Aber auf jeden Fall ist es schön. Besser jedenfalls als zu Hause rumzusitzen und die Zeit totzuschlagen. Das habe ich vierzig Jahre gemacht."

Kemanando nickte. „Ja, verstehe ich. Haben Sie etwas Ahnung vom Buddhismus?"

Korff schüttelte den Kopf. „Nein, ich habe mich nie für Religion interessiert. Oder sagen wir besser kaum. Ich habe unendlich viele Akten gelesen. Jetzt erinnere mich aber an keine einzige."

Kemanando lächelte. „Ein schöner neuer Anfang. Was haben Sie denn weiter vor?"

„Weiß ich noch nicht. Ich weiß nur, was ich nicht will. Ohne Coco zurückzukehren und nur weil mein Nachbar sich beschwert, unschuldige Gänseblümchen mit dem Rasenmäher zu köpfen."

55

Das schwarze Sommerkleid mit dem tiefen Rundhalsausschnitt hatte sie lange nicht mehr getragen. Sie wählte dazu eine Jeansjacke mit gestickten Blüten an der Schulter. Für die Füße rote Sandaletten. Im Gegensatz zu Jakob hatte sie ihre Figur gehalten, keine Fettpolster angesetzt, sich nicht so gehen lassen. Das Kleid passte noch, betonte die Linien ihres Körpers. Sie war zufrieden, als sie sich im großen Spiegel ihres Schlafzimmers betrachtete und sich mit den Händen die Hüften entlangstrich. Als Schmuck legte sie sich eine Perlenkette um den Hals und um das linke Fußgelenk ein goldenes Kettchen mit einem pfeilschießenden Amor. Jakob hatte ihr das am Anfang ihrer Beziehung geschenkt. Jetzt sollte es ein anderer Mann berühren dürfen.

Sie war nervös, zugleich aber spürte sie schon die Genugtuung, es Jakob heimzuzahlen. Dass es ein teures Unternehmen war, machte ihr nichts aus. 800 Euro für den Mann, dazu die Reisekosten, die Drinks an der Bar, ein Zimmer hatte sie schon gebucht, eine Weile überlegt ,Standard' oder ,Business', sich für ,Business' entschieden. Auf die paar Euro mehr kam es auch nicht an. Hinzu kam noch eine zweistellige Parkgebühr für die Tiefgarage.

Sie hatten sich für 20 Uhr in der Paparazzi-Lounge des Hotels verabredet. Jean-Claude hatte sie am Samstagabend angerufen, mit unterdrückter Telefonnummer. Einen französischen Akzent hatte er nicht. Sie glaubte eher einen Ruhrgebietsdialekt herauszuhören. Sie hatte ihm beschrieben, woran er sie erkennen konnte. Er hatte eine angenehme

Stimme, beruhigte ihre Verlegenheit, tat so, als sei es das normalste der Welt, sich für ein erotisches Abenteuer zu treffen.

Auf der Website des Escort-Service sah sie sich noch einmal sein Profil an, fand, dass sie eine gute Wahl getroffen hatte. Er hatte ein rundes sympathisches Gesicht, lächelte ihr entgegen mit kleinen Grübchen auf den Wangen. Dass er eine Glatze hatte mit graumeliertem Haaransatz an den Seiten, machte ihr nichts. Sie war keine Haarfetischistin. Männer mit Glatze konnten cool sein. Auf jeden Fall sah das besser aus als Jakobs ungepflegte Matte. Der kämmte sich nur am Morgen, bevor er zur Arbeit ging. Am Abend zu Hause schien er den Kamm nicht mehr zu kennen, fuhr sich nur mit den Fingern durch die Haare, die aussahen, als hätte man ihm einen Wischmob aufgesetzt.

Susi hatte sie schon am Nachmittag zu Maihofer gebracht. Der hatte sie erstaunt und bewundernd angesehen.

„Ich bin in Köln bei einer Freundin eingeladen", hatte sie ihm erklärt. „Sie ist leider allergisch gegen Hundehaare."

Viel zu früh fuhr sie an diesem Sonntag los, war schon um sieben am Messe-Kreisel in Deutz, parkte den Smart in der Tiefgarage des Hotels, ließ sich an der Rezeption die Zimmerkarte geben, fuhr mit dem Aufzug hoch in den sechsten Stock, betrat einen elegant eingerichteten Raum, bei dem man diskret die Deckenbeleuchtung dimmen konnte. Den überdimensionalen Flachbildschirm an der Wand gegenüber den beiden Betten würde sie nicht brauchen. Eher die gut gefüllte Minibar für einen Begrüßungssekt. Vor dem Spiegel im Bad

183

überprüfte sie noch einmal Make-Up und Sitz des Kleides, fragte sich: „Bist du das wirklich? Die Direktorin des Edith-Stein-Gymnasiums auf Abwegen." „Na und!?" beantwortete sie sich ihre Frage. „Wer hat keine zwei Gesichter!?"

Um viertel vor acht saß sie auf einem Hocker an der Theke der Bar, konnte von dort den Eingang des Hotels beobachten. Hoffentlich kam niemand, der sie kannte. Dass ausgerechnet jemand aus dem Kollegium käme, war unwahrscheinlich. Aber da gab es noch die Eltern von 800 Schülern. Sie war bekannt. Manchmal ereigneten sich die merkwürdigsten Zufälle. Und wenn, was machte es schon, versuchte sie sich zu beruhigen. Es war nicht verboten, in einer Hotelbar zu sitzen. Den Anlass kannte niemand.

Das Licht in der Lounge war angenehm gedämpft, spiegelte sich nur schwach auf dem Parkett und den Glasfronten wider. Der Barkeeper reichte ihr die Getränkekarte. Um ihre Nervosität zu dämpfen hätte sie Lust gehabt auf einen Tequila, einen Cointreau mit Limettensaft oder einen Havanna-Club mit braunem Rum und Mandelsirup. Aber in ein paar Stunden musste sie fahren, morgen wieder in die Schule gehen. Der Samstagabend wäre besser gewesen. Da hätte sie im Hotel bleiben können. Sie entschied sich für ein alkoholfreies Kölsch, bezahlte es sogleich. Sie würde Jean-Claude vorschlagen, sofort auf das Zimmer zu gehen. Dort war sie vor Entdeckungen sicher.

Pünktlich um acht betrat er die Hotelhalle. Er steuerte zielsicher auf die Lounge zu, erkannte sie sofort. Das Foto im Internet hatte nicht zu viel versprochen. Er war groß, schlank, wirkte sportlich durchtrainiert. Als er sie anlächelte, ihr die Hand gab und eine rote Rose überreichte, erschienen zwei Grübchen auf seinen Wangen. Routiniert überspielte er ihre Verlegenheit, sah sie bewundernd an, startete mit einem Kompliment.

„Ich freue mich. Eine so schöne Frau habe ich selten gesehen."

Er schlug vor, erst einmal einen Drink an der Bar einzunehmen. Ihr war lieber, sich sogleich nach oben auf das Zimmer zu begeben. Dort könne man reden, ohne auf den Barkeeper zu achten.

„Selbstverständlich", meinte er.

Auf dem Zimmer reichte sie ihm den offenen Umschlag, sagte: „Damit das Geschäftliche schon mal erledigt ist." Er sah nur kurz hinein, zählte nicht nach, steckte den Umschlag in die Innentasche seines Jacketts. Sie holte zwei Piccolo aus der Minibar, nahm zwei Gläser, die auf der Ablage standen, öffnete die Flaschen, füllte die Gläser, reichte ihm eins, stieß mit ihm an. „Auf einen angenehmen Abend!"

„Auf einen wundervollen Abend mit einer schönen, charmanten Frau!"

Er stellte das Glas ab, legte seinen rechten Arm um ihre Schulter, streichelte mit der linken Hand über ihr Haar und flüsterte ihr ins Ohr: „Du kannst mir deine geheimsten Wünsche verraten."

56

Erst am Morgen gegen sieben verließ sie das Radisson. Eine Stunde würde reichen, nach Hause zurückzufahren, sich umzuziehen und pünktlich in der Schule zu erscheinen. Um zehn am Abend war sie mit Jean-Claude doch noch nach unten in die Bar gegangen, hatte ein paar Drinks genommen, sich mit ihm unterhalten, konnte nicht mehr in der Nacht zurückfahren, musste warten. Um sich die Peinlichkeit zu ersparen, dass er um zwölf auf die Uhr sah und seinen Dienst für beendet erklärte, hatte sie ihn schon eine Stunde vorher entlassen, erklärt, dass sie jetzt gerne alleine sein wolle. Er hatte Verständnis gehabt. Sein Bedauern war Routine. Danach war sie unter die Wasserfall-Dusche ins Bad gegangen.

Sie wusste jetzt, was Goldfisch-Erotik war. „Fische haben keine Hände", hatte er erklärt. „Man darf sich mit allem massieren. Nur nicht mit den Händen."

Es war nicht unangenehm gewesen. Sie hatte kein schlechtes Gewissen. Es tat ihr nicht leid. Einmal lachte sie auf der Rückfahrt. Ein Stück Verruchtheit tat gut. Und Jakob hatte sie es endlich heimgezahlt. Aber noch einmal? Nein.

Die Fahrt über die Autobahn ging flott. Doch dann kam der Stau ein paar Kilometer vor der Abfahrt Endenich. Es ging nur noch stockend voran. Der Zeiger der Uhr rückte mehr und mehr vor. Sie war noch nie zu spät gekommen. Die Zeit würde nicht mehr reichen sich umzuziehen. „Ist jetzt auch egal", dachte sie. „Dann erscheinst du eben mal anders als sonst. Na und!?"

Sie überprüfte ihr Gesicht im Rückspiegel. Sie sah etwas übernächtigt aus, aber nicht unglücklich. Sie löste die Perlenkette, legte sie ins Handschuhfach. Den Schmuck musste sie nicht unbedingt tragen. Die Jeansjacke mit der geblümten Stickerei auf der Schulter war auffällig genug.

Kurz vor acht erreichte sie den Lehrerparkplatz, eilte mit raschen Schritten ins Sekretariat. Frau Hövel sah sie erstaunt an. Sie verschwand sofort im Direktorenzimmer. Ach ja, sie hatte gar keine Schultasche dabei. Kafkas Roman lag zu Hause auf ihrem Schreibtisch. Ebenso die Kursmappe, wo Fehlstunden und Unterrichtsthemen eingetragen wurden. Mit der Kursmappe, das war nicht so schlimm. Das konnte sie später nachtragen. Was die Lektüre betraf, würde sie sich ein Exemplar von einem der Schüler leihen. Der Montag fing mit einer Doppelstunde im Leistungskurs an. Worüber sollte sie überhaupt reden? K.'s Verhältnis mit dem Schankmädchen Frieda? Lieber nicht.

Etwas außer Atem kam sie in die Klasse, grüßte, setzte sich vorne an ihren Tisch. Die Schüler sahen sie verwundert an. So hatten sie die Direktorin noch nie gesehen. Einer, der direkt vor ihr saß, grinste, hob den Daumen. „Geiles Amulett!"

Amulett? Sie sah unter den Tisch auf ihre Füße. Sie hatte vergessen, das Kettchen mit dem Amulett vom Fußgelenk zu lösen.

Sie lächelte. „Danke für das Kompliment. Wenn mir jetzt jemand sein Buch leiht, können wir mit dem Unterricht beginnen. Wir wollen heute über folgendes Zitat reden: ‚Es gibt Dinge, die an nichts anderem als an sich selbst scheitern.' Bitte schlagen Sie die Lektüre auf und suchen Sie diese Stelle!"

Am Montagmittag verließ Korff das Wat Buddha Vipassana. Für zwei Nächte hatte er in dem Haus ein schlicht eingerichtetes Zimmer bewohnt. Coco durfte während dieser Zeit auf einer kleinen umzäunten Wiese nebenan grasen. Es war warm, der Himmel nur von ein paar grauen und weißen Wolken bedeckt. Die Eselin kam gut ohne Stall aus. Bis auf die drei Regentage hatte Korff Glück mit dem Wetter gehabt.

Einmal hatte er noch mit Kemanando gesprochen, es als wohltuend empfunden, dass der Mönch keinerlei Missionierungsversuch startete. Im Gegenteil. Er hatte ihm aufmerksam zugehört, als Korff eine gewisse Ratlosigkeit und auch Unruhe erkennen ließ, wie das mit Elisabeth weitergehen sollte. Zurück konnte und wollte er nicht. Sie preisgeben auch nicht.

„Lass die Dinge sich entwickeln", hatte ihm der Mönch geraten. „Sei aufmerksam, höre auf deine innere Stimme, zerbrich dir nicht den Kopf, gehe mit wachen Augen durch die Welt. Der Dhamma schützt dich."

„Dhamma?" hatte Korff gefragt.

„Ach so. Es ist ein Paliwort. Auf einer ersten Stufe bedeutet es ‚Wesen der Natur'. Lebst du im Einklang mit ihr, dann schützt sie dich. Du musst dabei auch im Einklang mit dir selbst sein. Du gehörst ja mit dazu. Gewöhnlich sehen wir die Natur als ein Objekt und uns isoliert als ein ihr gegenüberstehendes ‚Ich'. Das bringt nur Leiden, Frustration, Unfreiheit. Aber mache dir jetzt nicht zu viele Gedanken darüber. Du bist auf einem guten Weg. Es wird sich ergeben."

Zum Abschied band Kemanando ihm einen weißen Faden um das Handgelenk. „Denk daran!" sagte er: "The boat of desire is the boat of fire - Sitzt du mit der Gier und dem 'Immer mehr haben wollen' in einem Boot, wird es dich verbrennen. Geh sparsam mit deinen Wünschen um! Denke an das Wesentliche!"

Von Wassenach aus waren es nur ein paar Kilometer bis hinunter zum See. Korff entschied sich, ihn im Uhrzeigersinn zu umwandern. Nach ein paar Kilometern stieß er auf eine Wiese, die sich zwischen einem Waldstück und dem See bis zum Ufer hin erstreckte. Gegenüber erblickte er die Türme der Abteikirche des Klosters Maria Laach. Da er für ein bescheidenes Mahl noch genügend Proviant hatte und Coco auf der Wiese bestens versorgt war, beschloss er zu bleiben. Um keine Probleme zu bekommen, würde er das Zelt erst mit Einbruch der Dunkelheit aufbauen. Am Ufer des Sees zu sitzen und hinter sich einen grasenden Esel zu haben, war ja nicht verboten. Eine Zeit lang saß er so da, blickte auf die Türme der Abteikirche und auf das Wasser, in dem ab und zu in einem quirligen Tanz kleine Gasblasen zur Oberfläche hin aufstiegen. Die Erde unter dem Vulkansee war immer noch in Bewegung und schickte ihre Boten nach oben. Die Gretchenfrage fiel Korff wieder ein. „Wie hast du's mit der Religion?"

Der Buddhismus war ihm sympathisch, das Christentum in seiner katholischen Variante stand in seiner Geburtsurkunde, war jedoch mehr auf dem Papier als im Leben. Musste man überhaupt etwas sein, zu einer Schublade gehören? Buddhistisch, christlich, mohammedanisch? Diese Fragen stürmten auf Korff ein.

58

Es war so eine Sache mit der Bedürfnislosigkeit.
Korff hätte an diesem Abend am See gerne ein
Fläschchen Wein gehabt. Aber er hatte keins. Er
hätte auch gerne Coco Villard oder Rita neben sich
gehabt, geredet, erzählt. Aber die waren nicht da.
Für Elli war es zu früh. Das hätte nur eine störende
Auseinandersetzung gegeben, eine Diskussion
gespickt mit Vorwürfen und einem Programm für
die Lebensgestaltung. Sie war bisher die
Dominante, die Bestimmende gewesen, die
ansagte, wo es langging. Und er war aus
Bequemlichkeit oder auch Angst sie zu verlieren
mitgelaufen, hatte vierzig Jahre mehr oder weniger
ihren Wünschen und Vorschlägen entsprochen. Es
war alles so vernünftig gewesen. Sich eine sichere
Arbeit zu suchen, auch wenn man sie nicht liebte.
Ein Reihenhaus zu bauen, auch wenn der Traum in
eine andere Richtung ging. Er hätte gerne gemalt.
Aber die Kunst war brotlos.

Seine Schulnoten hatten auf keine besondere
Begabung hingewiesen. Alles war ausreichend und
befriedigend gewesen. Bis eben auf ‚Kunst'. Da
stand einsam und allein ein ‚sehr gut' im
Abiturzeugnis. Er war geschickt im Zeichnen und
Malen, hatte Spaß daran. Eine Zeit lang hatte er
dieses Hobby in die Ehejahre hineingerettet, bis
Elisabeth der Geruch von Terpentin und Ölfarben
störte. Die Motive, die er malte, hatten eine
farbenfrohe barocke Üppigkeit, die zugleich immer
etwas Bedrohliches zeigte. Da wurde gespielt,
gefressen, gesoffen, gevögelt und zugleich brauten
sich am Himmel dunkle, von Blitzen durchzuckte
Wolken zusammen, in deren Mitte sich ein

Tornadokegel bildete. Das größte seiner Gemälde, zwei mal drei Meter, hieß ‚Wachet auf!' Eine üppige blonde Frau im roten Bikini lag schlafend am Strand. Im rechten Winkel zu ihr, Kopf an Kopf, schlief ein Mann. Ein Kartenspiel lag neben ihnen im Sand. Einzelne Karten wirbelten schon durch die Luft. Die Schlafenden bemerkten nicht, was sich über ihnen zusammenbraute. Ihre Gesichter zeigten eine feiste Zufriedenheit. Eine Zeit lang hatte das Bild in seinem Arbeitszimmer gehangen, beherrschte die Wand gegenüber seinem Schreibtisch. Elisabeth hatte immer einen skeptischen Blick darauf geworfen. Der Todesstoß kam, als sie sagte: „Mal doch endlich mal was Nettes!" Da hatte er die Malerei ganz seingelassen, das Bild abgehängt, in den Keller verfrachtet zusammen mit der noch unbemalten Rolle Leinwand und den ganzen anderen Utensilien. Die Kunst im Hause Korff störte nur.

Der Verlust des Hobbys, mehr war es ja nicht, hatte ihn nicht besonders geschmerzt. Er verdiente kein Geld mit der Malerei, hatte keine Ausstellung, keine Anerkennung, noch nicht einmal im privatesten Bereich. Er konnte es also seinlassen so wie andere ihrer Briefmarkensammlung überdrüssig wurden und die Alben irgendwo verstauten. Die Quelle der Inspiration war versiegt. Bilder und Motive stiegen nicht mehr in ihm hoch. Die innere Leinwand verblasste.

Er konnte auch ohne die Malerei leben, sich angenehm im Haus einrichten, die Arbeit im Ministerium erdulden, sich mit Elisabeth die Welt angucken. Es mangelte an nichts.

Die Bedürfnislosigkeit. Korff ging sie nicht aus dem Kopf. Es war schwer, sich mit dem zu begnügen, was man hatte. Wie eine Affenhorde kamen immer andere Wünsche dazwischen. So war man konditioniert, auf Wachstum getrimmt. Gemeint war mit Wachstum nur der materielle Wohlstand. Aber über den hatte der Buddha im Empfangsraum des Klosters nur gelächelt. Er hatte die Hände mit den Flächen nach oben in den Schoß gelegt, ruhte in sich. Die materielle Welt war ihm gleichgültig. Sie war eine Illusion, eine Täuschung. Sansara, wie Kemanando es nannte.

Sich mit dem begnügen, was man hatte. Sich von der Affenhorde befreien. War er in den Tagen, wo er unterwegs war, nicht reich beschenkt? Er hatte die Menschen anders erlebt. Freundlich, neugierig, interessiert und hilfsbereit. Und insgeheim schien bei allen die Sehnsucht da zu sein, auszubrechen aus dieser Welt der Konditionierungen, die Schiene zu verlassen, auf die man sie gesetzt hatte, und Freiheit und Abenteuer zu erleben. Nicht nur den Urlaub von der Stange, diese paar Wochen Freigang im Jahr, die man gewöhnlich so verbrachte, wie man immer lebte.

Gab es diese andere Welt, diese spirituelle überhaupt? Beweisen konnte man sie nicht. Sie entzog sich dem auf Technik und Naturwissenschaften getrimmten Verstand. Sie war kein Gegenstand der Ratio, kein Objekt des Labors. Sie bedurfte einer anderen Antenne, verbarg sich im Mysterium. Vielleicht musste man deswegen die üblichen Bedürfnisse zum Schweigen bringen, damit man Raum bekam für etwas anderes,

Wesentliches. Vielleicht war das der Sinn der Bedürfnislosigkeit. Der Staat als Wirtschaftsgemeinschaft, die auf Zugewinn bedacht war, hatte die Bedürfnislosigkeit zu überlisten, den Konsum als Lebensinhalt zu preisen. Der Supermarkt war der Tempel, das Kaufhaus der Platz der Anbetung. Man berauschte sich an der Geschwindigkeit, der Digitalisierung, der Technik. Der Gedanke, dass alles vergänglich war und der Tod auf jeden wartete, störte nur. Den Tod konnte man nicht digitalisieren. Aber darüber sprach man nicht. Lieber gab man sich der Vision eines Flugtaxis hin, entwickelte selbstfahrende Autos, machte Pläne für einen Fahrstuhl ins All.

Der Staat duldete die Religion, solange sie nicht radikal umgesetzt wurde. Einzelne konnte man als Sonderlinge tolerieren. Was aber, wenn zu viele Bürger auf die Idee kämen zu leben wie der Franz von Assisi? Banken und Konzerne würden zusammenbrechen. Was, wenn man umsetzen würde, was einem das Neue Testament nahelegte? Hatte Jesus nicht die Kaufleute aus dem Tempel vertrieben? Was, wenn man die Bergpredigt ernstnehmen würde? Ein Aufschrei ginge durch die Lobby der Rüstungsindustrie. Der Staat konnte nur existieren, wenn das Christentum ein geduldetes Etikett war, ein Alibimäntelchen, um nicht ganz auf den Klang der Kirchenglocken zu verzichten. In Wirklichkeit war die Behauptung christlich zu sein nur Makulatur.

Aber andererseits, überlegte Korff, ein Gottesstaat mit einer Religionspolizei wäre ein noch größeres Übel. Wenn der Kirchgang zum Zwang wurde. Wenn nach dem Vorbild der Sharia Inquisatoren unterwegs wären. Da war die

Trennung von Staat und Religion besser. Im westlichen Liberalismus konnte jeder machen, was er wollte oder es seinlassen. Man konnte seinen Gebetsteppich auspacken, das Kreuz zu Hause auf- oder abhängen, sich einen Buddha in den Garten stellen oder aus der Laube einen Hindutempel machen. Das war jedem selbst überlassen. Die Religionsfreiheit ermöglichte die persönliche Entscheidung.

Solchen Gedanken gab Korff sich hin an jenem Abend am See. Er saß am Ufer, sah auf die dunkler werdende Wasserfläche. Gegenüber, am anderen Ufer, flammten Scheinwerfer auf, bestrahlten die Türme der Abteikirche von Maria Laach.

Gott war nicht per Handy zu erreichen. Was sollte er überhaupt mit diesem blöden Gerät? Andauernd kam er in Versuchung es einzuschalten und nachzusehen, ob Elli sich gemeldet hatte. Und manchmal plagte ihn auch das schlechte Gewissen, sich so einfach verabschiedet zu haben, nicht mehr mit ihr zu reden. War es nicht besser, diesen Versuchungen zu entkommen? Sie unmöglich zu machen, vollkommene Ruhe zu haben? Er zog das Gerät aus der Westentasche, wog es noch eine Weile in der Hand. Dann schleuderte er es mit einem heftigen Schwung in den See.

60

Die Geschichte mit Jakob nervte sie. Vor allem war es die Ohnmacht, nicht lenkend eingreifen zu können. Er hatte sich ihrem Zugriff einfach entzogen. Zudem war er auch noch teuer geworden. Der Bußgeldbescheid, den sie bezahlt hatte, das Abenteuer mit dem Gigolo und dann käme, wenn sie es nicht rechtzeitig stornieren würde, in den Sommerferien der schon gebuchte Urlaub auf Kreta am Strand von Kalamaki dazu. Alleine würde sie dort nicht hinfliegen. Mit Maihofer schon gar nicht. Die Ferien zu Hause zu verbringen, kam erst recht nicht in Frage. Die Vorstellung im still gewordenen Haus zu sitzen und sich mit irgendetwas abzulenken, behagte ihr nicht. Als sie ihm Kreta vorgeschlagen hatte, hatte er nur genickt und „Ja, ja" gesagt. Er hatte sich still angehört, was man dort alles besichtigen könnte. Knossos mit seinen archäologischen Schätzen, das vergessene Amári-Tal, die Lassíthi-Hochebene mit den Windrädern, ein Ausflug nach Santorin, ein Töpferdorf in der Provinz Réthimno. Die Ferien waren zwar erst Mitte Juli, aber die Ungewissheit plagte sie.

Gab es denn keine Möglichkeit, ihn zu finden, endlich zu wissen, was er vorhatte? Eine Vermisstenanzeige schied aus. Die Polizei würde sie auslachen. „Was wollen Sie? Ihr Mann schickt Ihnen doch Ansichtskarten. Gönnen Sie ihm ein paar Tage Urlaub!"

Sich selbst auf die Suche zu begeben, dazu hatte sie keine Zeit. Und wie sollte das gehen? Sie konnte schlecht mit einem Foto herumlaufen und fragen: „Haben Sie diesen Mann gesehen?" Wie peinlich! Andererseits: Es wanderten nicht allzu viele mit einem Esel durch die Landschaft. Er musste aufgefallen sein. Ein paar Anhaltspunkte hatte sie ja. Das Protokoll von Sinzig, die Karte von Bad Breisig. Jakob orientierte sich offensichtlich am Rhein. Bei seiner Trödelei wäre er jetzt kaum weiter als bis nach Andernach gekommen. Eine Suche könnte Erfolg haben. Aber es musste diskret sein. Sie ging in ihr Arbeitszimmer, fuhr den Computer hoch, suchte nach einer Detektei.

‚Schlömer und Partner' saßen in der Bonner Weststadt, in der Endenicher Allee. Das war nicht allzu weit weg. Die Website machte einen guten Eindruck, versprach eine intensive Beratung mit einem persönlichen Ansprechpartner, sicherte absolute Diskretion zu bei einer individuell zugeschnittenen Lösung, warb mit höchstem technischem Know-How. Die kannten wahrscheinlich ganz andere Tricks als suchend Orte und Wanderwege abzuklappern. Je nach Umfang und Aufwand kostete die Ermittlungsstunde 50 bis 120 Euro. Das würde sie sich auch noch leisten können. Wichtig war es zu wissen, wo Jakob war. Was sie dann unternahm, konnte sie sich immer noch überlegen. Ihn zur Rede zu stellen, wäre unklug. Vorwürfe waren unangebracht. Jakob bockte leicht.

Sie rief bei der Detektei an, machte einen Termin aus für den Dienstagnachmittag. Sie schimpfte leise vor sich hin. Was hatte Jakob nur angerichtet!? Die Polizei war im Haus erschienen. Der Garten mit dem zerstörten und immer noch nicht hergerichteten Tulpenbeet sah unmöglich aus. Die Gänseblümchen wucherten, das Gras war zu hoch, ein völlig unnützer grüner Pavillon verschandelte den Ausblick. Sie hatte sich auf ein Gigolo-Abenteuer eingelassen, was sie früher für undenkbar gehalten hätte, war mit einem Hund in der Schule erschienen, hatte mit einer Aufmachung, als wäre sie frisch von einer Party gekommen, für Verwunderung gesorgt. Und wegen dem Artikel in der Zeitung wussten alle, dass die wahren Konflikte bei ihr zu Hause saßen und nicht im Kollegium. Ihre Autorität ging den Bach hinunter. Hinzu kam ein Leistungskurs, der ihr immer mehr entglitt. Sie hatte selbst den Spaß an der Lektüre verloren. Das Absurde hatte persönlich nach ihr gegriffen und ließ sich nicht mehr klug erläutern.

61

Herr Schlömer war ein kleiner rundlicher Herr mit weißem Haarkranz und einer Nickelbrille, hinter der die Augen listig blinzelten. Er hätte auch als Psychiater eine gute Figur abgegeben. Er hörte sich aufmerksam an, was Elisabeth ihm vortrug und meinte dann: „Ein einfacher Fall. Heutzutage ist niemand mehr unauffindbar. Vor allem, wenn er mit einem Esel unterwegs ist. Hat er ein Smartphone oder Handy bei sich?"

„Er hat ein Handy."

„Gut. Wissen Sie auch, bei welchem Anbieter er sich einloggt?"

„Ja. Er hat eine Prepaid-Karte. Er lässt sich die bei Lidl aufladen."

„Wunderbar. Er nutzt also die Dienste von Vodafone."

„Er hat aber ein altes Handy. Mein Mann ist da etwas altmodisch. Und abgeschaltet ist es zurzeit auch."

„Macht nichts. Wir schicken ihm eine stille SMS. Dann meldet sich das Handy mit der Nachricht ‚Ich bin aus.' Danach haben wir auf hundert oder zweihundert Meter genau die Position. Das kann er nur verhindern, wenn er den Akku herausnimmt. Aber wer macht das schon?"

„Kann er das merken?"

„Nein. Die stille SMS bemerkt er nicht. Das ist absolut diskret."

„Legal ist es aber nicht. Oder?"

„Was ist schon legal? Erlaubt ist es eigentlich nur der Polizei oder Eltern bei minderjährigen Kindern. Aber was glauben Sie, wie viele Männer oder Frauen ihren Ehepartner überwachen? Da werden heimlich ganze Bewegungsprofile erstellt. Wenn Sie mit einer speziellen App eine Handyortung vornehmen, merkt das keiner. Insofern kann ich Sie beruhigen. Ihr Mann wird davon nichts erfahren. Und die Polizei auch nicht."

„Angenommen, er lässt sich nicht orten. Was dann?"

„In Ihrem Fall kein Problem. Ihr Mann fällt mit dem Esel auf. Er kann sich nicht unbemerkt durch Wälder und Orte schleichen. Es wird viele Menschen geben, die ihn gesehen haben und sich erinnern. Gewiss hat er auch mit ihnen geplaudert, gesagt, was er vorhat. Ihr Mann wird Supermärkte besuchen, Reiterhöfe ansteuern, in Pensionen oder Hotels übernachten. Und da nur in ganz speziellen, wo er auch den Esel unterbringen kann. Oder glauben Sie, dass er im Wald schläft?"

„Jakob? Nein, niemals."

„Sehen Sie. Ihr Mann ist nicht die berühmte Stecknadel im Heuhaufen. Auffälliger, wie er das macht, geht es nicht mehr. Das ist die Suche nach einer bunten Kuh. Spätestens morgen Abend haben wir ihn. Vor allem war er ja so nett, Ihnen eine Ansichtskarte zu schicken. Was sagten Sie? Wie lange hat er von Bonn nach Bad Breisig gebraucht?"

„Eine ganze Woche."

„Haben Sie die Ansichtskarte dabei?"

„Habe ich." Sie reichte ihm die Karte.

Schlömer betrachtete die Vorderseite mit der Uferpromenade, drehte die Karte herum, las den Text.

„Schön", meinte er. „Da ist er vorbeigekommen. Viele werden ihn gesehen haben. Weiter als bis Koblenz ist er bei seinem Tempo nicht. Wenn alle Fälle so leicht wären wie Ihrer…"

„Mit welchem Honorar habe ich zu rechnen?"

„Das kann ich Ihnen jetzt noch nicht sagen. Ich gehe aber davon aus, dass wir ihn mit der Ortung rasch haben. Wenn nicht, kommt ein Tageshonorar hinzu. Länger brauchen wir nicht. Ich rufe Sie morgen Abend an. Und schicken Sie mir doch bitte ein Foto Ihres Mannes an unsere Email-Adresse. Sie haben einen Computer?"

„Selbstverständlich. Ich habe auch einen Fotoausdruck mitgebracht."

Sie öffnete ihre Handtasche, zog ein gefaltetes Blatt heraus, reichte es ihm.

„Aha", sagte Schlömer. „Das ist er also. Aber schicken Sie mir das bitte auch als Mail-Anhang. Die Qualität ist dann besser. Wir zeigen keinen Ausdruck mehr, sondern haben die Fotos auf einem Tablet oder Smartphone. Da kann man mehr mit anfangen, Details vergrößern. Wenn Sie jetzt so freundlich wären, mir den Auftrag zu unterschreiben…"

Er schob ihr ein Formular zu. Sie überflog es nur kurz, füllte es aus, unterschrieb und gab es ihm zurück. Gegen den Privatdetektiv Schlömer würde Jakob keine Chance mehr haben.

62

Am Mittwochabend rief Schlömer sie an. „Wir haben ihn", verkündete er stolz und schränkte dann ein: „Aller Wahrscheinlichkeit nach. Aber das weitere Vorgehen möchte ich gerne mit Ihnen abstimmen. Sie können Morgen in unser Büro kommen? Dann gebe ich Ihnen die Adresse, wo sich Ihr Mann aufhält."

Sie verabredeten sich für den Nachmittag. Am Donnerstagmorgen sah sie in der Schule immer wieder auf die Uhr. Die Zeit verging langsam, viel zu langsam. Sie war nervös und auch gespannt, was Schlömer ihr berichten würde. Um drei Uhr saß sie in seinem Büro.

„Also", begann Schlömer, „eine Ortung des Handys ist nicht möglich. Ihr Mann muss Akku oder SIM-Karte entfernt haben. Er will nicht entdeckt werden. Verloren hat er das Handy nicht. Sonst würde es sich ja von irgendwoher melden. Den Grund für dieses Versteckspiel sage ich Ihnen gleich."

„Er will nicht mir reden?" fragte Elisabeth.

„Sieht so aus. Jedenfalls wissen wir jetzt aber, wo er aller Wahrscheinlichkeit nach wohnt."

„Wohnt?"

„Warten Sie's ab. Ein paar Minuten Geduld. Nachdem die Ortung gescheitert ist, bin ich nach Bad Breisig gefahren. Ihr Mann ist mit dem Esel die Rheinpromenade entlang gegangen. Dort, wo die Hotels, Restaurants und Schiffsanleger sind. Das hat mir der Wirt eines Restaurants bestätigt. So etwas fällt einfach auf. Mehr, als dass Ihr Mann dort vorbeigegangen ist, konnte ich allerdings zunächst nicht herausfinden. In der Nähe der

Rheinpromenade gibt es aber einen Supermarkt. Dort bei Edeka ist er am Donnerstagnachmittag gewesen, hat den Esel am Parkplatz angebunden, ist einkaufen gegangen. Angegliedert bei Edeka gibt es eine Bäckerei und ein Café. Man kann draußen sitzen, ein wunderbarer Beobachtungs-platz. Die Verkäuferin in der Bäckerei hat mir bestätigt, dass am Donnerstag ein Mann mit einem Esel da war. Sie dachte, das sei jemand vom Zirkus, weil er den Hut vor den Esel gelegt hat, um Geld zu sammeln."

„Jakob bettelt?" fragte sie ungläubig. „Er bettelt? Das hat er doch gar nicht nötig."

„Sieht aber so aus. Jedenfalls habe ich einige Kunden, die dort regelmäßig einkaufen, befragt. Eine ältere Dame erzählte mir, dass sie zwei Euro in den Hut geworfen hätte, gerade in dem Moment, als Ihr Mann aus dem Supermarkt kam. So jetzt kommt's. Ich habe ihr auf dem Tablet das Foto gezeigt, gefragt: ‚Ist er das?' Sie hat den Kopf geschüttelt, gemeint, von der Größe her könne es stimmen, aber der Mann habe einen Bart gehabt und eine Glatze. Auch der Bauch würde fehlen. Sie hat die Identität also nicht bestätigt."

„Nicht bestätigt? Was hat das zu bedeuten? Kann meinem Mann etwas zugestoßen sein? Hat ihm jemand den Esel entwendet? Hat er ihn verschenkt? Läuft da noch jemand mit einem Esel herum?"

„Nein, nein", beruhigte sie Schlömer. „Das ist sehr unwahrscheinlich, dass zur gleichen Zeit noch jemand mit einem Esel spazieren geht. Einen Überfall können wir auch ausschließen. Wer raubt einen Esel und geht dann damit in der

Öffentlichkeit herum? Ihr Mann hat sein Aussehen verändert. Das ist die plausiblere Erklärung."

„Und warum? Warum macht er das?" Sie konnte sich Jakob mit Glatze nicht vorstellen. Er hatte doch noch dichtes Haar. Besonderen Wert auf das Kämmen hatte er zwar nur vor dem Gang ins Ministerium gelegt, aber auf einmal eine Glatze!? Warum in aller Welt?

„Gehen wir davon aus, dass er untertauchen wollte", legte ihr Schlömer nahe. „Das passt doch dazu, dass er sich nicht orten lassen will. Sich Bart und Glatze zulegen, sind leicht machbare Veränderungen. Den Bauch wird er während der Wanderung verloren haben. Das alles sind Merkmale, die variabel sind. Kein Anlass zur Besorgnis. Nun ja, ich habe weitere Kunden befragt. Eine Frau war darunter, die hatte den Esel am Donnerstagabend, also nach dem Einkauf, vor einer Weinstube gesehen. Sie konnte mir auch genau den Ort angeben. Es ist eine Weinstube direkt bei der Uferpromenade, und zwar in der Biergasse. Die Weinstube heißt ‚Zum Hiesigen'. Dort bin ich also am späten Nachmittag hin, habe den Wirt gefragt. Das ist übrigens eine weltbekannte Berühmtheit, weil er die Gäste mit Gesang und Kostümierungen unterhält. Die Touristen kommen sogar aus Australien, China und Japan extra wegen ihm nach Bad Breisig. Er heißt Sigi. Die Namen seiner Gäste schreibt er mit Kreide auf Täfelchen, die neben den Tischen hängen. Ihr Mann war auch da. Er hat ihn nach dem Namen gefragt und ‚Jakob' auf die Tafel geschrieben. Zur gleichen Zeit war eine Frauengruppe aus Neuwied in der Weinstube. An deren Tisch hat Ihr Mann gesessen, war eingeladen, hat Wein getrunken. Gerade, als er gehen wollte, kam eine andere Frau. Mit ihr hat er sich unterhalten, noch ein Glas Wein getrunken und hat dann zusammen mit ihr die Weinstube verlassen. Der Wirt, wie er mir berichtete, hat mitbekommen, dass sie ihm für die Nacht ein Quartier angeboten hat. Und für den Esel auch."

Elisabeth schüttelte den Kopf. „Eine andere Frau? Das hätte ich ihm nicht zugetraut."

„Sieht so aus. Der Wirt kennt die Frau. Sie kommt öfter in die Weinstube. Sie heißt Rita, arbeitet in einem Hotel und Restaurant an der Uferpromenade. Es heißt ‚Zum Anker'. Sie arbeitet dort als Köchin. Ihr Mann ist also zweimal die Rheinpromenade entlang gegangen. Einmal rheinaufwärts zur Weinstube, dann wieder zurück zur Wohnung dieser Frau. Der Wirt kannte auch den Nachnamen. Sie heißt Sommerfeld. Rita Sommerfeld. Im örtlichen Telefonbuch konnte ich die Adresse finden. Es ist die Rheintalstraße 43. Dort war ich dann auch. Neben dem Haus ist eine Wiese, die sich weit zur B9 hin erstreckt. Sie ist mit Büschen und Hecken bewachsen. Den Esel habe ich nicht entdeckt. Möglicherweise war er irgendwo hinter den Büschen. Das weiß ich nicht. Aber wir können davon ausgehen, dass Ihr Mann sich bei dieser Rita aufhält. Und damit ihm niemand auf die Spur kommt, hat er bei seinem Handy den Akku oder die SIM-Karte entfernt."

„Er ist also bei einer anderen Frau unter-gekrochen."

„Aller Wahrscheinlichkeit nach. Es tut mir leid, dass dies das Ergebnis meiner Recherche ist. Aber so ist es in unserem Beruf. Selten haben wir frohe Botschaften. Ich schreibe Ihnen Adresse und

Telefonnummer dieser Frau auf. Dann müssen Sie selbst entscheiden, wie es weitergeht, was Sie unternehmen wollen. Mein Job ist damit zunächst beendet. Es sei denn, Sie wollen, dass ich das Haus beobachte."

Elisabeth schüttelte wieder den Kopf, als könne sie dies alles nicht glauben. Sie lehnte sich in dem Bürosessel zurück, schlug die Beine übereinander, zuckte mit den Schultern, gewann ihre Fassung wieder.

„Nun ja", sagte sie. „Wenn das so ist und er kriecht einfach bei einer anderen unter. Bequem war er ja immer schon. Dieser Idiot. Rennt mit einem Esel von zu Hause weg und landet eine Woche später in einem anderen Bett. Ich werde mir Konsequenzen überlegen. Was bekommen Sie für Ihre Recherche, Herr Schlömer?"

„Ich berechne Ihnen den niedrigsten Tarif. 50 Euro die Stunde. Neun Stunden war ich unterwegs. Von den Spesen, zweimal einen Kaffee und dann das Benzin, wollen wir nicht reden. Sie können es diskret ohne Mehrwertsteuer in bar begleichen oder offiziell mit Rechnung. Wie Sie wünschen. Für weitere Dienste stehe ich Ihnen dann gerne zur Verfügung."

63

Gewissheit hatte sie nicht. Schlömer hatte nur gesagt „aller Wahrscheinlichkeit nach". Dass Jakob mit dieser Rita mitgegangen war, schien sicher, war von dem Wirt bezeugt. Aber ob er da wirklich wohnte, einen Unterschlupf gefunden hatte? Einen

204

leisen, letzten Zweifel hatte sie auch, ob es sich tatsächlich um Jakob handelte. Zwar hatte der Wirt seinen Namen auf die Tafel geschrieben, aber den Namen konnte sich auch jemand angeeignet haben. Andererseits war ihr Mann seit seiner Verrentung so durchgeknallt, dass sie ihm auch eine Glatze zutraute. Der Bauch mochte durch Stress und Strapaze oder auch karge Mahlzeiten verschwunden sein. Der Bartwuchs war leicht erklärbar. Das passte zu seiner Bequemlichkeit. An den Wochenenden oder im Urlaub hatte er sich nie rasiert, immer nur, wenn er ins Ministerium ging.

Eine Weile spielte sie mit dem Gedanken, die Frau anzurufen. „Ich möchte gerne Jakob sprechen. Er ist da?" Aber wie sollte sie die Frage beantworten: „Woher haben Sie meine Telefonnummer? Woher wissen Sie das überhaupt?" Dann käme sie in Verlegenheit. Zu gestehen, Jakob einen Detektiv hinterher geschickt zu haben, war peinlich. Irgendeine plausible Ausrede fiel ihr nicht ein. Nein, zuerst musste sie Gewissheit haben. Fakten statt Spekulation. Auch die sich widerstreitenden Gefühle mussten geklärt werden. Wut, Enttäuschung, Eifersucht, Sorge. Wo sollte das alles noch hinführen? Kräfte und Seelenfrieden brauchte sie für die Schule, sonst geriet sie auch dort in ein gefährliches Fahrwasser. Die Autorität drohte ihr zu entgleiten.

Sollte sie Schlömer mit einer Beobachtung beauftragen? 50 Euro die Stunde. Wenn sie Pech hatte, verbrachte er einen ganzen Tag vor dem Haus. Vielleicht sogar ergebnislos. Sollte sie selbst dort vorbeifahren, beobachten? Aber wie? Jakob könnte den Smart sehen, verwundert das Kennzeichen lesen. Dass sie zufällig dort vorbeigekommen sei, würde er nicht glauben. Sich von Maihofer das Auto zu leihen, war genauso risikoreich. Jakob kannte Maihofers blauen Volvo mit dem Wunschkennzeichen.

Elisabeth Korff rechnete. Schlömer würde sie noch einmal mindestens 450 Euro kosten. Ein Leihwagen war billiger. Den bekam man am Köln-Bonner Flughafen schon für 21 Euro. Ihren Smart konnte sie dort stehen lassen, mit dem geliehenen Auto nach Bad Breisig fahren.

Sie buchte über das Internet einen unauffälligen blauen Opel Corsa. Ihre Haare konnte sie unter einer Pudelmütze verstecken, die Augen hinter einer Sonnenbrille verbergen. Jakob würde ja nicht in den Wagen hineinstarren. Er würde sie nicht erkennen, käme gar nicht auf die Idee, dass sie hinter dem Steuer saß. In ihre widerstreitenden Gefühle mischte sich jetzt auch so etwas wie Genugtuung. Er würde nicht dahinterkommen, dass sie bestens über ihn Bescheid wusste. Sie hatte das Gefühl, die Kontrolle zurückgewinnen zu können. Das milderte ihre Wut. Auf einmal wusste sie gar nicht mehr, was besser war. Jakob einen Seitensprung nachzuweisen oder herauszufinden, dass er sich gar nicht bei dieser Rita aufhielt.

Am späten Donnerstagnachmittag fuhr sie zum Flughafen, wechselte dort den Wagen, stieg um von ihrem roten Smart-Cabrio auf einen dunkelblauen Opel-Corsa. Die Haare hatte sie unter einer weißen Pudelmütze versteckt, das Gesicht bedeckte eine große Sonnenbrille. „Was du kannst, kann ich auch, lieber Jakob", dachte sie. „Du bist nicht der einzige, der einen mit Maskeraden an der Nase herumführen kann."

Der Navi führte sie sicher in die Rheintalstraße, die parallel zum Rheinufer verlief. Sie fand das ockerfarbene Haus mit der Nummer 43, sah daneben den Wiesenstreifen, der sich zur B9 hin erstreckte. Aber sie sah dort keinen Esel. Der mochte sich, wie Schlömer es angegeben hatte, weiter hinten zwischen den Büschen versteckt haben.

Im Haus gegenüber der Nummer 43 entdeckte sie unten im Fenster ein Schild. „Ferienwohnung zu vermieten". Eine Telefonnummer war angegeben. Sie fuhr langsam vorbei, prägte sich die Nummer ein. Das war doch eine schöne Möglichkeit, Jakob zu beobachten. Sie fuhr bis zum Ende der Rheintalstraße, hielt dort am Rand des Bürgersteigs, wählte mit ihrem Smartphone die Nummer, fragte nach der Wohnung. Ja, die war für das Wochenende noch frei. Sie ließ sich die Wohnung beschreiben, legte vor allem Wert auf die Aussicht.

„Im hinteren Teil sind Wohn- und Schlafzimmer", wurde ihr gesagt. „Sie sehen dort auf unseren Garten und den Rhein. Vorne an der Straße befindet sich die Küche."

„Das passt", sagte sie. „Was ist mit Hunden? Ich habe eine Labradorhündin."

„Kein Problem. Darauf sind wir selbstverständlich eingerichtet. Ihr Hund kann sich gerne auch im Garten aufhalten."

„Wunderbar", lobte sie und dachte: Jakob kennt Susi nicht. Hätte sie die an der Leine, würde er an seiner eigenen Frau vorbeilaufen. An die Pudelmütze würde er sich nicht erinnern. Die hatte sie das letzte Mal vor zwanzig Jahren bei einem

Skiurlaub getragen. Und überhaupt würde sie sich so kleiden, wie er sie noch nie gesehen hatte.

Sie erkundigte sich nach dem Preis und buchte von Freitagnachmittag bis Sonntagabend. So, wie sie die Frivolität des Gigolo-Abenteuers genossen hatte, bereitete ihr nun auch dieses Unternehmen eine gewisse Freude.

64

Mit dem ersten Streif des Morgenlichts schälte Korff sich aus dem Schlafsack, zog den Reißverschluss des Zelteingangs auf, schlug die Plane beiseite, blickte auf den See. Feine Nebelschleier schwebten über dem Wasser. In der Dämmerung wirkten die Türme der Abteikirche silhouettenhaft fern wie eine Gralsburg über Wolken. Ein schönes Motiv zum Malen, dachte er. Mit ganz zarten Farben müsste man da arbeiten. Er kroch aus dem Zelt, richtete sich auf, sah nach hinten zum Waldrand, wo die Wiese endete. Dort stand Coco, blickte zu ihm herüber, kam langsam angetrabt. Es war nicht mehr nötig, die Eselin anzubinden. Sie lief nicht weg, blieb in seiner Nähe. Er tätschelte ihren Hals. „Heute, meine Liebe", sagte er, „geht es weiter. Wir brauchen Proviant und ich will mir das Kloster einmal ansehen. Aber erst einmal einen Kaffee."

Er robbte zurück ins Zelt, erschien mit Campingkocher, Topf, einer Wasserflasche und einem Rest Kaffeepulver. Für den Morgen würde es noch einmal reichen. Es war mit die schönste Stunde des Tages, wenn er sich in der Stille der

Natur einen Kaffee bereitete und sich dazu eine Zigarette drehte. Ein richtiges Frühstück konnte später kommen. Das Handy, das er in den See geschleudert hatte, fiel ihm ein. Er wusste nicht, ob er diese Handlung bereuen sollte. Es war ein merkwürdiges, ungewohntes Gefühl, nicht mehr erreichbar zu sein. Aber andererseits gab es immer noch öffentliche Fernsprecher. Es lag also immer noch bei ihm, sich bei Elisabeth zu melden oder es sein zu lassen. Irgendwann würde der Zeitpunkt kommen. Dann, wenn er sich seines weiteren Weges sicher war. Noch fürchtete er sich vor ihren Überredungskünsten.

Als die Sonne über den Rand des Waldes gestiegen war, baute er das Zelt ab, bepackte die Eselin, wanderte das östliche Ufer entlang dem Kloster entgegen. Er traf auf einen Parkplatz, der sich mehr und mehr mit Pkw's und Bussen füllte. Maria Laach schien ein beliebtes Ziel für Touristen zu sein. Zu seiner Freude entdeckte er am Rand des Platzes einen Hofladen. Hier konnte er Coco und sich mit Proviant versorgen. Er packte auch noch ein Fläschchen Wein in die Satteltasche, überlegte, die zwei Kilometer zum Schlafplatz der letzten Nacht zurück zu gehen. Einen schöneren Platz würde er kaum noch finden können. Aber zuvor wollte er sich die Abteikirche ansehen.

Er wanderte mit Coco durch eine Unterführung, kam an einem Hotel vorbei, wollte schon einen Buchladen passieren, da sah er im Schaufenster Zeichenblöcke und Päckchen mit Pastellkreide. Er blieb stehen, überlegte. Ja, warum sollte er nicht hin und wieder solche Eindrücke wie am frühen Morgen einfangen, wiedergeben, ruhig auch verändern ins Geheimnisvolle. So hatte es auf ihn gewirkt. Wie eine mittelalterlich entrückte Szene. Die Malerei konnte diesem Geheimnis näherkommen, war darin der Fotografie überlegen, die ja nichts anderes als den gefrorenen Moment erwischte. Die Fotografie konnte diesen Moment nur festhalten, die Malerei ihn aber erschaffen und ihm eine andere Tiefe geben.

Er band Coco neben der Buchhandlung, zu der ein paar Stufen hochführten, an den Geländerlauf fest, ging in den Laden und kaufte sich einen Zeichenblock und ein Päckchen mit Pastellkreiden. Es kam ihm vor, als würde er einen weiten, weiten Bogen zurückschlagen zu jenem Moment, wo er das Bild ‚Wachet auf!' in den Keller verfrachtet hatte. „Mal doch endlich mal was Nettes!" hatte Elisabeth gesagt. „Ja, warum nicht?" sagte er sich jetzt. „Fangen wir doch mit einer hübschen Landschaft an und lassen die üppigen Damen weg."

65

An der Klostergärtnerei vorbei wanderte er der Abteikirche zu, band auf dem Platz vor der Basilika Coco an einen Fahnenmast. Er nahm seinen Hut ab, betrat zunächst ein Atrium, das man als ‚Paradies' bezeichnete, kam an einem sprudelnden Löwenbrunnen vorbei. Dann empfingen ihn eine kühle Steinluft und eine geheimnisvolle Stille, die den Lärm der Welt aussperrte.

Eine Weile blieb er vor einer Marienfigur mit dem Jesusknaben auf dem Arm stehen, betrachtete ihr Antlitz. Anders als bei den schönen Madonnen

210

spielte ein schmerzlicher und ernster Zug um ihre Mundwinkel. Er wanderte die Pfeiler entlang, betrachtete an ihnen die bunten Fresken, die den heiligen Nikolaus, den Christophorus und den Ordensgründer Benedikt darstellten. Die klaren, schlichten Linien der romanischen Kirche gefielen ihm. Im linken Seitenschiff ließ er sich vorne auf einer Bank nieder, blickte auf den Chorraum, dessen Mitte ein baldachinartiger Hochaltar beherrschte. Darüber thronte im Gewölbe der ,Christus Pankreator' mit einem aufgeschlagenen Buch. „Ego sum via, veritas et vita." Ich bin der Weg, die Wahrheit und das Leben. Prüfend blickte dieser Christus auf den Betrachter herab, so dass Korff sich fragte, ob er sein Leben bisher verfehlt habe. Eine ganze Weile saß er so da, fühlte, wie sich ein stiller Friede in ihn senkte.

Erst nach einer halben Stunde erhob er sich, wanderte dem Ausgang und der Marienfigur zu, die ihn empfangen hatte. Er blieb vor ihr stehen, betrachtete die Blumen, die man jetzt im Mai in einer Vase vor ihr aufgestellt hatte, betrachtete dann wieder die Skulptur, überlegte, wie man sie anders zeichnen könnte. So dass sie den ernsten Leidenszug verlor und man sich in sie verlieben konnte. Auch kam ihm in den Sinn, dem Jesusknaben die Züge des Wassenacher Buddhas zu verleihen.

Durch das mit zierlichen Kapitellen geschmückte Paradies ging er hinaus auf den Platz vor der Abteikirche, setzte seinen Hut wieder auf, band Coco vom Fahnenmast los. Eine Weile stand er unschlüssig. Dann wanderte er mit der Eselin am Führungsstrick der Klosterpforte zu. Er drückte einen Klingelknopf, hörte alsbald Schritte, die

Pforte wurde geöffnet. Ein Mönch in einer schwarzen Kutte stand vor ihm. Augen hinter einer runden Nickelbrille lächelten ihn freundlich an.

„Da haben Sie aber Glück gehabt, dass ich gerade vorbeikomme. Eigentlich ist die Pforte um die Mittagszeit geschlossen."

Der Mönch betrachtete die Eselin, das aufgeladene Gepäck, dann wanderten seine Augen wieder zu Korff, verweilten prüfend auf seinem Gesicht.

„Ein Pilger mit Esel", sagte er. „Auf dem Jakobsweg?"

„Kann man so sagen", antwortete Korff. „Gibt es hier Quartier?"

„Selbstverständlich", erwiderte der Mönch. „Wir haben ein Haus für Gäste. Pilger sind uns besonders willkommen."

„Und mein Esel?"

„Kein Problem. Wir haben selber drei. Jesus ist auf einem Esel nach Jerusalem geritten." Er warf einen prüfenden Blick auf Coco und fügte hinzu: „Wenn Ihre Dame sich mit unseren Jungs nicht verträgt, bekommt sie eine eigene Wiese. Satteltaschen und den Rucksack können Sie zunächst neben der Pförtnerloge abstellen. Kommen Sie! Es sind nur ein paar hundert Meter bis zum Gutshof. Ich hoffe, wir treffen den Verwalter an. Kommen Sie!"

66

Mit Coco an der Seite ging Korff neben dem Mönch her.

„Ich bin übrigens Bruder Daniel, bin der Novizenmeister hier im Kloster", eröffnete der Mönch das Gespräch. Und Sie?"

„Jakob, Jakob Korff."

„Dann sind Sie also auf dem Weg ihres Namenspatrons, dem Apostel Jakobus."

Korff schwieg dazu. Was nicht war, konnte ja noch werden. Unterwegs hatte er öfter das Zeichen für den Jakobsweg gesehen. Die gelbe Muschel auf blauem Grund. Auf jeden Fall schadete es nicht, für einen Pilger gehalten zu werden. Irgendwie stimmte es sogar. War nicht das ganze Leben eine Pilgerreise? Und hier an diesem schönen Ort konnte er vielleicht eine längere Rast einlegen. So ließ er den Bruder Daniel in seinem Glauben, widersprach ihm nicht, fragte stattdessen:

„Novizenmeister? Dann betreuen Sie diejenigen, die ins Kloster eintreten wollen?"

„Ja."

„Darf jeder eintreten, egal wie alt? Ich bin zum Beispiel 65."

Bruder Daniel lächelte, blieb für einen Moment stehen, sah Korff an. „Sie kennen das Gleichnis vom Weinberg?"

„Ungefähr. Ich bin zwar katholisch. Aber der Religionsunterricht in der Schule war vor über 50 Jahren. Eine Messe habe ich seitdem kaum besucht."

„Das Gleichnis besagt: Gott arbeitet nicht mit der Stechuhr. Auch wer kurz vor Schluss kommt, wird herzlich aufgenommen und bekommt den gleichen Lohn."

„Was muss man tun, um Mönch zu werden?"

„Sie stellen ja Fragen! Sie sind doch gerade erst angekommen. Aber wenn es Sie wirklich interessiert: Zunächst gibt es für sechs Monate das sogenannte Postulat. Sie müssten das Klosterleben näher kennenlernen und sich selbst prüfen. Sind Sie dann sicher, Mönch werden zu wollen, beginnt das Noviziat. Sie werden eingekleidet, bekommen einen neuen Namen. Das Noviziat dauert anderthalb Jahre. Sie werden mit den Ordensregeln vertraut gemacht. Wir müssten auch herausfinden, welche Arbeit für Sie am besten ist. Die Bindung an uns soll Stabilität haben, in innerer und äußerer Freiheit geschehen. Äußere Freiheit heißt: Falls Sie draußen in der Welt noch etwas zu erledigen haben, sei es materieller oder nicht materieller Natur, muss das natürlich gemacht werden. Ein Kloster ist kein Versteck."

„Mit anderen Worten", führte Jakob aus, „man darf keine Altlasten mitbringen."

„So ungefähr. Wenn Sie wollen, können wir morgen ausführlicher darüber reden. Jetzt wird erst einmal Ihre Eselin versorgt."

Sie hatten einen Hof erreicht, der von Stallungen und einer Scheune umgeben war. Durch die Toreinfahrt auf der anderen Seite kam in diesem Moment jemand mit einem Traktor hereingefahren, hielt mitten auf dem Hof.

„Glück gehabt", sagte Bruder Daniel. „Das ist unser Gutsverwalter, der Herr Kessenich."

Vom Traktor stieg ein großer hagerer Mann mit einem dichten schwarzen Bart und ebenso dichtem schwarzem Haar. Er mochte etwa sechzig Jahre alt sein, trug einen grünen Overall und grüne Gummistiefel. Im Mund steckte eine Pfeife, die er sich jetzt neu anzündete und ihr eine dichte Rauchwolke entlockte. Er nahm den Pfeifenschaft von den Lippen, deutete damit auf Coco.

214

„Ein neuer Bewohner?" fragte er. „Wir haben doch schon drei."

„Wo drei im Namen des Herrn satt werden, werden es auch vier", erwiderte der Mönch. Wir haben einen Pilger mit Esel zu Gast."

„Meinetwegen", sagte der Verwalter. „Hoffentlich vertragen die sich. Die Jungs sind zwar kastriert, aber man kann nie wissen."

Sie gingen durch das Tor, kamen auf einen Feldweg und dann konnte man schon die Weideparzellen sehen. Auf einer war ein Stall. Drei Esel standen davor. Korff befreite Coco vom Halfter. Kessenich öffnete ein Gatter, gab der Eselin einen leichten Klaps. „Dann lauf mal!"

Langsam trabte sie los. Die Drei hatten die Köpfe erhoben, blickten ihr neugierig entgegen, setzten sich aber auf einmal in Bewegung, kamen zu ihr, wanderten um sie herum, beschnupperten sie. Coco ließ sich das still gefallen, fing dann ihrerseits an, die Jungs zu beschnüffeln. Plötzlich, wie auf ein Kommando, begannen alle gemeinsam über die Wiese zu galoppieren.

„Geht doch", sagte Kessenich zufrieden. „Die verstehen sich."

Mit dem Mönch ging Korff zum Gästehaus zurück. „Könnte ich auch länger bleiben?" fragte er unterwegs.

„Selbstverständlich", antwortete der Novizenmeister. „Dann bekommen Sie eins der einfacheren Zimmer. Wir haben zurzeit keine Jugendgruppe hier. Ich zeige Ihnen auch noch den Speisesaal für die Gäste. Sie können an den Mahlzeiten teilnehmen, müssen es aber nicht. Morgen werden wir uns weiter unterhalten. Ich weiß ja noch gar

nicht, was Sie vorhaben. Jetzt ruhen Sie sich erst
einmal aus und seien Sie unser Gast."

67

Er hatte ein einfach eingerichtetes Zimmer mit
Etagenbetten zugewiesen bekommen. Aber er war
alleine und würde es hoffentlich auch bleiben. „Wir
haben zur Zeit keine Jugendgruppen hier", hatte
der Novizenmeister gesagt. Über den Preis musste
Korff noch reden. Umsonst war nichts. Auch die
Mönche mussten sehen, wie Geld hereinkam. Das
schien in Maria Laach gut zu funktionieren. Sie
hatten ihre Ländereien verpachtet. Die Felder,
Wiesen, den Parkplatz am See, Hof- und
Buchladen, die Gärtnerei und noch einiges mehr.
Die Touristen kamen in Strömen, wovon die
Mönche aber wenig mitbekamen. Sie lebten im
abgeschiedenen Teil des Anwesens. Allein
Gästeflügel und Abteikirche mochten ein
Verbindungsglied zur Außenwelt sein. Vielleicht
konnte er ja um Gotteslohn oder einen geringen
Obulus eine Zeit lang bleiben, in das Klosterleben
hineinschnuppern, sich prüfen, ob es wirklich gut
war, das Ruder so radikal herumzuwerfen.
Darüber wäre mit dem Novizenmeister zu reden.
Der Gedanke, auf Wein und Tabak zu verzichten
und die Wärme einer Frau, behagte ihm allerdings
wenig. Dachte er an das freie Wandern mit Coco,
befiel ihn sogar eine seltsame Melancholie, als
müsste er sich von der Schönheit der Welt
endgültig verabschieden. Auch war, und darum
kam er nicht herum, zu klären, was weiter mit ihm

und Elisabeth geschah. Das Handy im See zu versenken, damit war es nicht getan. Aber man würde sehen. Zunächst konnte er ja alles unverbindlich kennenlernen und irgendwann eine Entscheidung treffen. Was weiter werden sollte, konnte er dem lieben Gott überlassen. Der würde sich schon melden, wenn er ihn brauchte.

Am Nachmittag nahm Korff den Zeichenblock und das Päckchen mit der Pastellkreide, ging hinaus in den Garten hinter dem Gästeflügel. Eine Skulptur stand dort, drumherum ein paar Bänke. Er setzte sich, betrachtete die steinerne Figur. Ein bärtiger, älterer Mann blickte wohlwollend auf einen jüngeren, der fragend zu ihm aufblickte. Es mochte ein Schüler mit seinem Meister sein. Der Schüler hatte seine linke Hand in die linke des Meisters gelegt, schien auf eine weise Antwort zu warten.

Korff begann zu malen. Mit ein paar wenigen Strichen hatte er die Umrisse auf das Papier gebracht. Dann versank er in eine längere Betrachtung, korrigierte Linien, fing an, den Gesichtern Leben zu verleihen, so wie es der Steinmetz aufgrund der Beschaffenheit seines Materials kaum vermocht hätte. Er fuhr mit der Fingerkuppe über die Farben, verwischte sie, schuf auf diese Weise eine noch größere Verbindung als es die ineinander ruhenden Hände vermocht hätten. Es schien ihm, als hätte er in all den dürren Jahren, wo er sich der Malkunst enthalten hatte, nichts verlernt. Die Lust an der Wiedergabe und der Veränderung war zurückgekehrt. Am Ende hatte er es geschafft, dem Gesicht des Älteren das Aussehen des Novizenmeisters zu geben. Er selbst war der Schüler, der jedoch nicht in der Art eines

Lernenden empor sah, sondern eher den Ausdruck des Wassenacher Buddhas hatte.

Er wollte gerade den Zeichenblock zuklappen, als er hinter sich eine Stimme vernahm.

„So, so. Das kann er also."

Er drehte sich um. Hinter ihm stand der Novizenmeister.

Korff klappte rasch das Deckblatt zu. Aber es war zu spät.

„Darf ich es näher betrachten?" fragte Bruder Daniel.

Korff reichte ihm den Zeichenblock. Der Mönch schlug das Deckblatt auf, betrachtete das Bild, begann zu schmunzeln.

„Hübsch Sehr hübsch. Nein, mehr. Ich würde es gerne dem Abt zeigen. Darf ich?"

Korff nickte verlegen.

„Eigentlich", sagte der Mönch, „wollte ich nur nach Ihnen sehen, fragen, ob alles in Ordnung ist. Sie finden sich zurecht?"

Korff nickte wieder nur. Irgendwie war es ihm peinlich, so ertappt worden zu sein. Konnte der Meister Gedanken lesen? Würde er spüren, erahnen können, was eigentlich die Aussage des Bildes war? Würde er es als Frechheit, als Anmaßung deuten, dass der Schüler wie ein lächelnder Buddha zu dem Älteren blickte? Würde er Renitenz und Rebellion herauslesen, die Verweigerung eines geschuldeten Gehorsams? Es war abzuwarten.

Bruder Daniel trennte das Blatt an der Perforation, reichte Korff den Block zurück.

„Morgen um die gleiche Zeit?" fragte er. „Dann können wir, wenn Sie wollen, über alles reden, was Ihnen auf dem Herzen liegt."

68

Nichts sollte Jakob an ihr erkennen können. Vielleicht verfügte er über ein ausgezeichnetes Gedächtnis und erinnerte sich auch nach zwanzig Jahren noch an die weiße Pudelmütze. Sie wollte kein Risiko eingehen. Am Freitagnachmittag suchte sie eine Boutique in der Duisdorfer Fußgängerzone auf, kaufte sich eine blumenbestickte Wollmütze, die sie als Kopfschmuck auch in einem Restaurant aufbehalten konnte. Weiter einen Jeansrock, schwarze Leggings, eine weiße Rüschenbluse, eine zum Rock passende dunkelblau schimmernde Seidenjacke. Was die Schuhe betraf, entschied sie sich für weiße, elegante Sandaletten.

So fuhr sie am späten Nachmittag mit Susi nach Bad Breisig, parkte den Opel Corsa auf dem Stellplatz vor der Ferienwohnung, bezog Quartier. Sie hatte gut gewählt. Vom Wohnzimmer aus blickte sie auf den weitläufigen Garten des Hauses, auf den Rhein und auf Schloss Arenfels, das am anderen Ufer an einem Weinberg lag. Von der Küche aus hatte sie, geschützt von einer Gardine, den Eingang des Hauses mit der Nummer 43 im Blick. In der unteren Wohnung waren die Rollläden heruntergelassen, in der mittleren, wie sie an den Lichtreflexen erkennen konnte, lief ein Fernsehapparat. In der Wohnung unter dem Dach war hinter den Fenstern nichts zu bemerken. Erst spät am Abend, als es schon dunkel war, kam eine Frau auf einem Fahrrad, öffnete ein Gartentor, schob das Rad hinein, ging dann zur Haustür, öffnete und schloss sie hinter sich, verschwand im Flur. Kurze Zeit später flammte oben das Licht in einem der Räume auf. Von Jakob hatte sie in all den

Stunden nichts gesehen. Er kam nicht, er ging nicht. Vom Küchenfenster konnte sie auch den Wiesenstreifen beobachten. Da tat sich nichts. Kein Esel erschien aus den Büschen, trabte auf das freie, nur von ein paar Birken bestandene Gras.

Vier Stunden hatte sie so verharrt, manchmal stehend hinter der Gardine, dann wieder sitzend an einem Küchentisch, von dem aus sie wenigstens den Eingang des Hauses im Blick hatte. Sie hatte sich Tee zubereitet, ein paar Brote gemacht, wusste nicht, ob sie erleichtert sein sollte oder enttäuscht, dass ihr der Triumph einer Entdeckung versagt war. Sie verließ ihren Beobachtungsposten, ging mit Susi durch den Garten und an einem hinteren Tor zum Rheinufer. Hier setzte sie sich auf eine Bank, löste die Leine, ließ die Hündin frei laufen, beobachtete die Schleppkähne und Ausflugsschiffe, die stromauf- und stromabwärts an ihr vorbeizogen.

„Was nun, Elisabeth?" dachte sie. Sollte die ganze Aktion, die sie wieder ein paar Euro gekostet hatte, im Nichts verlaufen? Sollte sie nicht morgen einfach bei dieser Rita Sommerfeld klingeln, nach Jakob fragen? Musste sie für den Einsatz des Detektivs überhaupt einen Grund nennen? Sie konnte ja auch sagen: „Was erlaubt sich mein Mann? Verschwindet einfach, schaltet das Handy ab, lässt mich im Ungewissen. Ein Bußgeldbescheid, den er nicht bezahlen kann, flattert ins Haus. Ich muss mit dem Gerichtsvollzieher rechnen. Ein Urlaub steht an, Flug und Hotel sind schon gebucht und ich weiß nicht, ob er mitkommt. Rechtfertigt das nicht, einen Detektiv zu beauftragen? Habe ich eine andere Wahl? Ich muss wissen, was dieser Querulant vorhat. Ich habe schließlich auch ein eigenes Leben und kann nicht warten, bis der Herr sich bequemt wieder zu erscheinen. Was bildet er sich ein? Liebe Frau Sommerfeld, wie würden Sie denn handeln? Würden Sie sich so auf der Nase herumtanzen lassen?"

Sie schüttelte den Kopf. „Nein, ich mache es anders. Morgen bin ich nicht mehr die Oberstudiendirektorin Elisabeth Korff. Marietta ist ein hübscher Vorname. Kleine Maria, italienisch. Was passt dazu als Nachname?"

Der Name des Schlossbeamten aus Kafkas Roman fiel ihr ein. Sortini. Sie lächelte. Das Spiel begann ihr Freude zu bereiten. Sie empfand es als ein amüsantes Gegengewicht zu ihrem Beruf.

69

Am nächsten Morgen ging sie mit Susi am Rheinufer spazieren, beobachte aufmerksam, wer ihr entgegenkam. Es hätte ja sein können, dass es ausgerechnet Jakob war. So ging sie bis zur Biergasse, fand die Weinstube ‚Zum Hiesigen', las die Öffnungszeiten. Der singende Wirt begann mit seiner Vorstellung erst um 17 Uhr. Bis dahin hätte sie sich noch zu gedulden.

Sie kehrte zurück zur Ferienwohnung, frühstückte in der Küche, beobachtete dabei den Hauseingang der Nummer 43. Nichts tat sich. Auch auf der Wiese erschien kein Esel. Nur einmal gegen elf öffnete sich die Haustür. Die Frau, die sie gestern gesehen hatte, ging in den Garten neben dem Haus, holte ihr Fahrrad, radelte Richtung

Ortsmitte davon. Wahrscheinlich war es Rita. Schlömer hätte für sein fettes Honorar wenigstens ein Foto vorlegen können. Er wusste ja, wo sie wohnte und wo sie arbeitete. Aber das war jetzt nicht mehr so wichtig. Um sich zu vergewissern, ging sie nach gegenüber, studierte die Klingelschilder. Nur drei Parteien wohnten in dem Haus. Für die Wohnung unter dem Dach stand neben der Klingel der Name Sommerfeld. Sie musste es also sein. Immerhin hatte Jakob keinen schlechten Geschmack. Auf fesche Blondinen hatte er immer schon ein Auge geworfen, auch wenn er glaubte, dass sie das nicht gemerkt hätte. Sie schätzte die Frau auf 50 vielleicht auch 55 Jahre. Dass die sich zwei Esel zulegte, hielt sie für wenig wahrscheinlich.

Punkt 17 Uhr erschien sie in der Weinstube. Susi hatte sie im Garten gelassen. Der Wirt empfing sie mit den Worten: „Schöne Frau, kommen Sie herein und nehmen Sie Platz. Ich bin der Sigi."

Er zeigte auf einen Tisch gegenüber der Theke, fragte sie nach ihrem Namen, meinte, als sie ihn nannte, mit einem bewundernden, charmanten Ton in der Stimme: „Ach, wie entzückend!" Dann schrieb er auf ein Täfelchen, das an der Nischenwand über dem Tisch hing, mit Kreide ‚Marietta'.

„Ich bin eigentlich beruflich hier", sagte sie. „Ich arbeite als Journalistin für den ‚Bonner Generalanzeiger', für das Tourismus-Feuilleton am Wochenende. Vielleicht haben Sie schon ein paar Artikel von mir gelesen. Von Marietta Sortini. Ich habe gehört, dass hier vor ein paar Tagen ein Mann mit einem Esel Station gemacht hat. Ich bin sehr an einer Reportage interessiert. Unsere Leser würden sich freuen. Das gibt es ja nicht oft, dass jemand mit einem Esel wandert. Wo könnte ich diesen Mann treffen? Kommt er vielleicht noch einmal hierhin?"

„Das weiß ich nicht", antwortete Sigi. „Ich vermute, er ist weitergezogen. Es ist auch schon ein paar Tage her, dass er hier war." Der Wirt überlegte. „Ja, ich glaube, das war letzte Woche am Donnerstagabend. Ist ja toll, dass man sich auf einmal so für den Mann mit dem Esel interessiert. Sie sind nicht die erste."

„Hat er gesagt, was er weiter vorhat, welchen Weg er nimmt?"

Sigi schüttelte den Kopf. „Nein, nicht genau. Er hat nur gesagt ‚den Rhein runter', womit er aber meinte ‚rheinaufwärts'."

„Und sein Name?"

„Jakob. Den Nachnamen weiß ich nicht. Ich kann Ihnen aber womöglich weiterhelfen. Er ist nämlich an dem Abend in Bad Breisig geblieben, hat bei einer Dame übernachtet, die er hier kennengelernt hat. Sie heißt Rita, Rita Sommerfeld, arbeitet als Köchin im ‚Anker'. Das ist nur ein paar Meter von hier an der Uferpromenade. Vielleicht weiß sie mehr. Warten Sie. Ihre Telefonnummer müsste auch im örtlichen Telefonbuch stehen."

Der Wirt verschwand hinter der Theke, suchte unter dem Tresen in einem Regal, erschien mit einem Telefonbuch, blätterte. „Ja, richtig. Hier haben wir es. Rita und Reiner Sommerfeld. Ich schreibe Ihnen die Nummer auf."

Sie ließ sich zu einem Glas Wein überreden, wurde gefragt, ob sie auch singen könnte. Hier hätte sie die Gelegenheit dazu.

„Lieber nicht", antwortete sie. „Ich bin mehr von der schreibenden Zunft."

223

Die ersten Gäste kamen. Die Weinstube füllte sich. Sie hielt es für besser, sich rechtzeitig zu verabschieden, bevor ihr ein dummer Zufall einen Streich spielen konnte und jemand kam, der ihren wirklichen Namen kannte.

„Viel Glück!" wünschte ihr Sigi und fügte hinzu: „Sie dürfen auch erwähnen, dass der Eselmann bei mir Station gemacht hat."

70

Sie überlegte, wie sie weiter vorgehen sollte. Rita Sommerfeld war sie keine Erklärung mehr schuldig. Die Telefonnummer hatte sie vom Wirt der Weinstube, die Adresse stand im örtlichen Telefonbuch. Dass sie ausgerechnet im Haus gegenüber wohnte, mochte ein merkwürdiger, aber immerhin verdächtiger Zufall sein, der misstrauisch machen konnte. Was ihre Eifersucht betraf, die sich immer noch in ihre Empfindungen mischte, so war diese etwas gemildert, meldete sich nicht mehr mit jenem unangenehmen und zuweilen bohrenden Gefühl, das die Freude an ihrem Unternehmen trübte. Die Köchin schien verheiratet zu sein. „Rita und Reiner Sommerfeld" hatte ihr der Wirt vorgelesen.

Warum nur hatte Schlömer ihr diese Information vorenthalten? Der Grund lag auf der Hand. Der Detektiv war auf einen weiteren Auftrag aus und wollte dazu ihre Eifersucht ausnutzen. Wahrscheinlich wusste Schlömer auch, dass der Esel gar nicht auf der Wiese neben dem Haus war. Das hätte er leicht herausfinden können. Denn an der Rheintalstraße war der Wiesenstreifen nur durch ein Baugitter abgegrenzt, das man bequem zur Seite schieben konnte. Schlömer hätte bis zu den Büschen gehen und nachsehen können.

Eine Weile spielte sie mit dem Gedanken, das Restaurant, in dem die Köchin arbeitete, aufzusuchen, nach ihr zu fragen, mit ihr zu sprechen. Aber wahrscheinlich wäre sie zu sehr beschäftigt, hätte keine Zeit für ein Gespräch. Außerdem schien ihr ein solches Vorgehen wenig professionell für eine Journalistin. Ein erster Kontakt über das Telefon war angebrachter, weniger aufdringlich.

Elisabeth Korff sah auf die Uhr. Es war sieben. Im ‚Anker' wären die Gäste jetzt beim Abendessen. Rita Sommerfeld würde wie gestern erst spät nach Hause kommen. Anrufen konnte sie trotzdem, ihr eine Nachricht auf die Mailbox sprechen, um einen Rückruf bitten. Das war diskreter als sie am Arbeitsplatz aufzusuchen. Bei ihr zu klingeln und sie mit einem Besuch zu überfallen, ging schon gar nicht.

Vielleicht würde sich auch Ritas Mann melden. Dem konnte sie dann ihre Geschichte erzählen. Aber mit dieser Möglichkeit rechnete sie weniger. Sie hatte keinen Mann gesehen, der aus dem Haus kam oder hinein ging. Außerdem war die Köchin an jenem Abend, als sie Jakob getroffen hatte, alleine in die Weinstube gegangen. Vielleicht war der Eintrag im Telefonbuch uralt, entsprach nicht mehr dem aktuellen Stand. Vielleicht lebten sie getrennt oder waren schon geschieden. Vielleicht war der Mann krank, zur Kur, beruflich unterwegs oder was auch immer. Für ihre Recherche war das egal.

Sie überlegte kurz, was sie sagen sollte, wählte die Nummer, rief an. Wie vermutet meldete sich der Anrufbeantworter.

„Marietta Sortini", sagte sie. „Ich bin Journalistin beim Bonner Generalanzeiger, für das Feuilleton zuständig. Vom Wirt der Weinstube in Bad Breisig habe ich Ihre Telefonnummer. Sie könnten mir, wie er sagte, eventuell weiterhelfen. Wir sind an einer Reportage über den Mann, der mit einem Esel den Rhein entlang wandert, interessiert, wissen aber nicht, wo und wie wir ihn erreichen können. Meine Telefonnummer ist... Für einen Rückruf wäre ich Ihnen sehr dankbar."

Sie hatte sich um einen unaufgeregten, sachlichen Ton bemüht, so als wäre das Anliegen zwar wichtig, aber nicht lebensnotwendig. Journalistischer Alltag eben, wie er immer wieder vorkam.

Sie speicherte die Nummer unter dem Namen ‚Sommerfeld' in der Kontaktliste ihres Smartphones. Auf dem Display würde ihr gezeigt werden, wenn Rita anrief. Dann konnte sie sich mit ‚Marietta Sortini' melden. Bei allen anderen ihr unbekannten Nummern wäre es mit einem schlichten „Hallo. Mit wem spreche ich?" getan. Schließlich konnte Rita Sommerfeld auch von einem anderen Apparat aus anrufen oder von einem Handy, dessen Nummer sie nicht kannte. Sich mit ihrem richtigen Namen zu melden, wäre dann ein verhängnisvoller Fehler.

Am Sonntagmorgen verließ sie Bad Breisig. Jetzt musste sie nur noch warten.

71

Der Anruf kam, als sie gerade auf dem Parkdeck des Köln-Bonner Flughafens war und sich in ihren Smart setzen wollte. Sie war etwas nervös, als der Name ‚Sommerfeld‘ auf dem Display erschien.

„Marietta Sortini", meldete sie sich.

„Rita Sommerfeld. Sie hatten mir eine Nachricht hinterlassen wegen der Reportage."

„Ach ja, richtig. Schön, dass Sie anrufen. Also, wir würden gerne für unser Feuilleton über den Mann mit dem Esel berichten, mit ein paar schönen Fotos. Aber dazu müssten wir ihn erst einmal finden. Der Wirt in der Weinstube hat gemeint, Sie wüssten eventuell mehr. Sie haben sich doch mit ihm unterhalten. Hat er Ihnen erzählt, welchen Weg er nimmt, wohin er mit dem Esel geht?"

„So genau weiß ich das nicht. Er hat nur gesagt den Rhein runter Richtung Andernach. Sein Ziel kenne ich nicht. Das wusste er selber auch nicht."

„Sie haben sich lange mit ihm unterhalten?"

„Ja. Er war sogar bei mir, hat bei mir übernachtet. In der Weinstube ist es spät geworden. Er wollte im Dunkeln keinen Zeltplatz mehr suchen. Da habe ich ihm das angeboten."

„Er ist mit einem Zelt unterwegs?" Sie war überrascht, bemühte sich um einen sachlichen Ton.

„Ja. Er schläft manchmal im Wald oder auf einer Wiese. Da ist er unabhängiger. Er kann mit dem Esel ja nicht ins Hotel oder in eine Pension. Ich habe neben dem Haus, wo ich wohne, eine Wiese, das heißt, das Grundstück gehört der Stadt. Es ist etwas verwildert, vernachlässigt, aber für einen Esel genau richtig."

„Wie lange ist er denn bei Ihnen geblieben? Wann ist er weitergegangen? Dann lässt sich vielleicht abschätzen, wo ich ihn treffen kann."

„Geblieben ist er nur die Nacht über. Das war letzte Woche am Donnerstag. Am Freitagmorgen ist er wieder losgezogen, also das ist jetzt... neun oder zehn Tage her. Wie viele Kilometer er am Tag zurücklegt, weiß ich nicht. Zehn, fünfzehn, zwanzig? Für die Strecke bis Bad Breisig hat er sich jedenfalls Zeit gelassen. Er ist in Bonn gestartet."

„Er kommt aus Bonn?"

„Ja, da wohnt er."

„Sie kennen seinen Nachnamen?"

„Nein. Wir haben uns in der Weinstube kennengelernt. Da werden nur die Vornamen auf eine Tafel geschrieben. Er heißt Jakob. Aber das wissen Sie wahrscheinlich schon. Wie sind Sie überhaupt auf die Weinstube gekommen?"

„Zufall. Wir bereiten für das Feuilleton eine Reihe vor. ‚Die schönsten Orte am Mittelrhein'. Bad Breisig gehört natürlich dazu. Als wir, das sind mein Fotograf und ich, dort waren und vor einem Supermarkt bei einer Tasse Kaffee saßen, haben wir mitbekommen, wie über den singenden Wirt erzählt wurde und dass sogar einer mit einem Esel dorthin gewandert sei. Da sind wir neugierig geworden. Mir war sofort klar, das ist der Stoff für eine besondere Reportage."

„Ja, das stimmt. Ich war auch überrascht, als ich den Esel vor der Weinstube sah."

„Haben Sie die Telefonnummer des Mannes? Hat er ein Handy dabei?"

„Ein Handy hat er. Aber die Nummer weiß ich nicht. Wir haben keine Telefonnummern ausgetauscht. Ich habe ihm nur gesagt, wenn er wieder auf dem Rückweg ist, soll er noch einmal bei mir vorbeischauen. Er weiß ja, wo ich wohne."

„Wie ist er überhaupt? Ich meine, wird er einer Reportage zustimmen? Was haben Sie für einen Eindruck?"

„Macht er bestimmt. Ein interessanter, cooler Typ. Ich habe mich mit ihm die ganze Nacht prächtig unterhalten."

„Mit Jakob?" fragte Elisabeth überrascht und biss sich auf die Lippen. Der Kommentar war ihr spontan herausgerutscht.

„Ja. Warum?"

„Nun ja", redete sie sich heraus, „ich hatte die Vorstellung, dass jemand, der sich mit einem Esel auf Tour begibt, eher eigenbrötlerisch und wortkarg ist, vielleicht sogar schwer zugänglich."

„Überhaupt nicht. Was glauben Sie, wie der sich in der Weinstube amüsiert hat! Bevor ich kam, saß er bei einer Frauenrunde. Die haben für ihn gesungen. Eine hat ihn sogar eingeladen, nach Neuwied zu kommen. Sie müssten ihn also nicht nur linksrheinisch, sondern auch rechtsrheinisch suchen."

Elisabeth schwieg ein paar Sekunden. Auf dem Rollfeld des Flughafens heulten Turbinen auf.

„Augenblick", sagte sie. „Ich bin am Köln-Bonner-Flughafen, verstehe Sie im Moment schlecht. Jetzt ist es wieder besser. „Rechtsrheinisch sagten Sie?"

„Ja, möglich. Aber ob er mit dem Esel über den Rhein geht? Eher nicht. Die Weiber waren ja außer Rand und Band, die Einladung nicht unbedingt ernst gemeint. Die sind wahrscheinlich alle verheiratet, haben nur einen Frauenabend gefeiert."

„Und dieser Jakob, der ist auch verheiratet?"

„Ja. Aber seine Frau ist so blöd gewesen, ihn vor eine Alternative zu stellen. Der Esel oder ich. Da hat er sich für den Esel entschieden. Warum wollen Sie das überhaupt wissen?"

„Um Hintergründe zu kennen. Die gehören bei so einer Reportage dazu."

„Müssen Sie ja nicht schreiben. Das ist doch privat."

„Natürlich. Aber interessant. Wie würden Sie denn reagieren, wenn Ihr Mann auf einmal mit einem Esel vor der Tür steht?"

„Ich würde mich freuen."

Für einen Augenblick lag Elisabeth auf der Zunge: „Haben Sie sich mit diesem Jakob nur unterhalten?" Aber dann verwarf sie die Frage. Das war zu intim, hätte Rita verärgert, vielleicht sogar misstrauisch gemacht.

Insgesamt war das Telefonat enttäuschend verlaufen. Sie wusste immer noch nicht, wo Jakob war, was er vorhatte. Im Gegenteil. Das Rätsel war größer geworden. Sie war mit einem Mann verheiratet, den sie so nicht kannte. Mit Glatze statt Wischmob auf dem Kopf. Gesprächig statt stumm, unterhaltsam statt langweilig. Mit Zelt im Wald statt auf dem Sofa einschlafend. Nicht nur linksrheinisch unterwegs, womöglich auch auf der anderen Seite.

„Wissen Sie denn, wie die Frau aus Neuwied heißt?" unternahm sie einen letzten Versuch.

„Keine Ahnung. Ich weiß nur, dass er ihr nachgerufen hat ‚Tschüss, Betty!'. Da standen wir vor der Weinstube und die Neuwieder Frauentruppe tanzte in einer Polonaise heraus."

„Tja", beendete Elisabeth das Gespräch, „da werde ich ihn wohl suchen müssen. Aber haben Sie vielen Dank für Ihren Anruf."

„Tut mir leid", verabschiedete sich Rita, „wenn ich Ihnen nicht weiterhelfen konnte. Aber ich drücke Ihnen die Daumen, dass Sie ihn finden. Er fällt ja auf."

72

Auch der Abt hatte über Korffs Zeichnung geschmunzelt. Nicht nur, dass er bei der abgebildeten Skulptur sofort den Novizenmeister erkannte. Es war etwas anderes. „Siehst du, was er mit dem Schüler gemacht hat?" fragte er den Bruder Daniel.

„Ja, der Schüler freut sich über die Unterweisung des Lehrers."

„Nein, das ist es nicht. Der Schüler sieht aus, als wüsste er mehr. Und er scheint zu sagen: ‚Erzähl mir ruhig was. Ich weiß es besser.' Wenn du glaubst, es sei uns vielleicht ein neuer Bruder für unser Atelier hereingeschneit, dann Vorsicht. Das ist vielleicht ein Schelm. Manche fühlen sich berufen, aber es bleiben nur wenige. Der Weg zur ‚stabilitas in congregatione' ist weit. Talent hat er, zweifellos. Hat er auch eine methodische Ausbildung in der Kunst?"

„Das weiß ich noch nicht."

„Nun ja", meinte der Abt, „darauf kommt es auch nicht unbedingt an. Eine Akademie kann manchmal mehr verderben, als dass sie nützt. Wenn er Bilder in sich hat und kann sie auf das

Papier bringen, ist es gut. Wie lange will er denn bleiben?"

„Er sprach von ‚länger'. Was immer das bedeutet. Er scheint sich sehr für ein Noviziat zu interessieren."

„Das heißt noch nichts. Aber wenn er will, sprich mit ihm darüber und achte auch darauf, ob er zum Beispiel die Morgenhore besucht oder ob ihn die Bettwärme davon abhält. Abends an Vesper und Komplet teilzunehmen, ist einfach. Was sagtest du? Er ist mit einem Esel gekommen?"

„Ja."

„Dann wird er wahrscheinlich auch wieder mit einem Esel gehen. Solche Leute haben unruhiges Blut."

„Möglich. Jetzt wohnt er erst einmal in einem der Zimmer für die Jugendgruppen. Wie machen wir das mit der Bezahlung? Ob er reich oder arm ist, weiß ich nicht."

Der Abt wischte mit der Hand durch die Luft. „Unerheblich. Er soll geben, was er will und kann. Ist es nichts, ist es auch gut. Wir leiden keine Not. Die komfortableren Zimmer sind belegt. Wir haben eine excellente Vortragsreihe. Die Ruge kommt, die Käßmann, der Lütz. Die bringen neue Gäste mit. Es mangelt uns an nichts. Was unseren Mann mit dem Esel betrifft, prüfe ihn, sprich mit ihm. Dann werden wir sehen, was Gott mit ihm vorhat. Bis jetzt haben wir nur ein einziges Bild. Warten wir ab, was noch kommt. Da gibt es viele Möglichkeiten. Er könnte uns, falls er für das Mönchsleben nichts taugt, auch als Künstler verbunden bleiben."

Der Abt warf noch einmal einen Blick auf Korffs Zeichnung, nickte und sagte: „Eins muss man ihm auf jeden Fall zugestehen. Er hat die Gabe, Gesichtern Leben zu geben. Der Kirchenkunst täte das gut."

73

Jakob malte. Das Noviziat war ihm aus dem Sinn gekommen. Es kam, wie der Abt es vorhergesagt hatte. Korff erschien nicht in der Abteikirche zur Morgenhore. Zwar hatte er länger mit Bruder Daniel gesprochen, sich auch dafür interessiert, was in den anderthalb Jahren des Noviziates alles passierte. Man wurde in der Heiligen Schrift unterwiesen, erwarb ein Grundwissen in Glaubensfragen und der Tradition des Ordens. Es gab Gesangsunterricht und eine handwerkliche Ausbildung gemäß der benediktinischen Regel, dass Mönche nicht nur zu beten, sondern auch zu arbeiten hatten. Das Handwerk konnte durchaus auch dem künstlerischen Bereich angehören. Dem Malen, Töpfern, der Bildhauerei oder auch dem Einsatz in der Kunstschmiede. In der Ruhe des Klosters ein Atelier zu haben, schien Korff verlockend. Aber alles andere kam ihm vor wie ein Abschied vom Leben und er konnte sich nicht dazu entschließen.

Um so lieber saß er in der Abteikirche vor der Marienfigur und zeichnete sie nach seiner Vorstellung. Er nahm ihr den ernsten Leidenszug, der um die Mundwinkel spielte, gab ihr mehr Jugendlichkeit und dem Mantel einen ausgeprägteren Faltenwurf. Mit neuen Linien und neuem Farbenspiel schuf er eine Figur, die man durchaus für eine der schönen Madonnen des Mittelalters halten konnte. Ein geheimnisvolles Lächeln spielte nun um ihren Mund. Der Jesusknabe blickte fröhlich und scherzend zu seiner Mutter hoch, die ihn liebevoll zu behüten schien. Insgesamt wirkte die Figur nun femininer und zugleich mütterlicher. Drei Tage arbeitete er an der Darstellung. Dann erst war er zufrieden.

Als Bruder Daniel ihn fragte, ob er denn noch etwas gemalt hätte, zeigte er ihm das Werk. Der Novizenmeister nahm die Zeichnung zur Hand, betrachtete sie lange, nickte stumm, murmelte dann „Ja, ja, ja" und fragte, ob er dem Abt auch dieses Bild zeigen dürfe.

„Selbstverständlich", antwortete Korff. „Wenn er es haben will, ich schenke es ihm."

Ein paar Mal wanderte Korff auch mit Coco an den See, saß auf der östlichen Seite, malte See und Abteikirche so, wie er es von jenem ersten Morgen her in Erinnerung hatte. Als ein feiner Nebelschleier über dem Wasser lag und sich dahinter die Türme der Kirche wie eine geheimnisvolle Gralsburg erhoben. Auch dieses Bild zeigte er dem Novizenmeister, der es mitnahm, um es dem Abt vorzulegen.

Am siebten Tag suchte ihn Bruder Daniel im Gästehaus auf und fragte, ob er erlauben würde, die Bilder zu rahmen und im Buchladen zum Verkauf anzubieten. Selbstverständlich könne er über den Erlös verfügen. Man wolle das einmal ausprobieren. Sollten die beiden Bilder, das Marienbild und die Seelandschaft mit der Kirche in absehbarer Zeit einen Käufer finden, müsste man überlegen, in welcher Weise man ihn, Korff, an die künstlerische Produktion des Klosters binden könne.

„Was hat der Abt denn zu den Bildern gesagt?" wollte er wissen.

„Er ist angetan davon, hat sie gelobt", antwortete der Novizenmeister. „In das Marienbild hat er sich richtig verliebt und hat sich schwergetan, es wieder herauszurücken."

So kam es, dass zwei Bilder von Jakob Korff im Buch- und Kunstladen des Klosters hingen. Korff ließ es sich nicht nehmen, den Laden aufzusuchen und nach den Bildern zu sehen. Gerahmt und hinter Glas machten sie sich gut und hatten auch einen hübschen Preis, den er nie vermutet hätte. 120 Euro für das Marienbild, 80 für die Seelandschaft.

„Na, so etwas!" sagte er lächelnd und war stolz darauf, endlich einmal etwas geschaffen zu haben, was nicht in einem Archiv oder einem Keller verschwand. Als er am nächsten Tag noch einmal in den Laden ging, waren beide Bilder verkauft.

Bruder Daniel wusste da schon längst, dass aus Korff als Mönch nichts werden würde. Er hatte ihn noch nicht einmal bei der Vesper oder der Komplet am Abend in der Kirche gesehen. Dafür aber an einem der Abende zeichnend im Garten mit einer Flasche Wein neben sich und Rauchkringel in die Luft blasend. Auch war dem Novizenmeister nicht entgangen, wie Korff eine hübsche, blonde Jakobspilgerin, die sich für eine Nacht im Gästehaus eingefunden hatte, mit großen Augen angesehen hatte.

Bruder Daniel hatte geseufzt und dem Abt dann berichtet: „Nun ja, er ist ein Weltenkind. Er denkt gar nicht daran, auf gewisse Genüsse zu verzichten.

Er wird nicht mit dem Herzen beim Gebet sein. Das macht er nur, wenn er malt. Außerdem, wie mir Kessenich erzählte, hält er sich stundenlang bei den Eseln auf, geht mit seiner Eselin spazieren und nimmt sie mit an den See. Weiter auf den Jakobsweg zu gehen, dazu kann er sich auch nicht entschließen. Da spricht er überhaupt nicht mehr von. Wir müssen sehen, was wir mit ihm machen. Er kann ja nicht auf Dauer im Gästehaus bleiben. "

74

„Ich habe über unseren Gast nachgedacht", begann der Abt das nächste Gespräch mit dem Novizenmeister. „Du kennst ja meine Lieblingsidee. Mehr Fröhlichkeit in die christlichen Gesichter. Unsere Darstellungen von Heiligen sind zu ernst, zu stereotyp. Meist sehen die Mienen gleich aus. Nimm nur die Kunst der Nazarener in der Apollinariskirche. Schön bunt sind die Wandmalereien ja. Aber die Gesichter kannst du austauschen. Eine bedrückende Langeweile. Oder die Apostel. Man meint, da hätten sich zwölf Zwillingsbrüder versammelt. Was war bei der Hochzeit zu Kanaa? Jesus verwandelt Wasser in Wein. Was denkst du, wie froh die Gesellschaft war!? Sie haben sich gefreut, gerufen: ‚Endlich gibt es wieder was zu trinken!' Was aber macht zum Beispiel Giotto aus der Szene? Mit ernsten Gesichtern schauen alle drein. Keine Spur Lebensfreude über das Wunder. So geht das nicht. Unsere Kundschaft geht uns laufen. Immer mehr buddhistische Zentren entstehen rund um Maria

Laach. In Wassenach das Wat Buddha Vipassana, dann das Waldhaus am See, ein paar Kilometer von hier in Langenfeld die Tibeter. Warum? Weil die christliche Kunst kaum noch anspricht. Sieht der Buddha nicht viel einladender aus? Ich streite das Leiden ja nicht ab. Es gehört dazu. Aber ist es nicht zu sehr in den Vordergrund gerückt? Unser Gast versteht sich darauf, Leben in die Gesichter zu bringen. Seine Maria ist einzigartig, bezaubernd, zum Verlieben. Ebenso die Zeichnung von der Skulptur im Garten. Du hast dich ja sofort erkannt."

„Richtig. Wenn man bedenkt, dass er das nur mit Pastellkreide geschafft hat…"

„Eben, eben. Was könnte er mit anderen Mitteln noch alles erreichen! Mit Ölfarben zum Beispiel, vielleicht hat er auch Talent, um Skulpturen zu schaffen."

„Möglich. Was hast du also vor?"

„Ich habe mit Kessenich gesprochen. Das kleine Fachwerkhaus neben dem Hof, in dem seine Mutter gewohnt hat, steht seit einem halben Jahr leer. Kessenich ist bereit, es zu vermieten. Für 350 Euro im Monat. Das können wir Korff anbieten. Er kann dort wohnen, sich ein Atelier einrichten und für uns arbeiten. Du hast ja gesagt, dass er nicht unvermögend ist. Zumindest bezieht er eine gute Rente. Da gibt es also kein Problem. Und seine Eselin ist direkt nebenan auf der Wiese."

„Schön und gut", meinte der Novizenmeister. Es gibt aber ein paar andere Probleme. So einfach geht das nicht. Korff ist verheiratet. Er ist seiner Frau laufen gegangen. Er hatte, wie er mir erzählte, die Eselin vor dem Abdecker gerettet, wollte sie im Garten unterbringen. Da hat ihn die Frau vor die

Alternative gestellt: ‚Der Esel oder ich!' Da hat er den Esel bepackt und sich auf den Weg gemacht."

„Ein weiser Mann!" murmelte der Abt.

„Na ja", sagte der Novizenmeister. „Das kann man so oder so sehen. Immerhin ist die Ehe ein Sakrament. Da geht man nicht einfach laufen. Das mit seiner Ehe müsste erst einmal geklärt werden."

„Richtig. Aber das können wir nicht. Das muss er selbst. Vielleicht hilft es ihm, wenn man ihm das Häuschen anbietet und er freut sich über die Ruhe, die er dann hat."

„Möglich. Aber da ist noch ein Problem. Was ist mit unseren eigenen Künstlerbrüdern? Sie werden nicht erfreut sein, wenn wir öfter Korffs Bilder im Laden haben."

„Na und? Konkurrenz belebt. Vielleicht bekommen sie dann auch neue Ideen. Das soll jetzt keine Kritik sein. Sie arbeiten vorzüglich. Aber eine Erweiterung des Angebots schadet nicht."

„Du meinst also, ich soll ihm das anbieten?"

„Ja doch! Betrachte es als ein weltliches Noviziat. Erzähle ihm von den biblischen Szenen, streue Anekdoten aus dem Leben der Heiligen ein und dann sehen wir, was er daraus macht. Es ist ein Experiment. Was haben wir zu verlieren? Was aber seine Frau betrifft, versuche bitte, mehr zu erfahren und berichte mir über die Hintergründe. Frage vor allem, wie das vorher mit seiner Malerei war. Ich meine, bevor er zu uns kam. So ein Talent schüttelt man ja nicht aus dem Ärmel."

75

Am nächsten Tag schon kam der Novizenmeister zum Abt.

„Wir wissen jetzt mehr", sagte er. „Korff ist seit vierzig Jahren verheiratet. In den ersten Jahren hat er noch in Öl gemalt, auch größere Formate. Dann hat er die Malerei an den Nagel gehängt. Seiner Frau haben die Bilder nicht gefallen."

„Aha! So läuft also der Hase", meinte der Abt. „Da kannst du mal wieder sehen, wie nützlich das Zölibat ist. Aber warum hat er sich nicht durchgesetzt, sich abhängig gemacht von dem Urteil der Frau?"

„Er ist halt bequem. Jetzt aber scheint er die alte Leidenschaft wieder entdeckt zu haben."

„Nun ja. Nicht unklug. Er wartet seinen Ruhestand ab und verschwindet dann. Seiner Malkunst hat es offensichtlich nicht geschadet. Was hat er denn am Anfang des Ehestandes gemalt?"

„Er sagte ,üppige, barocke Motive. Trink- und Saufgelage. Immer mit einer Bedrohung im Hintergrund. Heraufziehender Sturm, schwarze Wolken, Schläuche von Tornados.' Und die Menschen würden es nicht bemerken."

„Hmm. Interessant. Sodom und Gomorrha also, mit der biblischen Strafe dahinter. Was macht eigentlich die Frau, ich meine beruflich?"

„Sie ist Direktorin an einem Gymnasium."

„Und unser Gast?"

„Hat im Gesundheitsministerium gearbeitet, Akten archiviert. Er sagt, das sei sehr langweilig gewesen. Er erinnere sich an kein Schriftstück mehr."

„Hmm, kann ich verstehen. Das Vergessen ist manchmal eine Wohltat. Aber was will er jetzt weiter anfangen, ich meine mit der Frau? Was hat er vor?"

„Er weiß es noch nicht. Den Kontakt hat er abgebrochen, sein Handy im See versenkt. Er will nicht angerufen werden."

„Er entzieht sich also ihrem Einfluss. Aber eine Lösung auf Dauer ist das natürlich nicht. Hast du ihm von unserem Angebot erzählt?"

„Ja. Seine Augen leuchteten. Er ist begeistert, will sofort umziehen. Dass die Möbel von Kessenichs Mutter noch im Haus sind, ist ihm egal beziehungsweise kommt ihm sehr entgegen. Das Atelier würde er sich auf eigene Kosten einrichten. Mit der Miete von 350 Euro ist er einverstanden. Das Geld vom Erlös der beiden Bilder hat er übrigens für sein Quartier gespendet und hat sogar noch hundert Euro draufgelegt, weil er sich manchmal im Speisesaal am Buffet bedient hat. Er scheint sich aus Geld wenig zu machen. ‚Mehr als essen, trinken und malen', hat er gesagt, ‚kann ich nicht und will ich nicht.' Den Verwalter hat er auch für die Unterkunft des Esels bezahlt."

„Schön", sagte der Abt. „Dann haben wir es also mit einem ideell orientierten Menschen zu tun, der den Spruch der Bibel beherzigt. ‚Eher geht ein Kamel durch ein Nadelöhr als ein Reicher in den Himmel.' Mit dem Wein und dem Tabak soll er es halten, wie er will. Auch soll er in völliger Freiheit schaffen können. Wir kontrollieren nicht, ob er im Atelier oder sonstwo ist. Bringt er uns ab und zu ein Bild, ist es gut so. Aber alle Bilder, die er zu uns bringt, und das ist unsere Bedingung, sollen mit unserer christlichen Kultur und Überlieferung zu tun haben. Wir legen ihn nicht darauf fest, nur fröhliche Gesichter zu schaffen. Er kann ruhig auch wie bei seinem Namenspatron die Verzweiflung darstellen. Er soll es so machen, wie es in Prediger 3.4 steht. ‚Weinen und lachen, klagen und tanzen.' Ist die Freude nicht ein zentrales Thema der Heiligen Schrift? Ist sie nicht des Glaubens liebstes Kind? Was er nebenbei noch malt, ist uns egal. Wir behandeln ihn als einen freien weltlichen Mitarbeiter."

76

Die Tage rannen dahin. Die Stille im Haus empfand sie als bedrückend. Ein schlafender und schnarchender Jakob wäre ihr lieber gewesen als dieses seelenlose Nichts. Mit der Arbeit vermochte sie sich nicht zu betäuben. Im Gegenteil: die hatte Risse bekommen, war ihr verdächtig geworden. Was half es, wenn sie die Absurdität bei Kafka interpretieren konnte, aber das eigene Haus in Schieflage geraten war?

Mit Susanne Hövel war sie an einem sonnigen Nachmittag die Ahr entlang nach Altenahr gefahren, um die Jugendherberge zu besichtigen. Es war eine angenehme Fahrt gewesen. Sie hatte sich ihren Kummer von der Seele reden können. Susanne Hövel hatte zugehört, sie beruhigt.

„Machen Sie sich keine Sorgen wegen dem Zeitungsartikel. „Die meisten amüsieren sich darüber. Das schadet Ihnen nicht. Auch wenn Sie mit dem Hund in die Schule kommen. Na und!? Da ist es schlimmer, wenn der Security-Dienst auf dem

Schulhof ist. Das gibt ein komisches Gefühl. Demnächst werden die Schüler noch gescannt wie die Passagiere auf dem Flughafen. Und Ihr Mann? Irgendwann meldet der sich. Die Kerle kommen doch ohne uns Frauen gar nicht klar."

Den Nachmittag hatten sie in den Abend hinein verlängert, in Rech an der Ahr noch ein Glas Wein getrunken. Susanne Hövel kannte die Gegend, hatte mit ihrem Mann schon öfter Radtouren den Fluss entlang gemacht, von Sinzig bis nach Blankenheim. Von dem Restaurant aus, wo sie draußen saßen, konnte man eine Brücke sehen mit einer Figur auf der Brückenmauer. Die Sekretärin hatte darauf gezeigt, gesagt: „Das ist der heilige Nepomuk. Der hat sich dem König widersetzt, wollte irgendeine Anweisung nicht befolgen. Da ist er gefoltert und von einer Brücke gestürzt worden. Ihnen kann das doch gar nicht passieren."

„Was meinen Sie damit?"

„Die Kollegen schimpfen darüber, dass das Wochenende versaut ist. Unterricht am Freitag wie normal und dann ab bis Sonntagnachmittag in die Jugendherberge, um an Konfliktlösungen zu arbeiten. So ein Schwachsinn! Die spotten darüber. ‚Wenn man mal nicht weiterweiß, gibt es einen Arbeitskreis.' Machen Sie das doch einfach anders. Geselliges Beisammensein mit Weinprobe. Lassen Sie die Flipcharts in Ruhe. Der Dezernent wird Ihnen nicht den Kopf abreißen oder Sie von der Brücke stürzen. Sie sind ja Beamtin."

77

Sie sagte dem Referenten, den der Dezernent vorgesehen hatte, ab. Stattdessen telefonierte sie mit dem Bonner Psychotherapeuten Paul Bamm, der mit seinem Buch ‚Die Welt als Irrenhaus' für Aufsehen gesorgt hatte. Es gelang ihr, ihn für einen Vortrag zu gewinnen. Das Honorar würde sie aus eigener Tasche bezahlen. Bamm hatte behauptet, nicht die Patienten in der Anstalt seien verrückt, sondern die da draußen, die sich normal Gebenden, die Angepassten. Und die Schulen seien nichts anderes als eine Einrichtung, um die Kinder zum Funktionieren zu bringen, sie mit trickreichen Maßnahmen in den normalen Wahnsinn hinein zu führen. Die mit Süßigkeiten gefüllte Schultüte für die Kleinen sei dazu der erste Schritt. Eine provokante These, die so radikal nicht stimmen mochte, aber immerhin genügend Stoff für Diskussionen gab. Daran hätten die Kollegen mehr Spaß. Dann hätte man nicht nur ein geselliges Beisammensein in der Jugendherberge, sondern hätte auch der Fortbildung Genüge getan.

In einer Dienstbesprechung in der ersten großen Pause bat sie das versammelte Kollegium um Gehör, stellte die Änderung des Themas vor, bekam Beifall dafür und regte an, das Wochenende in der Jugendherberge vor allem unter dem Aspekt des geselligen Zusammenseins zu sehen. Der Ahrwein sei vorzüglich.

Dieses Umschwenken im Programm war wohl kalkuliert. Susanne Hövel hatte recht. Der Dezernent würde zwar verstimmt sein, aber was sollte schon passieren? Im schlimmsten Fall, der vielleicht sogar der beste war, würde es ihr ergehen wie dem Kollegen Helmer. Den hatte man in die Frühpension geschickt, weil er für das normale Schulwesen nicht mehr brauchbar war. Wie sie vom Dezernenten wusste, hatte Helmer sich verdächtig gemacht, einen schriftlichen Antrag gestellt, man möge ihn doch bitte auf seine Verfassungstreue hin überprüfen. Er sei sich da nicht mehr sicher und könne nachts nicht mehr schlafen, was zunehmend auch seine Gesundheit ruiniere. Auch hatte Helmer, der Mathematik unterrichtete, in seinem Leistungskurs unsinnige Klausuren schreiben lassen. ‚Überprüfen Sie, ob man nicht doch durch Null dividieren kann!'

Es kam ihr in den Sinn, sich bei Helmer zu erkundigen, wie es ihm ginge, ihn mit einzuladen in die Jugendherberge. Es sollte ein Zeichen menschlicher Anteilnahme an seinem Schicksal sein. Zuerst überlegte sie sich, mit ihm zu telefonieren, kam aber zu dem Entschluss, ihm lieber eine Email zu schicken. Das war einfühlsamer, konfrontierte ihn nicht so direkt. Da konnte er sich überlegen, ob er antworten wollte oder nicht.

Sie suchte sich aus ihren Personalunterlagen seine Emailadresse heraus und schrieb: „Lieber Kollege Helmer, ich hoffe, es geht Ihnen inzwischen wieder besser. So ganz sollte man sich doch nicht nach den gemeinsamen Schultagen aus den Augen verlieren. Wir haben im Juli ein geselliges Beisammensein in der Jugendherberge in Altenahr. Wir würden uns freuen, wenn auch Sie als früherer, geschätzter Kollege mit dabei wären. Bitte geben Sie mir Bescheid. Mit kollegialen Grüßen, Ihr Jakob Korff."

Sie klickte auf ‚Senden'. Die Mail war abgeschickt. Sie überprüfte noch einmal, was sie geschrieben hatte, stutzte. Um Gottes Willen! Was war das denn? Sie hatte ‚Jakob' geschrieben statt ‚Elisabeth'. Kopfschüttelnd schickte sie eine zweite Mail hinterher. „Entschuldigung. Es muss natürlich heißen ‚Ihre Elisabeth Korff'".

78

Sie dachte viel an Jakob. „Zu viel?" überlegte sie manchmal. Aber vierzig Jahre ließen sich nicht einfach abschütteln. Woran lag es nur, dass das gemeinsame Leben den Bach heruntergegangen war? Worin bestand überhaupt noch die Gemeinsamkeit? Nur zusammen zu wohnen, ein gemeinsames Haus zu besitzen, reichte nicht. Oder war es ein Naturgesetz, dass im Laufe der Jahre alles verflachte, monoton wurde, langweilig und nur noch die Gewohnheit als letzter Kitt zusammenhielt?

Dabei war der Anfang doch so bezaubernd gewesen. Es startete als Klischee. Sie waren mit den Wägelchen im Supermarkt rasant zusammen-gestoßen, hatten es beide eilig gehabt. Eigentlich, galten die Straßenverkehrsregeln auch beim Einkauf, war sie schuld gewesen. Jakob war hinter den Regalen von rechts aufgetaucht, sie von links. Es hatte richtig gescheppert. Sie hatten beide gelacht, sich in die Einkaufswagen geguckt und bemerkt, dass sie den gleichen Chianti eingekauft hatten. Nichts Teures, im 5 DM-Bereich. Sie waren beide Studenten, hatten gerade mit dem Studium angefangen. Der Geldbeutel war schmal.

Und dann wollte es der Zufall, dass sie sich drei Tage danach wiedersahen. Als Hospitanten in einer Schule. Auch Jakob hatte mit dem Lehramt begonnen. Kunst und Sport. An diesen Tag im Bonner Beethoven-Gymnasium erinnerte sie sich noch genau. Sie hatten sich am Eingang der Schule überrascht begrüßt, hatten zusammen das Atrium betreten, und dann war Jakob plötzlich bleich geworden, stehen geblieben. Er hatte irgendetwas gemurmelt. Es klang wie: „Ich kann nicht!" Dann hatte er sich umgedreht und war hinausgeeilt. Aber draußen hatte er auf sie gewartet. „Was war denn los?" hatte sie ihn gefragt. „Es geht nicht", war seine Antwort. „Ich bekomme Herzrasen, wenn ich eine Schule betrete."

„Du hast als Schüler schlechte Erfahrungen gemacht?" hatte sie wissen wollen.

Er hatte den Kopf geschüttelt, gemeint: „Nein. So schlecht war das gar nicht. Eher gemütlich. Aber jetzt habe ich das Gefühl, dass ich die Kunst verrate. Was soll ich machen? Wer kann vom Malen schon leben? Als Anstreicher eine Lehre beginnen, dazu habe ich keine Lust. Ich muss mir etwas anderes suchen."

Danach waren sie zusammen an den Rhein gegangen, hatten sich beim Alten Zollhaus auf eine Bank gesetzt, miteinander geredet. Jakob hatte auf einmal einen Zeichenblock aus seinem Rucksack gezogen, einen Bleistift dazu und hatte angefangen, das Panorama aufs Papier zu bringen. Mit raschen, geschickten Linien entstand das Bild. Die Brücke über den Rhein, die zart angedeuteten Umrisse von Beuel, die Uferpromenade drüben, ein paar Schiffe auf dem Fluss. Es hatte sie beeindruckt, wie gekonnt er das alles einfing. Aber am eigentümlichsten war die Perspektive. Da war er in Gedanken ein paar Schritte hinter die Bank getreten, hatte sie als Vordergrund genommen. Man sah sie beide nur von hinten, wie sie auf den Strom blickten. Das Besondere an diesem Bild aber war, dass er seinen Arm um ihre Schulter gelegt hatte.

Beruflich hatte er danach den eher bequemen Weg eingeschlagen, das Malen in die Freizeit verlegt. Er bewarb sich bei der Stadt um eine Ausbildung als Verwaltungsangestellter, tat nur das Nötigste, aber es gelang ihm immerhin, im Gesundheitsministerium unterzukommen, während sie zielstrebig auf Staatsexamen und Referendariat zusteuerte.

Ihrer Liebe hatte es nicht geschadet. Dass er nur wenig über Schule reden wollte, verstand sie. Dass er von seiner eigenen Arbeit nichts erzählte, lag wohl in der Natur der Sache. Die Papiere, mit denen er zu tun hatte, waren streng vertraulich.

Um seinen Brotjob zu ertragen, hatte er am Anfang der Ehe noch gemalt, hatte sich auch an große Formate herangetraut. Aber die Motive, die er sich suchte, fand sie seltsam. Diese feiste, hemmungslose Üppigkeit beim Fressen und Saufen. Diese komischen Gesichter dazu, bei denen man nicht wusste, ob sie Sinnengenuss oder Ratlosigkeit ausdrückten. Und dann diese merkwürdigen Bedrohungen im Hintergrund. Der schwarze, von Blitzen durchzuckte Himmel, die Schläuche der heranziehenden Tornados, die Spielkarten, die schon durch die Luft wirbelten, während das Paar, das im Vordergrund schlief, nichts davon zu merken schien.

Sie hatte ihm geraten, sich anderen Motiven zuzuwenden, etwas Gefälligeres zu suchen, was er vielleicht auch als Anerkennung in einer Galerie hätte ausstellen und verkaufen können. Aber er hatte das unwirsch abgelehnt, gemeint: „Was denn? Blümchen, springende Rehlein, Almhütten und den Bauer mit der Pfeife davor? Geht die Kunst etwa nach dem Geld?"

Und dann hatte er eines Tages die Bilder abgehängt, die Malerei ganz sein gelassen. Ihr war das recht gewesen. Die Luft im Hause wurde frischer. Es roch nicht mehr nach Terpentin, Firnis und Ölfarbe. Zugleich aber wurde Jakob immer lethargischer, schlief vor dem Fernseher ein, begann auf einmal so laut zu schnarchen, wie er es vorher nie getan hatte und selbst im Urlaub wirkte er seltsam gelangweilt, so als habe ihm die Welt nichts mehr zu bieten. Und dass die Erotik im Laufe der Jahre nachließ, war doch normal. Oder? Dass sie keine Kinder hatten, war auch nicht tragisch gewesen. Jakob jedenfalls hatte es nichts ausgemacht. Er war kein Familienmensch, war froh gewesen, wie er einmal hatte durchblicken lassen, nach dem Abitur dem streng geführten Haushalt der Eltern entlaufen zu können.

Eigentlich hätte er doch jetzt, wo er Zeit hatte, das Malen wieder aufnehmen können. War es zu viel verlangt, von ihm Entlastung im Haushalt zu erwarten? Ein bisschen putzen, einkaufen, kochen, den Garten in Ordnung halten. Das könnte er nebenbei machen. Und warum nur hatte er diesen Satz „Der Esel oder ich!" so fürchterlich ernst genommen und sofort umgesetzt, als hätte er nur auf diese Gelegenheit gewartet? Das hatte sie im ersten Ärger so gesagt, in der ersten Aufregung über seine verrückte Idee. Es musste ihm doch klar gewesen sein, dass man einen Esel nicht im Garten halten kann. Natürlich hätte sie ihm geholfen. Sie hätten gemeinsam einen Reiter- oder einen Gnadenhof gefunden, um den Esel unterzubringen. Gewiss wäre es auch möglich gewesen, wenn er gewollt hätte, den Graukittel öfter zu besuchen. Wie konnte er nur in Panik davonlaufen und nicht mehr erreichbar sein? Jetzt hatte sich das wiederholt, was er damals vor vielen Jahren schon im Atrium der Schule gemacht hatte. Warum?

Und was ihr auch ein besonderes Rätsel war: Warum waren die Gespräche im Laufe der Jahre verebbt? An den Themen konnte es nicht liegen. Da hatte sie sich Mühe gegeben, ihn aus der Reserve zu locken. Philosophisches blockte er ab mit dem Hinweis, solange man über die letzten Dinge, also das ‚Woher‘ und ‚Wohin‘ des Menschen nichts wisse, sei jede Diskussion sinnlos. In diesem Zusammenhang zitierte er gerne den Spruch des Sokrates: „Ich weiß, dass ich nichts weiß." Damit war für Jakob der Fall erledigt. Mehr ließ er sich nicht entlocken.

Ähnlich war es mit der Literatur. Die würde an den Schulen nur für geistige Klimmzüge missbraucht. Er selber las wenig, konnte auf diesem Gebiet gar keine Ahnung haben.

Die Politik hatten sie ausgeklammert. Darüber zu reden hatte am Anfang regelmäßig zu Missstimmungen und Streit geführt. Alle vier Jahre zeigte Jakob ein verrücktes Wahlverhalten. Er kreuzte nichts auf dem Zettel an, schrieb nur den Namen des jeweiligen Papstes darauf.

„Dann ist die Wahl doch ungültig", hatte sie ihm vorgehalten.

„Na und!?" hatte er geantwortet. „Ich will ja nur zeigen, dass sich die Schere zwischen Arm und Reich so nicht weiter öffnen darf. Die Politiker tun ja nichts dagegen."

„Dann wählst du ausgerechnet den Papst im reichen Vatikan", hatte sie entgegnet.

„Ja. Die legen wenigstens den Finger in die Wunde."

Da hatte sie es aufgegeben, mit ihm über so etwas zu diskutieren.

Gab es so etwas wie eine verbale Depression, dann war Jakob schwerkrank. In den letzten Jahren hatte sie ihn eigentlich nur als stummen Fisch kennengelernt. Und bequem und faul war er auch geworden, hätte eher zu den Koalabären gepasst, die schläfrig im Baum hingen und Eukalyptus lutschten.

Manchmal hatte sie den Verdacht, dass sein Schweigen Absicht war. Opposition. Vielleicht war das seine Art dagegen zu protestieren, mit einer beruflich erfolgreichen Frau verheiratet zu sein, die in der Beziehung die dominante Rolle spielte. Aber nur wegen des Berufes? So etwas gab es doch eher, wenn ein Mann eine reiche Frau geheiratet hatte und diese legte ihm im Verbund mit ihren Eltern die Lebenslinie fest. Was sollte also Jakobs kindisches Verhalten?

Wahrscheinlich redete er mit seinem Esel mehr, als er es mit ihr in den letzten Jahren getan hatte. Aber wie kam dann Rita Sommerfeld zu der Aussage „Ich habe mich mit ihm die ganze Nacht prächtig unterhalten."

Irgendetwas stimmte da nicht.

79

„Was macht unser Kandidat?" fragte der Abt den Novizenmeister.

„Gut", antwortete der. „Er wohnt seit einer Woche in dem Fachwerkhäuschen, hat sich dort auch schon ein Atelier eingerichtet. Schon am ersten Tag hat er sich Kessenichs Wagen geliehen, ist nach Bonn gefahren, hat einen Kunstladen aufgesucht und kam mit allem zurück, was er brauchte. Leinwand, Ölfarben, Pigmente, Holzleisten, um die Leinwand zu bespannen, ein ganzes Sortiment von Pinseln und Gläsern, Mischpaletten, eine Staffelei und so weiter. Er ist voll eingerichtet, hat an nichts gespart. Was seine Genusssucht betrifft, muss ich mein Urteil etwas revidieren. Er ist ein eher nachdenklicher Zeitgenosse. Ich kann mich mit ihm prächtig unterhalten. Stell dir vor, er hat sich ein Buch aus dem Gästehaus ausgeliehen, redet mit mir darüber. ‚Gott oder nichts' von Kardinal Sarah."

Der Abt nickte. „Ja, ja, ich weiß. Das ‚Solo dios basta' der Theresa von Avila. Was sagt er denn dazu, worüber redet ihr?"

„Er fragte, ob ich dem auch zustimme, was Sarah im 6. Kapitel seines Buches schreibt. Er hatte dazu das Buch aufgeschlagen und las mir die Stelle vor, die ihn besonders bewegte. Dieses Kapitel beginnt ja mit einem Zitat von Bernanos: ‚Man versteht überhaupt nichts von unserer heutigen Zivilisation, wenn man nicht von vornherein zugibt, dass sie eine Weltverschwörung gegen jedes innere Leben ist."

„Hmm. Er hat ‚auch' gesagt. Was meint er damit?"

„Sich selbst. Er sagt, dass er seit langem so denkt und fühlt. Dass eben der Westen lebt, als ob Gott nicht existiere. Und dass diese Gottvergessenheit die Ursache ist von all der Verwirrung, die uns immer mehr umgibt. Er hat auch keine Mühe, sich intelligent auszudrücken, spricht vom verhängnisvollen hedonistischen Atheismus, der zur Lebensart des Westens geworden sei, allen voran die Amerikaner mit ihrem ‚American Way of Life'."

„Sehr richtig. Die Unschuldigen zahlen den Tribut wegen derjenigen, die im Besitz der Macht sind. Du kannst mit ihm länger reden oder ermüdet er rasch?"

„Er ermüdet überhaupt nicht. Da hat sich viel angestaut."

„Und seine Malkunst? Arbeitet er?"

„Aber ja. An einem mittlerem Format in Öl. Er hat eine der Jakobus-Legenden aufgegriffen. Jakobus wird von Maria getröstet. Die Umrisse hat er mit Holzkohle auf die Leinwand gebracht, arbeitet jetzt an der Farbgebung. Jakobus sitzt am Ufer des Ebro, zweifelt an seiner Mission. Da wird ihm von Maria Mut zugesprochen. Es ist die Geschichte der ‚Madonna del Pilar', der Madonna auf der Säule, die man bis heute in Saragossa verehrt."

„Wie kommt er ausgerechnet zu dieser Geschichte?"

„Das ist meine Schuld. Ich habe ihm ein Buch gegeben. ‚Jakobusgeschichten für unterwegs: Legenden und Geheimnisse'. Jakobus ist ja sein Namenspatron."

Der Abt schmunzelte. „Gut gemacht. Dein Eindruck von dem entstehenden Werk?"

„Das wird was. Wir lassen es in unserer Werkstatt rahmen, und dann sehen wir, was im Buch- und Kunstladen damit passiert. Mein erster Eindruck ist, dass Korff sogar die Technik eines Rembrandt van Rijn beherrscht. Er versteht es ausgezeichnet, mit Licht und Schatten zu arbeiten."

80

Korff gefiel sein neues Leben. Er mied die Touristenströme vor der Abteikirche, wanderte meist westwärts oder südlich auf die Höhen, hatte von dort den Blick auf Kloster und See. Er nahm den Zeichenblock mit und die Pastellkreiden, entwarf hübsche Ansichten des Panoramas, aber solche Arbeiten dienten mehr einer spielerischen Entspannung, als dass sie wirklich sein Anliegen waren. Seine Schaffenskraft widmete er vor allem dem Zyklus der Jakobus-Legenden. Die Geschichte der Königin Lupa, die Fesselung des Zauberers Hermogenes, die Legende von der Jungfrau im Steinschiff, das Wunder von O Cebreiro, die Erzählung vom salzigen Fluss Rio Salado, das Mysterium von Obanos.

Die Tröstung des Jakobus hatte er vollendet. Das Ölgemälde im Format 70x50 war mit einem goldfarbenen Rahmen versehen worden und hing nun zum Verkauf im Buch- und Kunstladen des Klosters. Er war einmal dorthin gegangen, hatte mit einer gewissen Genugtuung festgestellt, dass es für 480 Euro angeboten wurde. Das war zwar keine Kategorie, wie sie für einen Picasso oder Gauguin galt. Aber immerhin. Er war gespannt, wie lange es dort hängen würde. Die Signatur ‚JK' war demütig bescheiden. Den Schriftzug hatte er mit unauffälligem Pinselstrich rechts unten in einem Dornenbusch versteckt. Dem Abt hatte das Bild gefallen. Insbesondere war er angetan von dem anmutigen, jugendlichen Gesicht der Maria.

„Wo hat er das nur her?" hatte der Abt den Novizenmeister gefragt. „Dass er das so lebendig gestalten kann. Denkt er da an jemanden?"

Bruder Daniel hatte mit der Schulter gezuckt, die Arme erhoben, geantwortet: „Weiß ich nicht. Er hat nichts dazu gesagt. Aber so machen es doch die meisten. Leonardo hatte bei der Mona Lisa seine Geliebte vor Augen. Von daher ist die Lebendigkeit nicht verwunderlich. Es ist auch egal. Besser jedenfalls als die üblichen, flachen Gesichter, die wir sonst so kennen. Lass es ruhig das Geheimnis des Künstlers bleiben."

Auch Coco ging es gut. Die Eselin erfreute sich an der Gesellschaft ihrer Artgenossen, trabte mit ihnen über die Wiese, stand bei Regen mit ihnen im Stall, knabberte an Heu und Stroh, freute sich, wenn Korff mit Möhren, Äpfeln oder einer Schüssel Haferflocken kam. Er versorgte dann nicht nur Coco mit den Leckerbissen, sondern auch die drei anderen. Er kratzte bei allen die Hufe aus, striegelte das Fell, war neben der Malerei zu einem Eselwart geworden. Er sah täglich nach Heu, Stroh und Wasser, reinigte den Stall, hatte Traktorfahren gelernt, so dass der Gutsverwalter spaßeshalber sagte: „Wenn du so weiter machst, befördere ich dich zum Großknecht."

Coco nahm er nur noch gelegentlich zu einer Wanderung mit. Er hatte den Eindruck, dass die

254

Eselin in der Gesellschaft der anderen gut aufgehoben war.

Bei allem Wohlbefinden aber saß noch ein Stachel in ihm, schaffte Unruhe und sorgte für manche schlaflose Stunde. Wie sollte er sich Elisabeth wieder nähern, mit ihr reden? Wie würde sie auf sein neues Leben reagieren? Aufgeben wollte er es nicht. Eine Rückkehr in die alten Verhältnisse war unmöglich. Aufgeben wollte er aber auch Elisabeth nicht. So steckte er in einem Dilemma, aus dem er keinen Ausweg sah. Gespräch und Entscheidung zögerte er hinaus, hatte auch Angst, dass sie ihm die kalte Schulter zeigen würde. Sich nach nun sechs Wochen auf einmal am Telefon zu melden „Hier bin ich wieder!" kam ihm zu seltsam vor. Er fürchtete die kühle Antwort: „Bleibe, wo du bist. Ohne dich ist das Leben viel schöner. Ich wusste gar nicht, dass es mir so gutgehen kann."

Aber geklärt werden mussten die Verhältnisse. Blinde Kuh zu spielen oder den Kopf in den Sand zu stecken, half nicht. Je mehr Zeit verstrich, desto schwieriger wurde es. Da fiel ihm ein, dass sie Ende Juni Geburtstag hatte. Gefeiert hatten sie die Geburtstage in den letzten Jahren nicht mehr. Es war ein stilles Übereinkommen gewesen, sich nicht mehr an das Fortschreiten der Jahre zu erinnern. Die wachsende Zahl der Geburtsjahre war zugleich auch eine Zahl, die auf der anderen Seite kleiner wurde, weil sie die Distanz zum Sterbedatum verringerte. Insbesondere Elisabeth hatte ab dem fünfzigsten nichts mehr feiern wollen. Jetzt war ihr 63.

Korff nahm einen weißen Glanzkarton, schnitt ihn zur Größe einer Ansichtskarte, malte auf die eine Seite mit Pastellkreide das Panorama von See und Abteikirche, zog auf der anderen die Linien für die Adresse, beschriftete sie, schrieb einen Text in das noch freie Quadrat, klebte eine Marke auf die Karte, wanderte zum Parkplatz am See und warf sie dort in den Briefkasten neben dem Infostand für die Abteibesucher.

81

Ausgerechnet am Tag ihres Geburtstags stand Ärger ins Haus. Sie war gerade im Direktorenzimmer, als das Telefon klingelte. Der Dezernent, Helmut Vogel, war am Apparat.

„Verehrte Frau Kollegin, wie soll ich das verstehen? Sie haben den von mir empfohlenen Referenten ausgeladen und stattdessen diesen Paul Bamm genommen."

Vogels Ton war höflich, aber eisgekühlt.

„Ja, richtig. Ich verspreche mir eine lebhafte Diskussion. Deswegen."

„Aber, aber Frau Korff. Angedacht war eine Veranstaltung zur Konfliktlösung, nicht zur Konfliktverschärfung. Sie haben Bamms Buch gelesen?"

„Aber sicher. Sehr interessant."

„So, so. Das finden Sie also interessant, was dieser Wahnsinnige schreibt. Wenn es nach seinen Thesen ginge, müssten wir unsere Schulen komplett umkrempeln. Der Idiot orientiert sich an den Indianern. Wenn es nach ihm ginge, kämen Reiten, Bogenschießen und Tanzen in den Lehrplan. Und gäbe es bei uns noch Büffel, käme die Büffeljagd dazu. Der ist doch nicht ganz richtig im Kopf."

„So wirkt er auf mich nicht. Die Indianer nimmt er doch nur als Beispiel. Die Schule hat sich nach dem Menschen zu richten und nicht der Mensch nach der Schule."

„Liebe Frau Kollegin, was für ein Unsinn. Wir haben den Unterricht den Erfordernissen der Gesellschaft anzupassen. Wollen Sie das Rad der Entwicklung und des Fortschritts zurückdrehen?"

Elisabeth Ton wurde jetzt auch kühl. „Welcher Fortschritt? Alles wird schnelllebiger, hektischer, unpersönlicher. Die Schüler werden unruhiger, aggressiver, die Kollegen gereizter beziehungsweise krank. Mit Qualitätsmanagement, das nur eine nette Umschreibung für Überprüfung, Druck und Beobachtung ist, sind Sie es, der die Konflikte anheizt. Kaum jemand hält noch bis zur Pensionierung durch. Seit einem Jahr haben wir einen Security-Dienst auf dem Schulhof. Die Eltern werden unverschämter, drohen immer häufiger mit Klagen. Was verstehen Sie denn überhaupt unter Fortschritt? Wohin soll es denn gehen?"

Vogel schwieg ein paar Sekunden. Dann antwortete er: „Über solche Pauschalitäten diskutiere ich nicht mit Ihnen. Sie wirken auf mich selbst etwas angegriffen. Also, Sie laden Bamm wieder aus und den ursprünglich vorgesehenen Referenten wieder ein. Ich habe schon mit ihm gesprochen. Er ist einverstanden. Das ist eine Dienstanweisung, verehrte Frau Kollegin. Ich wünsche Ihnen noch einen angenehmen Tag."

Mit diesen Worten beendete der Dezernent das Gespräch, legte auf.

Elisabeth ließ sich in ihren Bürostuhl zurücksinken, dachte nach. Sie hatte Bamm schon bei den Kollegen angekündigt und die hatten sich gefreut wie überhaupt über den geänderten Charakter des Wochenendes. Wie stand sie da, wenn sie das wieder rückgängig machte? Sicher, sie konnte sich auf die Dienstanweisung des Dezernenten berufen. Befehl war Befehl. Zugleich ärgerte es sie, Handlangerin dieser Anweisung zu sein und den eigenen Vorschlag zurücknehmen zu müssen. Was sollte sie Paul Bamm sagen? „Sie dürfen nicht kommen. Der Dezernent will das nicht."

Bamm in seiner humorig-kauzigen Art würde wahrscheinlich antworten: „Ist mir schon klar. Die Verrückten sitzen halt nicht im Irrenhaus, sondern an den Schaltstellen unserer Gesellschaft."

Und genau mit diesem Kommentar würde sie Bamm recht geben. Denn in Wirklichkeit hatten der Dezernent und das über ihm sitzende Kultusministerium die Konfliktverschärfung herbeigeführt. Was sie mit dem schönen Begriff Qualitätsmanagement bezeichneten, war nichts anderes als eine perfide Beobachtung, Bewertung, Kontrolle. Es war das McDonalds-System der Leistungsolympiade. Die Menschlichkeit, die Freude am Beruf, das Herz ging verloren. Denn wenn sich Kollegen gegenseitig im Unterricht besuchten und bewerteten, verdüsterte sich die Atmosphäre. Weil es zeitgleich ein Wettrennen um Beförderungen gab. Von 15 Bewerbern wurden drei genommen. Wenn man sich gegenseitig im Unterricht besuchte und bewertete, setzten sich die Rücksichtslosen und die Karrieristen durch. Vogel unterstützte das System, weil er seine Ruhe haben wollte. Ihm konnte auf seinem Sessel nichts mehr passieren. Er würde, weit oben angekommen, nicht mehr vor dem europäischen Gerichtshof wegen einer versagten Beförderung klagen. An ihrem Gymnasium aber waren innerhalb des Kollegiums solche Verfahren Tagesordnung. Elisabeth war klug genug, die Perfidität des Systems zu durchschauen. Die Welt der Maschine, über die sie noch vor vierzig Jahren gedacht hatte „hoffentlich nicht!" war Wirklichkeit, Wirksamkeit geworden.

Nein, heute würde sie dem Dezernenten noch nicht zu Kreuze kriechen und Bamm ausladen. Diesen Anruf konnte sie zumindest noch ein paar Tage aufschieben, ihn vielleicht ganz unterlassen. An irgendeinem Punkt musste der Widerstand einsetzen.

Als sie am frühen Freitagnachmittag nach Hause kam und den Briefkasten öffnete, fand sie die Karte aus Maria Laach. Viel stand nicht darauf. Nur: „Herzlichen Glückwunsch zum Geburtstag. Bin mit dem Esel in Maria Laach gelandet."

Sie sah sich die Vorderseite mit der Zeichnung an. Ob Jakob das gemalt hatte? Die Signatur JK fehlte. Das hatte er bei allen früheren Bildern doch stets so gemacht. Bei seinen barocken Entgleisungen sogar mit fettem, dickem Pinselstrich. Und was sollte dieser Ausdruck ‚gelandet'? War er da für länger? Wie kam es überhaupt, dass er in all den Tagen nur bis dorthin gekommen war? Sie hatte ihn schon in Frankreich vermutet. Er musste unendlich getrödelt haben. Oder war mit ihm irgendetwas passiert? War er krank geworden, hatte eine Pause einlegen müssen. Was wollte er ihr jetzt mit dieser Karte sagen? Besuche mich in Maria Laach? Aber warum rief er nicht an? Konnte es sein, dass er sein Handy verloren hatte? Ihre Handynummer und die Nummer des Festnetzes musste er nicht unbedingt im Kopf haben. Einen Eintrag im Telefonbuch gab es nicht. Aber er hätte auf jeden Fall in der Schule anrufen können. Diese Nummer fand sich im Telefonbuch. Also wenn er wirklich gewollt hätte, hätte er einen Weg gefunden. Für sein Schweigen fand sie keine Erklärung. Glaubte er denn immer noch an die im Ärger gesagten Worte „Der Esel oder ich"?

„Nein, nein", sagte sie sich. „Keinen Krieg an zwei Fronten. Der Ärger mit dem Dezernenten ist genug. Wenn Jakob wirklich noch in Maria Laach ist, könnte ich ihn dort finden. Irgendwo am See wird er sein. Vielleicht in einem Hotel, in einer Pension, auf dem Campingplatz. Im Kloster selbst ist er bestimmt nicht. Er eignet sich nicht zum Mönch. Wo sollte er auch den Esel lassen?"

82

Am Samstagmorgen zögerte sie noch, nach Maria Laach zu fahren. Die Wut über Jakob hatte sich gelegt, war einer stillen Resignation und Trauer gewichen. Sie musste auch nicht mehr unbedingt wissen, wo er war. Sie hatte sich nach all den Wochen damit abgefunden, dass sie die Fäden nicht mehr in der Hand hielt. Dann aber fuhr sie doch, um wenigstens vorsichtig Ausschau zu halten. Vielleicht käme es ja zu einer zufälligen Begegnung oder besser: Sie würde ihn sehen, er aber sie nicht. Dann konnte sie immer noch entscheiden, ob ein Wiedersehen, ein Gespräch angebracht war. Auf keinen Fall ging es ihr darum, ihn zur Rede zu stellen oder ihm Vorwürfe zu machen. Dazu war zu viel Zeit vergangen. Die Würfel schienen gefallen zu sein. Eine Rückkehr konnte nur freiwillig sein. Darum zu bitten oder gar zu betteln, war sie zu stolz.

Sie fuhr zweimal um den See, nahm am östlichen Ufer sogar den nur für landwirtschaftliche Fahrzeuge erlaubten Weg. Schließlich hielt sie auf dem Parkplatz des Klosters, fühlte sich sicher, dass Jakob sie in dem Gewimmel der Touristen nicht sogleich entdecken konnte. Sie ging durch die Unterführung, kam an einem Hotel vorbei, am Buchladen und an der Gärtnerei. Hier musste sie schmunzeln. Vor vielen, vielen Jahren war sie mit Jakob dort hinein gegangen. Er hatte sich Jiaugulan gekauft, das Kraut der Unsterblichkeit, wie es auch genannt wurde. Er hatte sich Jahr für Jahr Ableger der Rankpflanze gezogen, sich den Geburtstag einer verflossenen Freundin, die er vor ihr hatte, gemerkt und der Dame Jahr für Jahr ein Töpfchen mit dem Kraut der Unsterblichkeit geschickt. Ob er damit sagen wollte „Ich vergesse dich nie!", ob es medizinische Fürsorge war oder einfach nur eine von Jakobs früheren Schelmereien, wusste sie nicht. Er selbst äußerte sich nicht dazu. Er hatte erst mit dem Verschicken aufgehört, als die Rückmeldung kam. „Danke! Mein Garten ist jetzt voll."

Schließlich stand sie vor der Abteikirche. Sie ging hinein, empfand die Stille des Raumes als wohltuend, wanderte durch die drei Kirchenschiffe der Basilika, stand eine Weile vor der ernst blickenden Marienstatue. Auf dem Rückweg zum

Parkplatz kam sie an dem Buch- und Kunstladen des Klosters vorbei, blieb vor dem Schaufenster stehen, betrachtete die dort ausgelegten Bücher, Ikonen und den Schmuck mit den christlichen Glaubenszeichen. Sie ging hinein, um vielleicht mit einem kleinen Souvenir nach Bonn zurückzukehren. Eine Erinnerung an einen Tag, an dem sie Jakob vergeblich gesucht hatte. Es konnte eine der Kunstkarten sein, vielleicht ein dezenter Schmuck, bei dem nicht gleich das christliche Glaubensbekenntnis ins Auge sprang.

In der Abteilung für die Kunst betrachtete sie die Marienfiguren in verschiedenen Größen, ebenso den Pilgerpatron Jakobus und die Apostelfürsten Petrus und Paulus. Da fiel ihr Blick auf ein Bild an der Wand. Auf dem weißen Kartonstreifen unter dem Gemälde stand ‚Tröstung des Jakobus – Gemälde in Öl, 480 €'. Die Farben waren in einer hellen Abenddämmerung gehalten. Licht und Schatten wirkten geheimnisvoll. Die südländischen Häuser am Fluss sprachen sie mit ihren warmen Farben an. Am merkwürdigsten aber fand sie die Marienfigur. Das Gesicht war so jugendlich gemalt, wie sie selbst vor etwa vierzig Jahren auf Fotos ausgesehen hatte. Es stimmte alles überein. Der Mund, die Augenpartie, die Wellen des bis auf die Schulter fallenden blonden Haares. Sie war erstaunt über den seltsamen Zufall, überlegte, ob sie an einer Projektion oder Einbildung leide, aber eine zumindest annähernde Ähnlichkeit war nicht zu leugnen. „Nun ja", sagte sie sich schließlich, „dieser Typus Frau kommt halt vor. Es hat nichts zu bedeuten."

Lange verweilte sie bei dem Bild. Das Gesicht des Jakobus war hinter vorgehaltenen Händen verborgen. Maria lächelte ihm zu, schien mit ihrer rechten Hand seine Schulter zu berühren, was aber nicht genau zu sehen war. Es konnte eine Berührung sein, vielleicht aber auch nicht.

Sie verspürte den Wunsch, dieses Bild öfter betrachten zu können. Sie würde es in ihrem Arbeitszimmer aufhängen, so dass ihr Blick vom Schreibtisch aus darauf fiel. Ob Jakob, wenn er jemals zurückkäme, beleidigt wäre, dass sie sozusagen ein Fremdwerk statt seiner barocken Phantasien aufgehängt hatte, war ihr egal. Sie ging zur Kasse, fragte, ob sie auch mit ihrer Visacard bezahlen könnte. „Selbstverständlich, ja." Das Bild wurde abgehängt, sorgfältig verpackt. Mit dem Gemälde unter dem Arm ging sie zurück zum Parkplatz und fand ihren Ausflug gar nicht so vergeblich.

83

Das Leben in Bonn-Duisdorf machte ihr immer weniger Freude. Am späten Nachmittag brummten die Generatoren des Ministeriums zu ihrem täglichen Lauf. Die Fensterscheiben im Haus vibrierten. Man probte die Vorsorge eines Cyberangriffs, der die Stromversorgung lahmlegen konnte. Das digitale Zeitalter zeigte seine Fratze. Vor dem Haus donnerten auf der Bundesstraße immer dichter die Lkw's vorbei, um Maut zu sparen. Die Nachbarschaft zu Maihofer war vergiftet. Er hatte einen neuen Versuch gestartet, mit ihr abends auszugehen. Dieses Mal waren es nicht Karten für das Theater, sondern für ein

Schumann-Konzert in der Beethovenhalle. Schon wieder hatte er sie nicht gefragt, wollte einfach über ihre Zeit verfügen. Sie hatte ihn abblitzen lassen, ihm den Hund entzogen. Valeska war zurückgekehrt. Zu ihr brachte sie Susi vor dem Unterricht und holte die Hündin danach wieder ab. Maihofer sprach nicht mehr mit ihr, grüßte sie nicht, wenn es zu einer Begegnung kam. Ein paar Mal sah sie ihn spät abends in der Dunkelheit. Er hatte sich Gummihandschuhe übergestreift und kontrollierte, ob sie die Regeln der Mülltrennung befolgte. Einmal hatte er eine Konservendose aus der schwarzen Tonne gefischt und sie ihr vor die Tür gelegt. Mit dem Zettel: „Die gehört nicht in die schwarze Tonne!" Am nächsten Tag fand sie eine Broschüre im Briefkasten ‚Abfallratgeber 2018'. Handschriftlich hatte er auf dem Deckblatt vermerkt: „Zur Kenntnisnahme und gefälligen Befolgung!" Sie ignorierte Maihofers Aktion, versuchte nicht daran zu denken, aber die atmosphärische Störung belastete doch.

Hinzu kam neuer Ärger mit dem Dezernenten. Nur drei Tage nach dem Telefonat wegen des Referenten rief Vogel wieder an. Und wieder mit dem Ton der eisgekühlten Höflichkeit.

„Verehrte Frau Kollegin, Sie wissen ja, dass wir im nächsten Schuljahr weltanschaulich neutralen Ethikunterricht anbieten müssen. Als präventive Maßnahme gegen Radikalisierung und Fanatisierung. Für Ihre muslimischen Schüler kommt ein Imam in die Schule. Um kommenden Problemen vorzubeugen, bitte ich Sie, das Bild der Edith Stein, das im Atrium hängt, zu entfernen. Der Name der Schule bleibt selbstverständlich erhalten. Aber so offensichtliche religiöse Bekenntnisse

264

dürfen wir uns aus Verfassungsgründen nicht leisten. Deswegen entfernen Sie bitte, bevor es zu einer Klage kommt, das Bild der Nonne mit dem Kreuz."

„Wie bitte?" fragte sie überrascht zurück.

„Habe ich undeutlich gesprochen? Ich denke nicht."

„Nein, nein. Ich habe Sie schon verstanden. Aber das Bild hängt dort seit Gründung der Schule. Als Mahnmal gegen die Gräuel der Nationalsozialisten und der Gestapo."

„Ja, schon. Das ist auch gut so. Aber man hätte ein Bild der früheren Edith Stein nehmen müssen. Ohne Kreuz und Nonnenhabit."

„Aber Sie können das Kreuz doch nicht wegdiskutieren."

„Doch. Es gehört nicht in eine städtische Schule. Wir sind zur Neutralität verpflichtet."

„Das ist vorauseilender Gehorsam. Nein, Unterwerfung."

„Frau Kollegin", Vogels Ton war nun gedehnter und eine Spur schärfer, bedrohlicher. „Bevor ich mit Ihnen wieder eine längere Diskussion beginne, ordne ich das als Dienstmaßnahme an. Denken Sie sich meinetwegen einen Ersatz aus, der unauffälliger ist und keinen Anstoß erregt. Sie befolgen das oder ich muss mir Gedanken machen, ob Sie als Direktorin noch tragbar sind."

Für einen Moment drohte sie die Fassung zu verlieren und zu antworten: „Bamm hat recht. Die Idioten tummeln sich außerhalb der Anstalt." Aber dann beherrschte sie sich und sagte: „Ich werde darüber nachdenken."

„Da gibt es nichts nachzudenken. Das ist eine Dienstanweisung. Ich wünsche Ihnen noch einen angenehmen Tag." Damit legte er auf.

84

Lange verweilte ihr Blick, als sie am Nachmittag nach Hause kam, auf der ‚Tröstung des Jakobus'. Trost hätte sie jetzt auch gerne gehabt. Der Konflikt mit dem Dezernenten war eskaliert. Warum um Himmels Willen sollte sie jetzt ein Bild abhängen, das schon seit der Gründung der Schule im Atrium zu sehen war? Noch hatte niemand dagegen geklagt. Aber Vogel, wie es seine Art war, wollte kommende Probleme vermeiden. Vielleicht wollte er sie auch nur ärgern, ihren Gehorsam auf die Probe stellen. Ein anderes Bild der Edith Stein aufzuhängen, ein Bild aus den Tagen, als sie noch nicht den Ordensnamen Teresia Benedicta a Cruce trug, war kompletter Unsinn. Elisabeth Korff war nicht unbedingt religiös, aber diese Maßnahme ging zu weit, war verletzend. Vogel hatte nicht genug nachgedacht. Das Bild eines Holocaust-Opfers abzuhängen, konnte auf jüdischer Seite einen Sturm der Entrüstung hervorrufen. Das Bild würde sie nicht abhängen. Hier setzte der Ungehorsam, der Widerstand ein. Auch den Referenten Paul Bamm würde sie nicht ausladen. Auf diese Facette der Weigerung kam es nicht mehr an.

Sie hatte in Maria Laach nicht nach dem Ursprung des Jakobus-Gemäldes gefragt, war davon ausgegangen, dass es in der

Künstlerwerkstatt des Klosters entstanden war. Deswegen hatte sie auch nicht auf eine Signatur geachtet. Die Mönche waren bescheiden. Entweder war die Signatur unauffällig oder fehlte ganz. Jetzt aber ging sie näher an das Bild heran, begann zu suchen. Unten rechts, in den Zweigen des Dornbuschs schienen ihr zwei kleine Buchstaben versteckt zu sein ähnlich wie bei einem Suchrätsel. Aus der Schublade ihres Schreibtisches holte sie eine Lupe, um die Chiffren näher zu betrachten. Was da zwischen den Zweigen in gleicher Farbe verborgen war, enthüllte sich unter der Vergrößerung tatsächlich als zwei nicht zu den Zweigen gehörende Buchstaben. Dass ausgerechnet JK zu lesen war, wollte sie zunächst kaum glauben, war sich unsicher, ob das J wirklich ein J war und nicht ein I. Das K aber war eindeutig. War es tatsächlich Jakobs Signatur, dann erklärte sich bei der Marienfigur auch die Ähnlichkeit mit ihrem Gesicht.

Diese Entdeckung verblüffte sie. Wie war es möglich, dass Jakob solch ein Bild gemalt hatte? Wo und wann? Unter welchen Umständen? Aber es konnte auch alles ganz anders sein. Hinter der Signatur JK musste nicht unbedingt Jakob stecken. Es gab viele Namensmöglichkeiten mit diesem Kürzel. Sie war erstaunt, verwundert, verunsichert. Sie würde noch einmal nach Maria Laach fahren und in dem Buchladen nachfragen. Die mussten doch wissen, wer das Bild gemalt hatte und woher es kam.

Am nächsten Tag verließ sie die Schule ungewöhnlich früh, fuhr nach Maria Laach. Im Buchladen fragte sie an der Kasse, wer der Künstler des Bildes sei, das sie vor ein paar Tagen gekauft hatte. Sie hätte vergessen, danach zu fragen.

„Das weiß ich leider nicht", bekam sie von der Kassiererin als Antwort. „Aber ich rufe gerne die Geschäftsführerin. Sie wird es wissen."

Fünf Minuten später wusste es auch Elisabeth Korff. „Das Bild ist von unserem Hofmaler Jakob Korff."

„Wo könnte ich ihn treffen? Ich möchte mich für dieses außergewöhnlich schöne Bild bedanken."

„Er wohnt auf dem Gutshof des Klosters, in dem Fachwerkhäuschen. Da hat er sein Atelier. Er wird sich über das Lob freuen."

85

Langsam ging sie vom Buchladen Richtung Abteikirche. Sie war noch unentschlossen, ob sie Jakob jetzt schon auf dem Gutshof treffen sollte. Die Überraschung wegen des Bildes beschäftigte sie noch wie ein verwirrendes Erlebnis, über das sie erst nachdenken musste. Dass sie, ohne es zu wissen, ausgerechnet sein Gemälde gekauft hatte! Fügung, Schicksal oder Zufall. Was war es?

An der Mauer, die sich um den Vorplatz der Basilika zog, bemerkte sie eine Gedenktafel zwischen den Steinen. Sie ging darauf zu, blieb stehen. Auf dem Relief war Edith Stein abgebildet mit dem Datum für Geburt und Tod. 12. Oktober 1891 in Breslau – 9. August 1942 im KZ Auschwitz-Birkenau.

Sie kehrte um, ging zurück zum Parkplatz, fuhr nach Hause. Hier saß sie lange in ihrem

Arbeitszimmer, überlegte. Dann stand ihr Entschluss fest. Sie verfasste ein Schreiben, das sie morgen Frau Hövel geben würde, damit die es auf dem Dienstweg zum Dezernenten schickte.

Am nächsten Tag bat sie das Kollegium um eine Dienstbesprechung in der ersten großen Pause.

„Ich will es kurz machen", begann sie. „Der Dezernent hat mich angewiesen, dem besonderen Namen unserer Schule einen Gedenktag zu geben. Wir sollten uns immer bewusst sein, dass Widerstand gerade in unserer freiheitlich liberalen Demokratie nicht aus dem Blick kommen darf. Dieser Gedenktag sollte nicht in die Ferien fallen, etwa in die Herbst- oder Sommerferien. Dann hätte er keine Wirkung. Ich habe dem Dezernenten heute vorgeschlagen, das Gedenken an die Philosophin und Frauenrechtlerin in den Mai zu verlegen, natürlich an einem Schultag. Wir treffen uns an diesem Tag um acht Uhr in der Aula zu einer kleinen Feier. Danach ist schulfrei, so dass jeder dieses Gedenken ohne durch Unterricht abgelenkt zu werden, mit nach Hause nehmen kann. Den genauen Termin erfahren Sie auf der nächsten Konferenz beziehungsweise an unserem Wochenende in Altenahr. Ich werde mich dort bemühen, Paul Bamm für unseren ersten Gedenktag als vortragenden Referenten zu gewinnen. Danke, das war's für heute auch schon."

Das Kollegium hatte still und erstaunt zugehört. Das war etwas ganz Neues, dass es für so etwas schulfrei geben sollte. Normalerweise lief der Hase andersherum. Da wurde keine Gelegenheit ausgelassen, um die Schraube der Leistung mehr und mehr anzuziehen. Arbeitszeiten hatten sich verlängert, Ferien verkürzt. Man musste stets erreichbar sein, auf dem Smartphone, per SMS oder Email, und es konnte einen auch in den Ferien erwischen, wenn man in Spanien auf der Toilette saß.

Bevor das Gemurmel allzu laut wurde und bevor es erste Fragen oder Zweifel gab, eilte sie ins Sekretariat zurück. „Sie haben den Brief an Vogel schon abgeschickt?" fragte sie Frau Hövel.

„Ja, der ist unterwegs."

„Gut. Wenn er nach dem Bild unten im Atrium fragt, sagen Sie ihm, ich hätte die Anweisung gegeben, er soll es selbst abhängen. Macht er das oder schickt er jemanden, fotografieren Sie bitte diese Aktion. Das Foto schicken Sie mir per Email-Anhang. Ich leite es an die Presse weiter."

Susanne Hövel sah sie verblüfft an. „Was ist denn bloß los?" fragte sie.

„Kommen Sie mit in mein Zimmer", antwortete Elisabeth Korff. „Dort sind wir ungestört. Wir trinken eine Tasse Kaffee und ich erzähle Ihnen die Geschichte. Schließen Sie das Sekretariat ab."

86

Jakob Korff schlenderte an diesem Vormittag zum Buch- und Kunstladen des Klosters. Er hatte eins der neu entstandenen Panoramabilder gerahmt. Den Preis sollte die Geschäftsführerin festlegen. Die Panoramamotive musste er nicht mehr dem Novizenmeister oder dem Abt vorlegen. Nur bei den religiösen Themen hatten sie noch um einen Blick auf das Bild gebeten.

„Die Dame hat sie schon besucht?" wollte die Geschäftsführerin wissen.

„Welche Dame?" fragte Korff erstaunt zurück.

„Na, die Ihr Gemälde gekauft hat. Die ‚Tröstung des Jakobus'. Sie war begeistert und wollte dem Künstler persönlich danken. Da habe ich ihr gesagt, wo Sie Ihr Atelier haben."

„Bis jetzt war niemand da. Aber schön, dass das Bild so rasch verkauft worden ist."

„Ja, am Samstag. Gestern, am Montag, war sie noch einmal hier. Eine blonde Frau mit einem schwarzen Labrador."

Die Geschäftsführerin lächelte, hob den Zeigefinger. „Passen Sie auf, Herr Korff. Die Dame ist recht attraktiv."

„So, so. Wie alt ist sie denn, wenn ich das so nebenbei fragen darf? Wer interessiert sich schon für einen in die Jahre gekommenen Maler?"

„Sagen Sie das nicht. Sie könnte Ihr Jahrgang sein, vielleicht auch etwas jünger."

Korff schüttelte den Kopf. „Nein, bei mir war niemand. Ich bin auch keiner Frau mit einem schwarzen Hund begegnet. Sie wird das nur so gesagt haben."

„Glaube ich nicht. Sie ist ja extra noch einmal gekommen. Aber merkwürdig. Ich habe ihr genau den Weg zum Gut beschrieben und auch das Fachwerkhäuschen mit dem Atelier unten. Verlaufen kann man sich da nicht."

„Sie wissen, woher sie kommt?"

„Nein, hat sie nicht gesagt. Auch keinen Namen genannt. Ich könnte die Abrechnungen nachsehen. Aber das dauert etwas."

„Ach was!" Korff winkte ab. „Ist nicht so wichtig. Ich hatte da nur für eine Sekunde eine

verrückte Idee. Aber erstens lässt sich die Signatur
kaum entdecken und zweitens entspricht das Bild
nicht ihrem Geschmack. Außerdem hat die Dame,
an die ich gedacht habe, keinen Hund und blond ist
sie auch nicht."

„Sie hatten also eine Ahnung, wer es gewesen
sein könnte?"

„Überhaupt nicht. Das wäre der verrückteste
Zufall meines Lebens. Vergessen Sie die
Geschichte! Wahrscheinlich ist die Frau tatsächlich
auf den Gutshof gekommen, hat einen heimlichen
Blick von draußen durch das Atelierfenster
geworfen, hat mich gesehen und ist direkt wieder
umgekehrt, hat sich gedacht: ‚Den will ich lieber
doch nicht kennenlernen!' Das ist die wohl
einfachste Erklärung."

87

Eine wohltuende Ruhe war über Elisabeth
gekommen. Sie saß am Abend mit einem Glas Wein
in ihrem Arbeitszimmer, betrachtete die ‚Tröstung
des Jakobus'. Dass er so etwas malen konnte!
Warum nur hatte er die ganzen Jahre nichts getan,
war immer lethargischer geworden? Ob ihm der
Beruf die Kreativität geraubt hatte? War die
Arbeitswelt wie Treibsand, in dem man versank,
die Freude am schöpferischen Schaffen verlor?
Hatte sie selbst dazu beigetragen, ihn zu wenig
unterstützt? Von seinen barock ausschweifenden
Motiven hatte sie wenig gehalten. Wo war das
großformatige Bild ‚Wachet auf' eigentlich.
Irgendwann, viele Jahre war das her, hatte sie

bemerkt, dass er es abgehängt hatte. Hatte er es vernichtet? War es auf dem Sperrmüll gelandet? Stand es in irgendeiner Kellerecke?

Sie verließ ihr Arbeitszimmer, ging die Treppe hinunter in den Keller, ging in den Abstellraum, wo all die Dinge waren, die sie nicht mehr brauchten und von denen manchmal etwas nach draußen gestellt wurde, wenn es einen Termin für die Sperrgutabfuhr gab.

Hinter einem Stapel ausgedienter Teppich lugte an der Wand ein Rahmen hervor. Das konnte es sein. Sie zog die Teppiche beiseite und tatsächlich, da erschien, von einer leichten Staubschicht bedeckt, das Bild.

Die Farben waren nicht mehr ganz so kräftig, der Rahmen etwas schief geworden. Ihr Blick wanderte über das Motiv. Über die Frau im roten Bikini, den Mann mit den schwarz-weiß gestreiften Badeshorts. Kopf an Kopf lagen sie im rechten Winkel schlafend auf einem Flecken Sand, der, als sei er unter Wasser, von sich schlängelnden Algenbüscheln umrahmt war. Spielkarten lagen zwischen den beiden im Sand. Ein paar Karten wirbelten schon durch die Luft. Der Himmel über den Beiden war schwarz, mit böse dräuenden Wolkenballen, aus denen sich der Schlauch eines Tornados löste. Die Gesichter von Mann und Frau zeigten eine feiste Zufriedenheit im Schlaf, eine Sättigung, über der sich von den Beiden unbemerkt das Unheil zusammenbraute. Auch diesem Bild konnte man eine gewisse Genialität nicht absprechen. Auch wenn es ihr nicht gefallen hatte. Aber das mochte vor allem daran liegen, dass er die Frau so üppig und lüstern gestaltet hatte. Ihr Urteil über das Gemälde war nicht besonders anerkennend gewesen. Wahrscheinlich, weil sie ihm unterstellt hatte, er hätte sie mit der Frau gemeint. In Wirklichkeit war die Botschaft anders. Wachet auf aus eurem langweiligen und genusssüchtigen Leben, wo nur das Fressen und das Vergnügen gilt. Sonst kommt die Katastrophe. Seht genau hin! Über euren Köpfen braut sich ein Tornado zusammen. Er kommt näher. Ihr aber schlaft. Jakob hatte auf seine Weise die Geschichte von Sodom und Gomorrha erzählt.

Mit einem Tuch staubte sie Leinwand und Rahmen ab, schaffte das Bild nach oben, stellte es in den Flur. Wo sie es aufhängen würde, wusste sie noch nicht. Auf jeden Fall aber gehörte es nicht mehr in den Keller.

Sie ging zurück in ihr Arbeitszimmer, las noch einmal die Kopie ihres Briefes an den Dezernenten. Sie hatte ihm geschrieben, dass sie das Bild im Atrium der Schule nicht abhängen würde. Es sei nicht mit ihrem Gewissen vereinbar. Sie hatte ihm auch mitgeteilt, dass sie einen Gedenktag einführen wollte mit schulfrei nach der morgendlichen Feier in der Aula. Es war ihr klar, dass Vogel darüber toben würde. Ebenso, wenn er von Susanne Hövel zu hören bekäme, er solle das Bild gefälligst selbst abhängen. Das war der pure Ungehorsam, den er nicht hinnehmen konnte. Deshalb hatte sie ihn zum Schluss des Schreibens gebeten, sie, wie es ja auf Wunsch möglich war, statt mit 65 mit 63 Jahren in die Pension zu entlassen. Vogel, wie sie ihn kannte, würde erleichtert sein, sie loszuwerden.

88

Korff empfand das Fachwerkhäuschen als ein Juwel. Mit drei Zimmern, einer Küche und einem Bad hatte er Raum genug. Das zum Hof gelegene Zimmer hatte er als Atelier eingerichtet. Ein weiteres diente als Wohnzimmer, das kleinste als Schlafzimmer. Hier stand ein altes Bauernbett mit Baldachin. Er hatte alles so belassen, sah keinen Grund, sich neu einzurichten. Nur ein paar Möbel hatte er umgeräumt, um Platz für sein Atelier zu gewinnen. Dann gab es noch ein Bad und eine Küche, die einem Bauernmuseum Ehre eingelegt hätte. Neben einem holzbefeuerten Herd gab es einen Kamin, der durch eine gusseiserne Takenplatte mit dem Wohnzimmer in Verbindung stand. Früher hatte man über dem Kamin gekocht. Die Takenplatte leitete die Hitze in den Wohnraum weiter. Ein sinnvolles, ökologisches System. Dann war als Luxus der Herd hinzugekommen. Korff benutzte ihn allerdings nicht. Eine elektrische Kochplatte mit zwei Feldern reichte ihm, ebenso wie die einfache Kaffeemaschine, die ab fünf Uhr morgens in Betrieb war.

Er hatte sich eine Tagesstruktur angeeignet, die der Kunst bekömmlich war, dem straff organisierten Rhythmus der Mönche aber keineswegs entsprach. Es störte niemanden. Der Gutshof war sozusagen der weltliche Teil des Klosterbesitzes. Um fünf Uhr morgens stand er auf, warf die Kaffeemaschine an, drehte sich eine Zigarette, trat mit einer ersten Tasse Kaffee nach hinten heraus auf eine kleine Terrasse, die zum Haus gehörte. Von hier blickte er auf einen kleinen Kräutergarten mit einem Schuppen, in dem Holz gelagert war. Dahinter dehnten sich in südwestlicher Richtung Wiesen und bewaldetes Hügelland. In der morgendlichen Dunkelheit stand er auf der Terrasse, blickte bei klarem Himmel zu den Sternen, die langsam zu verblassen begannen. Tauchten die ersten Streifen des Sonnenlichtes auf, erhob sich ringsum ein Vogelkonzert, das den neuen Tag begrüßte. In dieser Stimmung überlegte Korff, wie er das neue Bild gestalten konnte, bevor er dann im Tageslicht ans Werk ging und sich vor die Leinwand stellte. Er arbeitete bis mittags im Atelier. Manchmal stellte er die Staffelei auch nach draußen auf den Hof.

Bei der Arbeit am Jakobus-Zyklus hatte es ihm besonders die rätselhafte Königin Lupa angetan, und er versuchte, eine Vorstellung von ihr zu gewinnen. Der Novizenmeister hatte ihn mit Lektüre aus der Klosterbibliothek versorgt und so kannte Korff die Motive der Legende. Wie aber sah eine keltische Königin aus, die den bezeichnenden Namen Lupa, Wölfin, trug und den Jüngern des Jakobus anfangs nachstellte, dann aber zur glühenden Verehrerin wurde? Laut einer alten galicischen Sage konnte sie sich in einen schwarzen Wolf verwandeln. Wie nur fing man die Legende bildhaft ein? Überhaupt war das so eine Sache mit der Jakobus-Geschichte. Ging man rational heran, war sie in den Bereich des Märchens zu verweisen. Wie sollte das gehen? 44 nach Christus war der Apostel Jakobus in Jerusalem enthauptet worden. Im 9. Jahrhundert entdeckte man dann sein Grab in Nordwestspanien, nannte den Ort Santiago de Compostela.

Korff hatte öfter mit dem Novizenmeister darüber gesprochen. Der hatte gemeint: „Warum soll es nicht stimmen? Spanien war unter römischer Herrschaft. Petrus und Paulus haben in Italien missioniert. Jakobus in Spanien. Es war Brauch, die Apostel dort zu bestatten, wo sie gewirkt hatten. Die Apostel selbst hatten Jünger. Die Jünger des Jakobus haben seinen Leichnam nach Nordwestspanien gebracht. Mit dem Schiff sind sie in Iria Flavia, unweit von Santiago gelandet. Ich weiß natürlich: der Verstand zweifelt, den Historikern fehlen die Beweise. Aber gibt es nicht viele Dinge zwischen Himmel und Erde, die sich mit dem Verstand nicht erklären lassen?"

Korff gab ihm recht. Es gab tatsächlich vieles, was sich nicht erklären ließ. Und so ließ er sich die Anteilnahme an diesen Legenden und ihrer Darstellung nicht nehmen. Zumal er spürte, für diese Geschichten genau am richtigen Ort zu sein. Die Rationalität, die man draußen im normalen Berufsleben brauchte und um die sich alles drehte, verblasste, wich einer kindlichen Freude am Gestalten wundersamer Ereignisse. Manchmal dachte er auch über Marienwunder nach. Warum sollte es diese Erscheinungen nicht gegeben haben? In Lourdes, in Fatima und an anderen Orten. Was sich mit dem Verstand nicht erklären ließ, konnte dennoch existieren. Hätte man jemandem vor der Erfindung des Fernsehens gesagt: Du brauchst dich gar nicht an einen weit entfernten Ort zu bemühen, ich übertrage dir die Bilder ins Wohnzimmer, man hätte den Vogel gezeigt bekommen und wäre für verrückt erklärt worden. So mochte es also zwischen Himmel und Erde Dinge geben, die sich dem menschlichen Verstand entzogen. Und manches lag jenseits eines lösbaren Rätsels im Bereich des Mysteriums und würde nie erklärt werden können. Mit dieser Einstellung, die zwischen Glauben und Zweifel lag, zwischen Ungewissheit und Wagnis, gab Korff sich zufrieden.

Was für die Erfahrung möglich war und ihn immer mehr lockte, war, sich an die Orte zu begeben, die in seinen Werken vorkamen und vorkommen sollten, damit er eine noch größere bildhafte Vorstellung bekäme. Und so wuchs in ihm der Wunsch, sich selber auf den Jakobsweg zu begeben. Aber alleine verspürte er wenig Lust dazu. Zwar war das Wandern mit Coco angenehm gewesen, hatte sogar menschliche Gesellschaft ersetzt, aber er konnte die Eselin kaum mit nach Santiago nehmen. Wie sollte sie ohne große Kosten und Strapazen zurückkommen? Das war ihr nicht zuzumuten. Mit ihr konnte er vielleicht noch bis Trier gehen, dann würde Kessenich sie mit dem Anhänger abholen und zurückbringen. Das war möglich und würde der Eselin nicht zu viel abverlangen. Der Gedanke, sich auf den Jakobsweg zu begeben, ging ihm nicht mehr aus dem Kopf.

89

Den Fernseher im Wohnzimmer hatte Korff mit einem Tischtuch verhängt. Ihm war die Lust an den Nachrichten vergangen ebenso wie das Anschauen irgendwelcher Filme, die man am nächsten Tag schon wieder vergessen hatte. Stattdessen saß oder lag er abends auf einem Sofa, las in einem der Bücher, die er sich aus der Bibliothek des Gästehauses ausgeliehen hatte.

An Vereinsamung litt er nicht. Mit dem Novizenmeister sprach er täglich. Meistens hörte er zu, wenn Bruder Daniel sorgsam die Worte abwog, sich mit der Zunge über die Lippen strich, als wolle er das Gesagte abschmecken und erst prüfen, ob er es in die Welt entlassen durfte. So sprach er zum Beispiel über Marienwunder und sagte: „Oh ja, dem menschlichen Verstand scheint es unmöglich, aber glaube mir, mein Lieber, die Kirche hat es sich nicht leicht gemacht mit der Überprüfung. Nimm zum Beispiel Fatima. Wie sollen sich dreißigtausend Menschen irren, wenn sie alle übereinstimmend gesehen haben, wie bei der Erscheinung die Sonne tanzte. Kannst du mir das erklären?"

„Nein", antwortete Korff. „Wie denn?"

An manchen Abenden saß er auch draußen auf dem Hof mit Kessenich zusammen. Sie tranken ein Glas Wein, unterhielten sich über Alltägliches. Der Gutsverwalter war ein eher praktischer Mensch, der fromm sein mochte, aber nie darüber sprach. Seine Sorge war das Wetter, die Ernte, die Tiere, die Reparaturen an Maschinen, Zäunen, Stallungen, die täglichen Inspektionen der Felder und Obstplantagen, der Kampf gegen Schädlinge und zuweilen hatte er auch Kummer mit dem Personal, wenn wieder einmal einer der landwirtschaftlichen Helfer den Job hingeschmissen hatte. Dann musste er bei der Agrarbörse nach Ersatz suchen. Korff hatte ihm einmal Mithilfe angeboten, aber Kessenich hatte abgewunken. „Nein, nein, du kümmerst dich um die Esel. Das reicht. Du hast andere Aufgaben."

Kessenich lebte allein. Die Frau war ihm vor drei Jahren gestorben. Nach einer neuen stand ihm nicht der Sinn. „Das ist für mich mit 64 Jahren vorbei. Mit dem Hof habe ich genug zu tun. Da stürze ich mich nicht mehr in so ein Abenteuer. Wozu auch? Kinder habe ich fünf in die Welt gesetzt. Die schauen an den Weihnachtstagen mal vorbei, haben ansonsten ihr eigenes Leben und mit der Landwirtschaft nichts am Hut."

So etwas wie ‚Bauer sucht Frau' kam Kessenich nicht in den Sinn. Aber Korff dürfe das natürlich anders halten, wenn ihm das Fachwerkhäuschen nicht zu klein sei. Der Gutsverwalter kannte die Geschichte mit Elisabeth und hatte gemeint:

„Vierzig Jahre wirft man nicht weg. Da lässt sich doch was draus machen. Du bist zwar jetzt einen eigenen Weg gegangen, den wirst du auch kaum aufgeben wollen. Irgendetwas wird aber möglich sein. Fahr doch mit dem Traktor nach Bonn und besuche sie. Mit einem Esel bist du abgehauen. Mit einem Traktor kommst du zurück. Da wundert sie sich, wenn der auf einmal vor eurer Garage steht. Fahren kannst du doch. Du hältst zwar den Straßenverkehr auf, setzt aber einen anderen in Gang. Käme es nicht auf einen Versuch an?"

Korff fand die Idee gar nicht so schlecht. Das war auf jeden Fall besser, als sich telefonisch die Leviten lesen zu lassen oder sich sogar, was er befürchtete, eine Abfuhr zu holen. Elisabeth hatte ihren Stolz. Vielleicht hatte sie sich schon auf eine andere Beziehung eingelassen. In sechs Wochen konnte viel passieren. Vielleicht hatte jemand nur darauf gewartet, dass er sich verabschiedete. Maihofer zum Beispiel. Oder irgendeiner von den Schulkollegen. Elisabeth war attraktiv. Sie konnte an jeder Ecke Ersatz für ihn finden. Aber mit dem Traktor von Maria Laach nach Bonn?

„Ich werde es mir überlegen", meinte er zu Kessenichs Vorschlag. „Wenn sie vor Verwunderung zunächst sprachlos ist, ist schon viel gewonnen."

90

Einmal in der Woche wanderte Korff mit Coco ein paar Kilometer nach Mendig, um dort in einem Supermarkt einzukaufen. Parallel zur Landstraße ging es auf einem Wanderweg an Weideflächen und Parzellen mit knorrigen Apfelbäumen vorbei. Hier begann an einem der Tage, an einem späten Nachmittag, eine der seltsamsten Freundschaften, die er je erlebt hatte.

Als er auf dem Weg nach Mendig an einer der Parzellen vorbeikam, hörte er plötzlich von oben den Zuruf „Disteln oder Goldbarren?"

Verwundert hielt er Coco an, blickte um sich und erspähte schließlich auf dem schmalen Balkon eines Baumhauses einen Mann, der ihm zuwinkte. Der Kerl sah merkwürdig aus. Er war dürr wie eine Bohnenstange. Um das hagere, faltige Gesicht wucherten lange, rote Locken. Ein dichter gekräuselter, ebenso roter Bart hing bis auf die Brust. Pullover und Jeans waren zerschlissen, als hätte er sie ein Leben lang ununterbrochen getragen. Korff blieb am Zaun stehen, wartete ab, ob eine Erklärung käme. Die aber kam nicht. Statt dessen stieg der Kerl selber die Sprossen einer Leiter herunter, näherte sich gemächlich dem Zaun, blieb lächelnd vor Korff stehen und sagte: „Ein schöner Esel. Der weiß, was er will."

Er ergriff Korffs Hand, schüttelte sie mit den Worten: „Ich darf mich vorstellen. Hans Georg Schellenberg. Sie haben gewiss schon von mir gehört. Man nennt mich auch den Heraklit von Mendig."

„Nein", antwortete Korff. „Wusste ich nicht. Hätte ich es wissen sollen?"

„Nicht unbedingt. Dann sind Sie neu in der Gegend und kennen die lokalen Zeitungen noch nicht. Aber ich habe Sie hier schon ein paar Mal entlang wandern sehen. Sieht man ja nicht alle Tage, dass jemand mit dem Esel einkaufen geht. So ist es doch oder?"

„Ja", bestätigte Korff. „Einmal die Woche."

„Wo denn? Netto, Aldi, Rewe?"

„Aldi."

„Wunderbar. Dann gehen Sie doch dieses Mal bitte zum Intermarkt. Ist in Nähe des Bahnhofs. Die haben alles und die haben auch eine russische Abteilung mit dem besten Wodka, den es gibt. Beluga, mit reinstem Quellwasser aus Sibirien. Ist nicht so billig wie der bei Aldi oder Netto. Seien Sie so lieb und bringen Sie mir eine Flasche mit. Wenn Sie zurückkommen, trinken wir zusammen ein Gläschen. Dann sage ich Ihnen auch, was das bedeutet. Disteln oder Goldbarren? Die Philosophie hat ihren Preis. Ich lebe davon, Wanderer mit Weisheiten zu beglücken. Ich würde mich freuen, Sie wiederzusehen."

Kaum hatte er das gesagt, drehte er sich um, stapfte auf den Apfelbaum zu, kletterte die Sprossen hoch und verschwand in dem Häuschen, als sei er nie unten gewesen.

Korff sah der Erscheinung nach, nahm den Hut ab, runzelte die Stirn, strich sich mit der Hand über den kahl geschorenen Kopf, setzte den Hut wieder auf.

„Warum nicht?" sagte er schließlich. „Erfüllen wir ihm seinen Wunsch. Mal sehen, was daraus wird. Disteln oder Goldbarren? Ein seltsamer Kerl. Ein verrückter Säufer?"

91

Der verrückte Säufer schien Geschmack zu haben und das Edelste zu bevorzugen. Der Beluga-Wodka kostete 29 Euro. Eine Weile überlegte Korff, zögerte. Aber dann überwog die Neugierde. Eine solche Ausgabe würde er nicht täglich haben. Disteln oder Goldbarren? Bezog sich das etwa auf den Wodka? Die billigen Destillate waren die Disteln. Das mit sibirischem Quellwasser Gebraute der Goldbarren. Er würde es sehen. Auf jeden Fall war die Begegnung mit dem Baumvogel eine interessante Abwechslung.

Als er auf dem Rückweg an dem Apfelbaum vorbeikam, stand der Hagere schon auf dem Balkon, winkte, kletterte die Leiter herunter, kam an den Zaun, bedeutete Korff, sich mit dem Esel zu einem Gatter zu begeben, das er öffnete. Er bat ihn, mit Coco hereinzukommen.

„Und?" fragte er. „Sie haben es gefunden?"

„Ja. Scheint ein sehr edles Tröpfchen zu sein."

„Sagte ich doch." Er schloss das Gatter. „Lassen Sie Ihren Esel hier frei herumlaufen. Kommen Sie!"

Korff befreite Coco von Halfter und Satteltaschen, packte den Beluga-Wodka aus, reichte dem Rothaarigen die Flasche.

Der sagte „Danke!", schritt dann vor Korff zügig auf das Baumhaus zu.

Jakob konnte es jetzt aus der Nähe betrachten. Die Plattform war in der weit ausladenden Gabel eines knorrigen Apfelbaums mit Balken und Bohlen verankert, die durch Querstreben abgestützt wurden. Der schmale Balkon hatte ein Geländer aus Latten und Sprossen, die an Pfosten genagelt oder geschraubt waren. Das Häuschen, das auf der Plattform ruhte, war ein besonderes Kunststück. Es hatte ein mit Holzschindeln belegtes Giebeldach, eine Tür, durch die man aufrecht würde gehen können. Direkt neben der Tür sorgten zwei Glasfenster für Licht. In seiner Form ähnelte es einem Wetterhäuschen, wie man es aus dem Schwarzwald kannte, wo bei trockener Luft die Frau herauskam und bei feuchter der Mann. Korff schätzte die Wohnfläche auf acht oder höchstens zehn Quadratmeter. Zum Sitzen oder Schlafen würde es gerade ausreichen. Unter dem Baumhaus, etwa einen Meter vom Stamm entfernt, thronte auf einer Palette ein Wassertank.

Korff kletterte die Leiter hinter dem Mann hoch, betrat vorsichtig den Balkon. Die Bohlen waren stabil. Da knarrte oder schwankte nichts. Als er durch die Tür, wobei er den Kopf nur ein wenig einziehen musste, in das Innere des Baumhauses kam, war er von der einladenden Gemütlichkeit überrascht. Den Boden bedeckte ein dunkelroter Teppich mit Ornamenten, wie er sie auf einer der Reisen mit Elisabeth in Nepal gesehen hatte. An der linken Seitenwand war ein Klappbett verschraubt, an der gegenüber liegenden stand ein kleiner, runder Tisch, der aus kostbarem Mahagoniholz zu sein schien. Zwei mit Brokat überzogene Stühle waren dort dicht herangeschoben. An der Rückwand des Baumhauses waren schmale Bretter zu einem Regal verschraubt. Wie er auf den ersten Blick ausmachte, standen Bücher dort, Gläser, Tassen, ein paar Teller, ein Topf, ein Campingkocher und eine Autobatterie, von der ein Kabel zu einer Deckenlampe lief, einem blauweißen Japanballon.

„Wundern Sie sich nicht", sagte der Rothaarige. „Ich wohne hier tatsächlich. Den Briefkasten kann ich mir allerdings sparen. Ja, ja, das Rad der Fortuna."

92

Korff war kein Wodkatrinker. Gelegentlich mal, ja. Jetzt wunderte er sich über den angenehm milden Geschmack, der geschmeidig den Gaumen kitzelte und mit einem feinen Hauch von Sahne und weißem Pfeffer daherkam. Das war wahrhaftig kein billiger Fusel, sondern ein besonders edler Tropfen. Und genauso exquisit war auch die Geschichte, die er sich jetzt anhörte.

Hans Georg Schellenberg hatte im Luxus gelebt, war reich geworden durch den Verleih von Baumaschinen. Bagger, Kräne, Hebebühnen, einen Lkw-Park. Das Unternehmen, das in einem Eifel-Städtchen seinen Sitz hatte, hatte er von den Eltern übernommen und weiter ausgebaut.

Baumaschinen-Schellenberg, BMS, war überregional bekannt. Bis eben vor drei Jahren jener Tag kam, als er ein riesiges Grundstück kaufte, um selber auch Bauunternehmer zu werden. Bei den

Ausschachtungen aber entpuppte sich das Gelände als eine vergessene Mülldeponie. Kredite platzten. Ein Verfahren, wer für die Entsorgung verantwortlich war, lief immer noch und schleppte sich durch die Gerichte. Die Anwaltskosten stiegen in eine astronomische Höhe. Am Ende stand die Insolvenz, die Auflösung des Unternehmens. Die eigene Villa kam unter den Hammer. Die Frau, die einmal die schönste des Mittelrheins war, lief weg. Nichts mehr blieb. Bis auf die Gnade, sich auf einer Parzelle seines jüngeren Bruders ein Baumhaus bauen zu dürfen. Schellenberg war 52, zum Sozialamt wollte er nicht gehen, ein neues Unternehmen konnte er nicht gründen und wollte es auch nicht.

„Man steigt nicht zweimal in denselben Fluss", sagte er. „Von einem Baumhaus habe ich schon als Kind geträumt, aber es nicht bekommen. Jetzt habe ich es."

Am Anfang der Erzählungen überlegte Korff noch, ob er es mit einem Prahlhans oder Aufschneider zu tun hatte. Aber dazu war die ganze Geschichte zu detailgetreu und kenntnisreich. Das konnte man nicht erfinden. Das war aus dem Buch des Lebens.

Nach dem ersten Glas Beluga und dem Anstoßen, waren sie zum ‚Du' übergegangen.

„Weißt du", begann Schellenberg seinen Bericht, „wenn ich früher in meine Stammkneipe kam, wurde sofort herumtelefoniert. ‚HGS ist da!' Dann kamen fünfzig Freunde und tranken mit. Bezahlt habe natürlich ich. Wo sind die Freunde jetzt? Weg! Kein einziger kennt mich noch. Und die Frau? Wie stolz war ich! Eine Weinkönigin vom Mittelrhein. Laura. Eine Schönheit. Als sei die Loreley vom

Felsen gestiegen. Zwanzig Jahre jünger. Sie hat alles von mir bekommen, was sie sich nur wünschte. Auch Dinge, die man normalerweise nicht bekommt. Wir hatten zum Beispiel zwei Luxuskarossen. Sie einen dunkelblauen Jaguar. Mit Wunschkennzeichen. Du wirst das ja kennen. Zuerst kommt das Unterscheidungszeichen für den Ort, dann das Erkennungszeichen, das nur zwei Buchstaben haben darf. Laura aber wollte drei. WKL, Weinkönigin Laura. Eigentlich illegal. Aber es ging. Hat mich ein Vermögen gekostet. Und so standen auf dem Nummernschild erst die Buchstaben für den Ort, und dann kam WKL-2000. In dem Jahr war sie Weinkönigin geworden und wir hatten geheiratet. Weißt du, ich mache ihr keinen Vorwurf, dass sie mich verlassen hat. Der Fehler lag bei mir. Geld vergiftet die Ehe, wenn es ungleich verteilt ist. Ich hatte auf Gütertrennung bestanden, war mit ihr zum Notar gegangen. Weil sie aus einer verarmten Winzerfamilie kam und ich meine Firma, mein Vermögen absichern wollte. Ein Witz, wenn dann bei der kirchlichen Trauung, ein Riesenfest damals, der Priester sagt, dass man alles in Freud und Leid teilen soll, bis dass der Tod einen scheidet. In der Ehe, wenn sie das Wort wirklich verdient, sollte ein liberaler Kommunismus herrschen und nicht die kleinliche Trennung von Mein und Dein. Ich habe Laura als Schmuckstück missbraucht. Sie hat es mir heimgezahlt. Kann ich es ihr verdenken?

Ach, Junge, ich habe den Pilotenschein gehabt, bin mit der eigenen Maschine und meinen Kumpels zur Jagd nach Kroatien geflogen. Schützenkönig war ich auch. Dreimal hintereinander. Eigentlich nicht erlaubt. Aber den anderen war das

Repräsentieren zu teuer. Mach beim Königs-schießen bitte wieder mit, haben sie gebettelt und dann absichtlich bei dem Vogel daneben geschossen. Du siehst: Geld hebelt Regeln aus. Eine Yacht in Málaga hatte ich, eine Finka in den Bergen von Sayalonga, nordöstlich von Málaga. Alles nur Statussymbole. Richtig genossen habe ich eigentlich nichts. Alles ging rasend schnell. Eine trügerische Oberfläche. Und jetzt? Jetzt habe ich das, was ich immer wollte. Die Firma hatte mich nie richtig interessiert. Ich habe mich von den Eltern dazu drängen lassen. Mein jüngerer Bruder hatte abgewunken. Sein Traum war eine Gärtnerei in Mendig. Die hat er jetzt und ist zufrieden. Ich wollte eigentlich lieber Philosophie studieren und dann einen Verlag gründen für philosophische Bücher. ,Schmarren!' hat der Vater gesagt. ,Wer liest denn sowas? Gebaut wird immer. Davon kann man leben. Aber nicht von der Philosophie.'

Siehst du, dein Esel ist klug. Setzt man ihm Disteln und einen Goldbarren vor, wird er sich immer für die Disteln entscheiden. Er handelt also artgemäß. Der Mensch würde den Goldbarren nehmen. Was kann er mit Disteln schon anfangen? Denkt er. Als ich vor der Berufswahl stand, habe ich mich vom Gold blenden lassen. Aber es ist trügerisch, seinen Traum und ursprünglichen Wunsch zu verraten. Artgemäßer, ich meine nach meiner inneren Art, wären für mich die Disteln gewesen. Hast du einmal beobachtet, welch wunderschöne, anmutige Blüten sie haben?

Jetzt habe ich den Verlag. Er besteht allerdings nur aus Zetteln. Kommt jemand hier vorbei, stecke ich ihm einen Zettel mit einem Spruch von Heraklit zu und sage: ,Wenn Ihnen die Erkenntnis wertvoll genug ist, kommen Sie zurück und bringen Sie mir Brot, Käse, Wurst. Wein oder Wodka werden auch nicht verschmäht.' Am Anfang hat man mich für verrückt gehalten, dann für kauzig. Schließlich kam ein Lokalreporter, hat fotografiert und einen Artikel geschrieben. Danach kam ab und zu jemand aus der Umgebung und brachte mir was mit. Meist war das Verfallsdatum abgelaufen. Ich habe mich nicht lumpen lassen und es trotzdem mit einem Spruch belohnt. Zum Beispiel: ,Der Anfang des Kreises ist zugleich auch sein Ende.'

Manchmal kommen auch Leute von weither und wollen eine Lebensberatung. Dann gibt es ein Honorar. Ich sage immer: ,Geben Sie, soviel Sie wollen und können! Aber bitte nicht zu viel! Ich möchte weiter in fröhlicher Armut leben.'

Ja, ja, mein Freund. So ist das. Du brauchst keine Beratung. Das sehe ich. Wer mit einem Esel einkaufen geht, hat sich gefunden."

93

Auch Korff hatte seine Geschichte erzählt. Schellenberg hatte schmunzelnd zugehört und gemeint: „Da hast du aber lange gewartet. Sich vierzig Jahre durch Akten zu quälen, ist auch ein Kunststück. Dich hat die Sicherheit geblendet, mich das Geld. Aber immerhin ist deine Frau noch da und du hast eine Rente, kannst dir im Winter ein warmes Haus leisten."

„Und du?" fragte Korff. „Ein Baumhaus im Winter?"

„Ach was! Das ist eine Sommerresidenz. Im Winter habe ich ein Zimmer bei meinem Bruder. Dafür helfe ich in der Gärtnerei. Für die Ewigkeit ist das nicht. Ich weiß noch nicht, was weiter wird. Der Charakter des Menschen ist sein Schicksal."

Es blieb nicht bei diesem einen Besuch. Von nun an ging Korff zweimal die Woche nach Mendig, kaufte ein, versorgte auf dem Rückweg Schellenberg mit Brot, Käse, Kaffee und was man zum Essen und Trinken sonst noch brauchte und genießen konnte. Und wenigstens einmal die Woche war auch eine Flasche Beluga-Wodka dabei. Dann saßen die Beiden im Baumhaus und erzählten.

An einem Abend Ende Juni kam Schellenberg auch auf den Gutshof, besuchte Korff in dem Fachwerkhäuschen, ließ sich das Atelier zeigen, lobte die Landschaftsbilder und die Skizze für das neue Jakobus-Bild.

„Du hast es spät, aber richtig gemacht", meinte er.

Als Jakob irgendwann die Idee erwähnte, mit dem Traktor zu Elisabeth nach Bonn zu fahren, schüttelte Schellenberg den Kopf und sagte:

„Bloß nicht! Du fährst mit hochgeschraubten Erwartungen dorthin. Die werden enttäuscht und du begibst dich mit dem Traktor auf einen Rückweg, der dir sehr lang vorkommen wird. Was willst du ihr denn sagen, wenn du mit einem Traktor kommst? Ich bin jetzt Bauer geworden? Stimmt doch gar nicht. Lade sie ein, lass sie hierhin kommen, damit sie sieht, was du wirklich machst und wie du lebst. Aus den Gegensätzen, die ihr jetzt habt, entsteht manchmal die schönste

Vereinigung. Schicke ihr eine Karte mit deiner Adresse."

„Hab' ich doch. Na ja, allerdings ohne genaue Adresse. Habe nur geschrieben ‚Bin mit dem Esel in Maria Laach gelandet'."

„So, so. Wo soll sie dich denn finden? In der Kirche, im Kloster, am See? Ein Namensschild hast du auch nicht an der Tür. Ich glaube, du bist dir noch gar nicht sicher, ob du dich finden lassen willst."

Schellenberg hatte richtig vermutet. Korff war sich nicht sicher, ob er eine Begegnung mit Elisabeth wirklich wünschte. Die Begegnung konnte auch eine Auseinandersetzung sein, in einem Streit enden, mit Vorwürfen vergiftet sein. Das war ungewiss. Andererseits aber ließ sich nicht alles auf die lange Bank schieben. Irgendwann würde der Zeitpunkt kommen. Aber jetzt schon?

„Ja, du hast recht", antwortete er. „Ich bin mir noch nicht sicher. Ich werde noch etwas abwarten, erst das Bild zu Ende malen. Danach gehe ich mit Coco ein Stück auf den Jakobsweg und mache mir Gedanken, wie es weitergehen soll."

„Ob das hilft?" bezweifelte Schellenberg. „Du kommst zurück und bist genauso klug wie vorher. Der Zorn deiner Frau ist aber in der Zwischenzeit gestiegen. Erledige das, bevor du auf den Weg gehst. Deine Füße sind dann leichter."

„Gut", meinte Jakob. „Aber erst beende ich das Bild."

94

Vogel war katzenfreundlich am Telefon. Mit keinem Wort ging er auf ihre Weigerung ein, das Bild abzuhängen. Auch ihren Vorschlag eines Gedenktages erwähnte er nicht. Ebenso kam er nicht auf den Austausch des Referenten zu sprechen. Stattdessen lobte er sie als äußerst fähige Kollegin und bedauerte, dass sie zwei Jahre vor der Zeit aus dem Schuldienst ausscheiden wollte. Aber dem sei stattzugeben. Sie habe es sich verdient. Er bedankte sich für eine angenehme und verständnisvolle Zusammenarbeit über all die Jahre und wünschte ihr eine schöne Zukunft. Das war's. Sie war raus. Ihre Stellvertreterin würde für das kommende Schuljahr kommissarisch die Leitung übernehmen, bis er botmäßigen Ersatz gefunden hatte.

Elisabeth zog Bilanz. Fünfzehn Jahre war sie Direktorin gewesen. Eine verantwortungsvolle Position, auf die sie stolz gewesen war. Trotz der zunehmenden Konflikte, Probleme, Regulationen. Aber jetzt war es vorbei. Sie hatte den Widerstand entdeckt. Das Abhängen des Bildes würde sie nicht verhindern können und auch das Kollegium würde sich nicht dagegen sperren. Dazu waren alle zu sehr um ihren Job besorgt. Ein Haus war abzubezahlen, Kinder zu versorgen, Automobile mussten am Laufen gehalten werden, Einkaufszettel durften nicht abgespeckt, der Konsum nicht eingeschränkt werden. Wenn es ans Portemonnaie ging, hörte die Moral auf. Ethik war ein Unterrichtsfach, aber nichts fürs praktische Leben.

Jakob hatte sich lethargisch durch dieses System hindurch geschnarcht, abgewartet, bis die Knechtschaft beendet war. Als Angestellter hatte er auch kaum eine andere Wahl gehabt, um in den Genuss seiner Rente zu kommen. Er hatte die Berufswelt sozusagen im Tiefschlaf hinter sich gebracht. Sie dagegen als Beamtin hatte das Privileg gehabt, die Reißleine ziehen zu können. Sie begann, ihren Mann zu verstehen. Schlaf und eine gewisse Faulheit waren auch eine Form des individuellen Widerstandes.

Was würden die kommenden Jahre bringen? Wie viele waren es überhaupt noch? Ungewiss. Völlig ungewiss. Dass sie in ein Vakuum fallen würde, davor hatte sie keine Angst. Sie hatte es zwar oft genug erlebt, dass jemand nach dem Ausscheiden aus dem Dienst ziemlich rasch auf dem Friedhof zur endgültigen Ruhe kam, aber sie würde sich beschäftigen, die drohende Leere ausfüllen können. Viele ihrer Liebhabereien waren durch den Beruf auf der Strecke geblieben. Sie hatte sich zum Beispiel immer einen Kräutergarten anlegen wollen, nicht nur mit dem Üblichen, was man im Supermarkt bekam, sondern mit in Vergessenheit geratenen Pflanzen. Sie hatte Rezepte ausprobieren wollen und war nie dazu gekommen. Schön würde es auch sein, in Muße durch den Wald und über Wiesen zu gehen und zu sammeln, was die Natur hervorbrachte. Ganz am Anfang ihrer Ehe hatte sie das noch mit Jakob zusammen gemacht, aber dann war das eingeschlafen. Sie würde die Kräuter nicht nur pflanzen und ausprobieren, sondern auch ein Buch darüber schreiben. Mit dem Titel ‚Vergessene Kräuter' oder so ähnlich. Da konnte sie ihre

Fächerkombination Deutsch und Biologie besser nutzen. Da war das nicht mehr nur ein Unterrichtsfach, mit dem sie gelangweilte Schüler quälte.

Auch der Sport war auf der Strecke geblieben. Während des Studiums und in den ersten Jahren als Lehrerin hatte sie noch Tennis gespielt. Bis irgendwann der Schläger im Keller verstaubte. Jetzt hatte sie Zeit, in einen Verein zu gehen, andere Menschen kennenzulernen und wieder zu spielen. Neue Reisen und Abenteuer erwarteten sie. Nein, vor der Zukunft ohne Beruf war ihr nicht bange.

Aber was war mit Jakob? Was mit der Ehe? So wie vorher würde es nicht mehr sein. Das Leben in Duisdorf war beendet. Welche Möglichkeiten gab es jetzt? Welche Bahnen konnten neu beschritten werden? Hatte Jakob sich verändert, seine Lethargie abgelegt? Es sah ja so aus. Welche Pläne hatte er mit ihr? Hatte er überhaupt welche? Was war von den Gefühlen ihrer gemeinsamen Zeit übriggeblieben? Sie musste es herausfinden. Sie wusste ja, wo er war.

95

An einem Vormittag Ende Juni saß er vor dem Atelierfenster an der Staffelei, überlegte, wie er die Königin Lupa zeichnen konnte und ob er den schwarzen Wolf aus der Sage in das Bild einbringen sollte.

Er hatte in Gedanken versunken den Blick von der Leinwand gewendet, sah zum Bogen des offen stehenden Hoftores hin, als dort eine Frau mit einem schwarzen Hund erschien und stehen blieb. Sie hatte ein weißes Sommerkleid, an den Füßen rote Sandaletten. Das blonde Haar fiel ihr bis auf die Schulter.

Zuerst glaubte Korff an eine Erscheinung, schloss für einen Wimpernschlag die Augen, öffnete sie wieder. Seine Nerven hatten ihm keinen Streich gespielt. Die Frau kam nun näher. Da erkannte er Elli, stand vom Stuhl auf, behielt die Holzkohle, mit der er begonnen hatte, die Gestalt der Lupa zu skizzieren, in der rechten Hand. Eine Weile standen sie sich schweigend gegenüber, sahen sich an. Elisabeth lächelte, sagte: „Hier also. Was es für Überraschungen im Leben gibt!"

Er wusste nicht, was er sagen sollte, nickte nur. Was würde kommen? Vorwürfe, Vorhaltungen, Klagen?

Sie schien seine Gedanken zu ahnen. „Alles gut, Jakob", sagte sie. „Das ist übrigens Susi. Sollte eigentlich dein Hund sein. Aber du warst weg, als ich mit ihr kam."

Er wollte sich schon verteidigen, entgegnen: „Was sollte ich machen? Du hast mich vor eine Alternative gestellt, mir keinen Ausweg gelassen." Aber dann hielt er es für besser, darüber jetzt nicht zu reden.

„Möchtest du einen Kaffee?" fragte er stattdessen. „Ich habe auch selbst angesetzten Melissengeist. Das Kraut wuchert hinten im Garten." Und da er langsam seine Fassung wiedergewann, fügte er hinzu: „Das ist gut für die Nerven. Ich brauche jetzt so etwas. Dass ausgerechnet du das Bild kaufst! Ich dachte, ich hätte die Signatur gut versteckt."

„Hast du auch. Ich habe sie erst zu Hause mit der Lupe entdeckt."

Sie trat jetzt vor die Staffelei, warf einen Blick auf Jakobs Skizze. „Eine Frau?" fragte sie.

„Ja, soll eine keltische Königin werden. Lupa. Eine andere Geschichte aus den Jakobus-Legenden. Aber ich habe noch keine Ahnung, wie ich sie gestalten soll. Vor allem das Gesicht." Er legte die Stirn in Falten, sah Elisabeth gedankenverloren an, rieb sich mit der rechten Hand das Kinn, hatte vergessen, dass er die Kohle noch in der Hand hielt. Als er die Hand sinken ließ, hatte er einen schwarzen Strich auf dem Kinn.

Sie ahnte, was er dachte und fragte: „Welche Eigenschaften hat sie denn?"

„Sie ist gefährlich, aber ungemein reizvoll. Hat man ihr Herz gewonnen, ist sie die beste Frau der Welt."

„Du bist ein sturer Kindskopf, Jakob. Ich freue mich, dass es dir gut geht. Mach mir bitte einen Kaffee! Und lass uns reden. Wir hatten viel vergessen."

96

Sie hatte sich im Wohnzimmer auf das Sofa gesetzt. Susi lag vor ihren Füßen auf dem Teppich. Jakob hantierte in der Küche, um Kaffee zuzubereiten. Nach ein paar Minuten kam er mit einem Tablett zurück, setzte zwei Tassen und die Kanne auf den Couchtisch, goss Kaffee ein. Er hatte seine anfängliche Beklemmung verloren, blickte auf die Labradorhündin und fragte: „Die darf man auch streicheln?"

„Wie Coco meinst du?" konterte sie.

„Unter anderem", antwortete er.

„Ach, das ist eine harmlose Dame. Die darfst du ruhig streicheln."

Er lachte, setzte sich neben sie. „Du hast Vorrang", sagte er und nahm sie in den Arm.

Eine Weile saßen sie so da. Elisabeth lächelte, Jakob hatte die Augen geschlossen und strich ihr mit der Hand über das Haar. Beide schwiegen, bis Jakob sagte: „Da muss man erst einen Esel vor dem Abdecker retten…"

„…und verschwinden", ergänzte sie. „Du hast meine Worte sehr ernst genommen. Aber es war gut so."

Und dann erzählte sie. Von Maihofer, der vergifteten Nachbarschaft, von den Generatoren, die täglich einen Höllenlärm machten, von der Auseinandersetzung mit dem Dezernenten, von der verlorenen Freude am Beruf. Ihr Kölner Abenteuer mit Jean Claude erzählte sie nicht. Was sollte es bringen, wenn er es wusste? Das war Vergangenheit, ein einmaliges Experiment in der ersten Wut über sein Verschwinden. Auch die Geschichte mit dem Privatdetektiv und ihrer Recherche in Bad Breisig behielt sie für sich.

Aber eine Neuigkeit musste er unbedingt erfahren. „Ich höre mit der Schule auf, habe meine vorzeitige Pensionierung beantragt. Und weißt du was? Der Dezernent ist darauf eingegangen. Er hat gemeint: ‚Schade, eine so kompetente Kollegin zu verlieren, aber Sie haben es sich aufgrund Ihrer vorbildlichen Arbeit verdient.' Der Heuchler. In Wirklichkeit ist er heilfroh. Ich habe nur noch zwei

Wochen in der Schule. Aber, Jakob? Wie soll das mit uns weitergehen? Was hast du vor? Was ist mit dem gebuchten Urlaub auf Kreta? Hast du überhaupt noch Lust dazu? Alleine will ich nicht. Ich könnte das stornieren."

Er hatte ihr still zugehört, drehte sich jetzt eine Zigarette, sagte: „Elli, das ist stark. Die Geschichte mit Bamm, deine Weigerung das Bild abzuhängen, deine Konsequenz, aus dem Verein auszutreten. Drei Wochen Kreta? Im Hotel? Ich weiß nicht. Nein, lieber nicht. Ich wüsste aber etwas anderes. Es geht mir nicht mehr aus dem Kopf, nach Santiago de Compostela zu gehen. Ich möchte die Orte sehen, die in meinen Bildern vorkommen. Über deine Begleitung wäre ich froh. Unterwegs haben wir Zeit, um nachzudenken. Es gibt viele Möglichkeiten für die Zukunft. Das Atelier hier will ich als Arbeitsplatz behalten. Das kann ich nicht aufgeben. Auch Coco fühlt sich hier wohl, hat die Gesellschaft anderer Esel. Wir könnten zum Beispiel unser Haus verkaufen, es sozusagen eintauschen gegen ein anderes hier in der Nähe. An Duisdorf bindet uns nichts mehr. Keine Schule, kein Ministerium, gar nichts. Wir sollten wieder miteinander klarkommen. Ich will nicht auf dich verzichten. Auf keinen Fall. Was hältst du von meinem Vorschlag? Wir könnten den Weg in Etappen gehen. Es müssen nicht dreitausend Kilometer am Stück sein. Zunächst mit Coco bis nach Trier oder auch bis zur französischen Grenze. Es wäre ein gemeinsames Abenteuer. Was hältst du davon?"

Elisabeth überlegte, sah Jakob forschend an. Der blies bedächtig einen Kringel an die Decke und wartete gespannt auf ihre Antwort.

„Was ist mit Susi", fragte sie nach einer Weile. „Sie kommt mit?"

„Können wir ausprobieren. Sie wird sich mit Coco vertragen. Das ist kein Problem. Wir machen es gemütlich. Zehn Kilometer am Tag. Mehr nicht."

„Und wo schlafen wir?"

„Im Zelt, auf einem Reiterhof, in einer Pension. Da findet sich immer was. Du wirst sehen, es macht Spaß, die Heimat zu Fuß kennenzulernen. Die Langsamkeit ist etwas sehr Schönes. Probieren wir es doch zunächst bis Trier. Dann sehen wir weiter."

„Wie ist das eigentlich, wenn man mit einem Esel wandert?" wollte sie wissen, lächelte und sah ihn dabei an.

„Ja, ja, ich weiß", antwortete er. „Du fragst, wie das ist, wenn man mit zwei Eseln wandert. Aber mache dir da keine Gedanken drüber. Was Coco betrifft, es ist einfacher, als ich dachte. Man erlebt die Menschen ganz anders. Neugierig, freundlich, aufgeschlossen. Auch hilfsbereit."

Für einen Moment dachte sie an sein Quartier in Bad Breisig. Aber wie sollte sie ihn danach fragen? Wozu auch? War das jetzt nicht unerheblich?

Aber dann begann er von selbst zu erzählen. Von der ersten Nacht im Marienforst, von den Tagen auf dem Margaretenhof, vom buddhistischen Kloster und Kemanando, von Maria Laach, dem Novizenmeister und dem kauzigen Philosophen im Baumhaus. Er ließ auch den singenden Wirt und Rita Sommerfeld nicht aus. „Da bin ich eigentlich zum ersten Mal auf die Idee gekommen, auch den Jakobsweg zu gehen. Aber es war noch sehr vage. Weißt du, man kann den Weg nur gehen, wenn alles geklärt ist. Es darf keine Flucht sein."

„Und warum hast du dann dein Handy ausgeschaltet, statt mit mir zu reden?"

„Am Anfang war es die Unsicherheit. Ich wollte mich nicht umstimmen lassen und direkt wieder zurückkommen. Danach war es auf einmal die Angst, du würdest mich überhaupt nicht mehr sehen wollen. Nenne es meinetwegen Feigheit. Das Handy liegt übrigens im Laacher See. Ich kann gar nicht mehr telefonieren."

„Kindskopf!" sagte sie. „Aber wahrscheinlich war es gut so. Übrigens hast du jetzt mit mir so viel geredet wie in den letzten zehn Jahren nicht mehr."

Sie dachte an den Ausspruch von Rita Sommerfeld: „Ein interessanter, cooler Typ. Ich habe mich mit ihm die ganze Nacht prächtig unterhalten."

Wie solch ein Abenteuer doch verändern konnte! Sie sah einen ganz anderen Mann als noch vor sechs Wochen in Duisdorf. Die neue Frisur stand ihm gut. Der Bauch war verschwunden, sein Gang nicht mehr schlurfend lethargisch, die Augen waren wacher, hatten wieder das leuchtende Blau von früher. Er hörte gar nicht auf zu erzählen.

„Weißt du, Elli", sagte er, „ich habe mich zwar sechs Wochen nicht gemeldet, aber viel über uns nachgedacht. Am Anfang habe ich darüber gerätselt, wo ist unsere Leidenschaft des Anfangs geblieben. Ist sie einfach verschwunden? Nein! Sie hat sich verändert, verwandelt, ist anders geworden. Erloschen ist sie nie. All die Gemeinsamkeiten, all die Tage und Nächte kann man ja nicht einfach vergessen. Ach, ich weiß gar nicht, wie ich es sagen soll. Es wäre einfach schön, mit dir den Weg zu gehen."

Sie lächelte, legte ihren Kopf auf seine Schulter. „Gut, Jakob, probieren wir es aus. Mir geht es doch genauso. Aber eins möchte ich zunächst wissen."

„Ja? Was denn?"

„Darfst du hier überhaupt Damenbesuch empfangen?"

„Selbstverständlich."

„Auch über Nacht?"

„Auch über Nacht."

97

„Er kommt mit dem neuen Bild voran?" fragte der Abt.

„Ja. Die Königin Lupa nimmt Gestalt an", antwortete Bruder Daniel. „Übrigens eine sehr schöne Frau. Dieses Mal etwas älter als die Marienfigur. Er geht regelmäßig an die Arbeit, fängt morgens schon um fünf Uhr an, wie mir Kessenich bestätigte. Er sitzt entweder im Hof oder im Atelier. Bis mittags. Dann kümmert er sich um die Esel. Am Nachmittag wandert er mit dem Skizzenblock umher oder geht mit seinem Esel nach Mendig einkaufen. Er plant übrigens einen groß angelegten Zyklus der Jakobus-Legenden."

„Gut. Wenn ihm das so gelingt wie die ‚Tröstung des Jakobus'."

„Ich denke schon. Er wird die Arbeit allerdings für eine Weile unterbrechen. Er geht auf den Jakobsweg, um eine bessere Anschauung zu gewinnen."

„Mit dem Esel?"

„Ja. Und mit seiner Frau."

„Er hat sich also mit ihr wieder arrangiert?"

„Ja. Er wirkt recht zufrieden. Wie er mir erzählt hat, haben die Beiden sich geeinigt. Das Haus in Bonn wird verkauft. Sie suchen einen Bauernhof hier in der Nähe. Das Fachwerkhaus will er aber weiter als Atelier nutzen. Diese Autonomie will er behalten, ansonsten aber mit der Frau in einem neuen Haus zusammen wohnen."

Der Abt nickte. „Eine weise Entscheidung. Für das Leben im Kloster ist er ja nicht geeignet und für den Zölibat noch weniger. Um es etwas abgewandelt nach Paulus zu sagen: ‚Können sie nicht enthaltsam sein, so sollen sie verheiratet bleiben. Das ist besser als vor Begierde zu brennen.' Es war klug, dass er sich wieder bei ihr gemeldet hat."

„Es ist etwas anders gewesen", erklärte der Novizenmeister. „Sie war in Maria Laach und hat, ohne es zu wissen, sein Bild gekauft. Die Signatur hatte er ja so versteckt, dass man sie kaum finden konnte. Erst zu Hause hat sie das entdeckt und ist dann noch einmal hierhin gekommen. Ein seltsamer Zufall."

„Zufall? Nein. Das sind Gottes Wege. Es sollte so sein."

„Da ist noch etwas", meinte der Novizenmeister. „Du weißt ja, manche wollen den Pilgersegen, bevor sie gehen. Er will ihn von dir."

„Selbstverständlich", sagte der Abt. „Schicke sie beide zu mir."

*

Rüdiger Schneider lebt als Autor am Mittelrhein. Förderpreis zum Literaturpreis Ruhrgebiet. Veröffentlichung von Romanen, Erzählungen und Reisereportagen.

Website: www.ruediger-schneider.com

CPSIA information can be obtained
at www.ICGtesting.com
Printed in the USA
BVHW051543190621
609910BV00004B/906